U0042552

司馬遼太郎

許嘉祥 譯

太閤記

天下人豐臣秀吉

上

總目錄

〈上冊〉

〈下冊〉

導讀

豐臣秀吉：洞察人心的亂世英雄

知名作家 韋振豐

日本戰國時代，群雄據地為王，時時刻刻捲入戰爭，分分秒秒面對死亡，因此要存活下來，務必有過人的智慧。比如說，武田信玄能夠拉攏人心，建構強大的騎兵團；而織田信長洞悉西方大航海時代的來臨，禮遇耶穌會傳教士，並時時向他們請益；豐臣秀吉則別具商才，重視情報與謀略，並聚集財富；至於德川家康，更擅於審度時勢，忍辱負重，最後稱霸日本。

豐臣出身窮苦之家，從小喪父，後來繼父又不給他好臉色，但這並沒有削減他的雄心壯志。一開始，加入行商團，到處兜售縫衣針，賺取微薄的利潤。他本身頗有商業頭腦，不過要想出人頭地，一展英才，則必須要加入軍團。他格外重視情報，每到各地，總會打聽一番，以了解情勢的發展。

首先，他投靠隸屬於今川義元軍團旗下的嘉兵衛，但常常遭到冷眼相待。嘉兵衛將他當成猴子耍來耍去，而即使有人丟了錢，也賴到他身上。秀吉左思右想之後，乃選擇雄踞尾張的織田信長。信長出身貴族，但十分重視人才，只要有能力，便會得到重用。顯然，這兩人一見如故。

看來，秀吉頗有精準的眼光，能夠適時選擇主子。接著，他的表現就在桶狹間戰役。當時，信長得知今川出動四萬大軍，準備征服尾張。之前信長向秀吉打聽情報，他告知今川身材不高，雙腿太短，無法騎馬，只能坐轎子。這讓信長決定以奇襲戰攻擊今川軍團。當情報傳來，今川在桶狹間休息，此時信長佯裝無事，手持扇子，跳起幸若舞，吟誦《平家物語》名句——「人生五十年，與天地長久相較，如夢似幻，一度得生者，豈有不滅者乎。」突然之間，大喊開戰，於是三千兵馬，橫掃敵軍，最後凱旋歸來。

秀吉和信長兩人，時時互相切磋，並吸納對方的優點。信長打敗今川軍團之後，往往祭出奇襲戰，但日後美濃戰役卻常常吃敗仗。最後，秀吉說服美濃軍師竹中半兵衛倒戈，才得以轉敗為贏。信長素來專斷獨裁，但能夠接納秀吉的謀略戰。同樣地，他從信長身上了解西方人的威力，日後大力學習西方人的軍事攻防術。此外，秀吉把信長給的俸祿當作生財的本錢，不斷地替信長增加財富，可說是正中信長的下懷。難怪作者司馬遼太郎指出，猴子（秀吉）是奇才，信長是鬼才。

秀吉得到信長的高度重用，有一次派他到遠方征服毛利軍團，一五八二年更派手下大將明智光秀出兵支援。但光秀違抗命令，並將部隊開向本能寺，發動突襲戰，在一團混戰中信長切腹自殺。固然信長大力提拔明智光秀，但也不時將他視為豬狗，有一次命他籌備宴會，款待貴賓，但信長厭嫌飯菜難以下口，不但整盤菜當場倒掉，而且當眾毆打光秀。面對突如其來的暴力，連在場的德川家康也面露不滿，過去安慰他。目睹信長的作風，他的敵人大將軍足利義昭和一向宗法王顯如，乃乘機說服光秀舉兵叛變！

有趣的是，作者藉著毛利家族外交僧安國寺惠瓊的口中，高度評價豐臣秀吉，堅信他未來可以擁有天下！理由是「信長一代的霸權還能持續三年到五年。依照估算，明年左右就會被任命為公家。然而爬得越高，跌得越重，恐會遭遇不測。唯有藤吉郎（秀吉）此人有能力稱霸。」（上冊，236頁）

秀吉得知本能寺之變的消息之後，即火速班師回朝，並消滅明智軍團，為主子報仇。此後，秀吉便面對人生最大抉擇。多年來，固然信長是他的師長，但他認為未來的天下，要是由信長後代繼承，則既不公平也不合理。這時候，他面對的是信長後代和大老柴田勝家。

柴田出身名門，又是織田家族的大老，向來瞧不起出身低下的豐臣，信長過世之後，更掌握最多部隊。不過，他一度求助於德川家康，卻得到如此評價——「勝家的老毛病就是從來不考慮對方的立場和利害關係，以為全世界都應該以他為中心轉。」好玩的是，柴田竟然希望德川看在多年的情誼，出手相救。家康暗笑，他跟柴田根本沒有深厚的情誼，真要牽扯人情義理，他跟豐臣的關係還比較深厚！至此覺得柴田難以跟豐臣為敵。此外，家康是明眼人，兩雄相爭，越是火熱，他開拓疆土的機會就越多，因此按兵不動。顯然，德川的預測神準。

本書結尾，敘述秀吉和德川兩人高來高去。德川勢力日漸強大，秀吉難免視其為眼中釘，於是時時施加壓力。後來德川審查情勢，相信一旦開戰，未必有勝算，只好屈服。顯然，秀吉能夠稱霸天下，除了本身的商才和洞察力之外，也擅長重用軍師竹中半兵衛和黑田官兵衛，而且一旦犯錯，更能夠隨時改善。

然而，為了掃除豐臣後代接班的障礙，秀吉雖精打細算，但機關算盡，往往出乎自己的意料。一五九〇年，秀吉打敗關東的北條家族之後，便下令德川放棄原來的領土——三河、遠江、駿府、信濃、甲斐，強迫他遷移到東部。德川表面上屈服，但心中痛恨異常，此後努力建設江戶，大加發揮生產力，臥薪嘗膽。十年後，德川看清情勢的變化，發動關原之戰，剿滅豐臣舊部石田三成及其同盟軍；最後，更掀起大坂冬之陣和夏之陣，消滅豐臣家族，最後以大將軍之名，遙控天皇，稱霸日本。

作者司馬遼太郎，是日本奇才，畢業於大阪外國語學校蒙古語科，但日後成為日本國民作家，其作品每每叫好又叫座。本書《太閤記：天下人豐臣秀吉》固然以秀吉為主角，但對於織田信長和德川家康也有詳細的描述。因此讀者要了解日本或是觀看大河連續劇，這部長篇小說無疑是最佳的入門書。

譯序

秀吉的戲劇人生

許嘉祥

身為一介專職日文譯者，能夠有機會翻譯到司馬遼太郎大師的作品，而且主角是豐臣秀吉，算是我翻譯生涯中的一個里程碑。不過，這篇譯序其實跟我的翻譯生涯無關，而是要談本書的主角豐臣秀吉和作者司馬遼太郎。

這部《太閤記：天下人豐臣秀吉》歸類為歷史小說。究竟是偏向歷史比較多？還是偏向小說比較多呢？個人認為，偏向小說的成分居多，在歷史方面則沒有非常詳盡的史書傳記式描述。在這部小說之中，當然最大篇幅是豐臣秀吉的人生，不過對其他戰國武將和國主也都有深刻的描繪，有時讀著讀著，發現主題開始偏離，談起某某武將的子孫後來被封賞在什麼地方，居城在哪裡，到了明治維新時代則是變成了公爵或是侯爵云云。不過不用擔心，主線很快又會拉回秀吉這邊，這種筆法反而讓小說更生動具體了。

在某些方面，司馬老師會很詳細的描述過程。比方說水攻高松城的那一段，秀吉與官兵衛計劃如何用最快的速度建造出堤防，如何填補裂口，等到敵方願意投降，卻突然爆發了本能寺之變，秀吉又該如何防堵消息走漏並盡速帶兵返回京都，討伐明智光秀。但是，有些劇情則是輕描淡寫帶過，甚至完全沒提到後來為他生下子嗣的茶茶（淀君）。在下覺得，司馬老師是刻意忽略了那些眾人皆知的秀吉人生經歷，轉而把重點放在描寫秀吉的心情、秀吉的商業頭腦等方面。離題一下，今年（二〇一六）的NHK大河劇《真田丸》就演出了豐臣秀吉的後半生，呈現他親自把關白大位暫時讓給自己的養子，本人則是晉升成為更高一階的太閤。這些人人都知道的秀吉人生，被司馬老師給略過。至於那些沒有寫在歷史上的秀吉的心機與妙計，則是被司馬老師細細的寫下。

雖說秀吉不喜歡看到部下（甚至敵軍）在戰場上白白死亡，但是，本書描寫戰爭的場面倒是相當真實，在翻譯戰爭過程的時候，雙手一面打字，腦海中竟然不自覺的出現了步卒拿著長槍、握著大刀、腳上穿著草鞋、踩踏在泥濘地上向前衝鋒的畫面。由此可見司馬老師的描述能力足以深入我的頭腦，文字想像形成畫面。也難怪他會被尊為大師了。

不知有多少讀者玩過「信長的野望」系列的電玩遊戲？很多人透過這套電玩遊戲瞭解日本的戰國史，瞭解那些武將的名字與才幹。但是，電玩遊戲和小說畢竟不一樣。電玩遊戲把武將和人物給數據化了，智能、武力、政治力等都變成數字，似乎太過於簡化人物。小說卻能夠精準的描寫人物性格和遭遇，而心思縝密的小說家司馬遼太郎，則是把人物誌給演活了，友軍敵軍間的分化懷柔謀略、恩怨情仇等種種曲折，是電玩遊戲無法用數字來量化的部分。

不過，這部小說只寫到秀吉費盡千辛萬苦收服了德川，之後就是一統日本的快樂結局，並且用人生如戲來打比方，這真的是很厲害的小說收尾。若是想瞭解秀吉的後半生、以及秀吉死後豐臣家的境遇，請參考司馬老師戰國三部曲之一的《關原之戰》（共三冊，遠流出版），更能全面了解豐臣家的崛起與殞落。

商人聖

夕陽西下、映照出遠山的剪影，或許是這個原因，讓濃尾平原的哀傷氣氛緩緩擴張。這個領國有許多森林和川流，尾張獨特的淺紅色霧靄覆蓋著村鎮，路上的旅人不由得加快了腳步。

這些旅人是從西方來的。

「那裡就是萱津村了。」

帶頭的商人，指著那片霧靄掩蔽的雜木樹林。

「今晚借宿休息，就選那裡吧。」

「瞭解。」

旗下商人齊聲這樣回答。

這是支擁有兩頭馱馬、十多個人組成的行商隊。就行商隊而言，規模算是很大的。

他們穿著行腳僧式樣的裝束。當然，每個人都是頭包頭巾，上戴斗笠，頭髮則是剃個精光。

大家都身穿白衣，背負竹編背囊。各國都稱他們爲高野聖。

話說高野聖這種隊伍，最早源自於高野的弘法大師。後來，宣揚弘法大師教義的行腳僧一面宣教，一面收受布施。可是如今這樣的亂世中，背囊裡除了裝佛教經典，還多裝了商品。這群人變成一邊行腳一邊做生意的行商隊，藉此求個活口。

這支特殊的高野聖行腳僧隊伍，是改而行商的商人聖。

說到「聖」這個字，當時並不是指一身毫無掛念的聖人。恰恰相反，指的是那些要飯的、乞丐、流浪漢、姦淫別人老婆的男子，是負面的意思。事實上也的確有很多這樣的人跑來當行腳僧混口飯吃。

換言之，現在和以前的意思不太一樣。

「這是時代的產物啊。」

總之，把他們想做要飯的乞丐，意思差不多了。

可是，這一隊要飯的聖僧，居然擁有兩匹馱馬，馬背上馱著的還是有錢人家才買得起的綾羅綢緞。

「這像話嗎?!」

一個整天跟著行商隊東看西瞧的小鬼頭，學著大人的口吻說道。

（這麼有錢，還能叫乞丐嗎？）

小鬼頭這麼想。

因爲在小鬼頭所住的尾張農村裡，這些行腳僧隊伍被稱爲：

「夜盜怪」。

是村民相當警戒又鄙視的一群人。名爲「夜盜怪」，意思是讓他們借宿的話，到了夜裡他們會搜刮屋內的財貨，甚至對老婆和女兒伸出魔爪。

（時代的產物啊。）

小鬼頭的想法一點都不像少年，反倒像個大人。

但是他也只能歸咎於時代。

中世的混亂，原本以爲會很快結束，想不到在應仁之亂（應仁元年～文明九年（一四六七～七七））以後，戰亂又持續了七十年。雖說戰亂不止，但是民間並沒有變得貧乏，反倒因爲戰爭而造就了經濟成長。

各國的大名各自割據領土，在自己的領國內實施富國強兵政策，獎勵生產各種物資與糧食，而這些東西就是靠商人傳遞，遊走各國的商人賺了錢，商業也蓬勃發展。

武士與百姓。

在這樣區分階級的世道下，多出了商人階級，四處縱橫活躍，使得這個時代變成向錢看的時代。

小鬼頭就是在這種時代下成長。雖然他生於尾張國愛知郡中村的農家，但是與其當個拿鋤頭耙地的農民，他對那些周遊各國賺錢的商人更有興趣，覺得他們神秘又有英雄架勢。

（好個奇怪的小鬼頭。）

其實，高野聖這些人，都覺得這個小鬼頭鬼鬼祟祟的。從今天早上離開津島之宿以來，這小鬼頭就一直跟在隊伍後頭。

好怪的體態，高野聖這群人一開始都這麼想。

（他是人類的孩子嗎？）

小鬼頭的模樣就是這麼怪，帶著紅色的亂髮用稻草打個結束起來，身上圍著一片破麻布衣，腰部用繩子纏住。

「你是哪來的小傢伙？」

雖然這樣問了他好幾次，但是小鬼頭不回答。他的模樣讓人看了不由得想笑。他裂嘴而笑看著商隊，堆滿笑容的臉擠出好些皺紋。

（這根本是猿猴嘛。）

高野聖一群人都這麼想。

「小猴子！」

雖然很想脫口說出這個詞，但是這樣叫一名少年未免過分，所以高野聖他們決定叫這小鬼頭「日吉」。因爲猿猴是叡山的守護神日吉明神的手下，日吉則是宗教界對於猿猴的美稱。

「喂！爲什麼一路跟著我們啊。」

小鬼頭聽到這句話，回答「因爲好玩啊」。事實上，看起來也的確很好玩。

或許是喜歡做生意吧，他每到一個村落，就當商販的助手。這孩子很懂得看人臉色，而且行動敏捷，確實能派上用場。

而且他有一種特技。

就是算錢速度飛快。
當高野聖一行人蹲在地上，拿小石頭排列，計算買賣賺賠的時候，小鬼頭只在後頭偷偷瞄一眼，就說：
「這次賺了多少多少。」
爲什麼能夠這麼快算出來？這簡直是神技。附帶一提，有人說日本人善於算數，心算的能力更是世界第一。可是，這些能力是在江戶時代算盤和商業算數普及之後才誕生的，在此之前的戰國時代，日本人的算數能力很差，與日後有天壤之別。
所以，這群高野聖都爲之驚駭。
（這小鬼頭，難道眞的是日吉權現的猿猴助手？）
大家忍不住這樣想。
「那裡就是萱津村了。」
擔任頭領的百阿彌陀佛伸手指向前方時，已經累了一整天的小鬼頭免不了露出疲累的神色，但是他立刻爬上土堤，跳進河裡，然後在適合渡河的淺灘豎起一根竹竿。
「還眞是機靈啊。」
走到河岸堤防上，百阿彌陀佛這樣說道：
「尾張人啊。」
旁邊的一人接話說：
「傳說尾張人個性機靈，那小鬼就是這樣，活脫是尾張人的寫照。」
「人們說，尾張人的優點是機靈，缺點也是機靈，或者說狡猾。」
另一人則說出了一般人對尾張人的印象。
或許眞是這樣。
現代的這個地方，是由尾張和三河合併而成的愛知縣。直到今天，三河地區和尾張地區依然民風相異，彼此對立。在這中世的末期，兩國的民風也確實不同。
三河這邊，是德川家康和他的家臣團所培育出來的：「三河民風」。

三河民風是極端的農民風土，同時兼具農民的優點和缺點。做人遵守律令，篤實又重義理。一旦被徵召上戰場，就不辭辛勞、不顧性命。一方面這是忠實，是優點，但是人民都厭惡投機，不夠機靈，欠缺冒險心，卻給人缺乏陽光的印象。家康和他的三河家臣團，把三河的農民特質給定型了。

說句題外話，德川家康這種三河庄屋領主個性，一直到死都不曾改變。在他過世前還留下遺言：「德川家的家政制度，一切沿襲三河時期的做法。」

簡而言之，就是把三河松平鄉的庄屋制度擴大到德川家的規模。松平鄉當時武家中職務是由番頭（警備總管），以及老中和若年寄等手代（中階管理官）執掌，這個制度後來甚至擴展到全日本。而這個制度，早在三河時期就形成了，沒什麼改變，日後德川幕府三百年的行政，都是傳承這種帶有悶頭做事、欠缺開放、不愛投機的三河民風。

但是，鄰國尾張就完全不同了。

地形就不一樣。

尾張幾乎都是平原，也有許多河川流過。

尾張的道路多、水路也多，自然而然的造成商業發達。再者尾張以熱田爲起點，可以走海路到伊勢，能夠更快前往京都。走陸路的話只要走到美濃關原，就能上中山道前往京都。在和京都進行商業行爲時，海路各國之中沒一個比得上尾張國。

再者，這個領國容易排水。到了這個「小鬼頭」的年代，也就是尾張古渡的城主織田信秀執政的那一代，尾張仍舊不停的擴張農地，把水排到伊勢灣，甚至朝伊勢灣方向擴張農地。

這麼一來，農民就有賺錢了。

平原地形容易做生意，所以，人民變得更加投機。

過去尾張地勢低窪，河川容易氾濫，往往開墾出良田之後，一到秋天就被氾濫的河水給淹沒。因此，與其做個辛勤耕耘農地的保守農夫，還不如積極一點，到外頭去找生計，就算手段有些投機也是無可厚非。

在尾張，就連農民都帶有一點商人氣息。之後這個故事裡會出現織田信長這位大人物，他的政治風格和戰略規劃都充滿了商人的投機性質，個性和氣質迥然不同於三河人。

這個「小鬼頭」也是這樣，或者該說，相較於有教養的信長，小鬼頭是個粗鄙平民，但是商人氣質卻頗爲相似。

（乾脆雇用這個小鬼頭吧。）

百阿彌陀佛走到淺灘對岸時，內心做了這樣的決定。

「我說小鬼頭啊，想不想跟我們一起旅行啊？」

他爬上土堤時這麼說。

小鬼頭好像是老早就期待聽到這句話，突然臉頰紅了起來。「是嗎？您願意帶我一起走嗎？」語氣中充滿雀躍。

「說到這個，你家在哪裡啊？」

「就在那。」

他手指著萱津村。

「什麼嘛，不早說，我們原本就計畫好今晚要到那個村子落腳。這樣剛好，找到了幫手。『日吉』啊，我們可以住在你父母家嗎？」

「那可不行。」

日吉毫不猶豫的拒絕了，結果刺傷了這支商隊的自尊心。

「爲什麼不行？」

「因爲我住在寺院裡。」

商人們重新審視小鬼頭的打扮。

向日吉詢問原因，原本他老家在中村，但是父親去世，母親則改嫁，所以那裡不再是他的家，繼父把他送到萱津村的光明寺當小和尚。原來如此，既然是寺院，就不適合高野聖這些行腳僧暫居了。再加上光明寺是淨土教時宗的寺院，這和信奉大日曼茶羅的高野聖正好對立，宗旨相異。

「是嗎，你是那裡的喝食（侍童）啊。」

商人們笑了起來，因爲誰都沒想到，世上有長相這麼醜的喝食。

寺院裡養的喝食基本上都是長相可愛的，就像繪草紙（繪本）畫上描繪的牛若丸（源義經）那種模樣，留著一頭長髮，瀏海向左右撥開，外貌可愛服裝美麗。等他長大得道，就會剃髮爲僧了。

想當年貴族和武家（爲幕府工作的武士之家）的小孩被送進寺院修行，才會那樣漂亮。而眼前這個小鬼頭，實在和喝食搭不上邊。

（看樣子，是窮人家出身的。）

商人們這樣想。如果他本來有個家，家人應該在他當喝食的期間送些衣物和用品給他才對。有些喝食的家裡有錢，甚至連飲食都包辦了。可見日吉的老家窮困，根本顧不了他。

「光明寺裡有幾名喝食啊？」

「我有兩個師兄。」

「都像你這種打扮嗎？」

「不是。」

小鬼頭的臉因爲哀傷而扭曲，高野聖他們都看得出來，另外兩名喝食應該是富裕的農家之子，會穿著漂亮的衣物，像個可愛的少年。只有這個小鬼頭打扮如此破爛。

（小鬼頭，你在寺院裡受到的待遇恐怕很不人道吧。）

百阿彌陀佛這麼想。

「加入我們聖商的隊伍吧。聖商的組織是一律平等，不像寺院裡那樣還要區分階級。」

「意思是，大家都是乞丐囉。」

「你這小鬼！」

他又再一次刺傷了商人們的心。

「小鬼頭以爲我們是過去那種高野聖呢。我們是住在京都的聖商啊。你看我們帶著這麼多京都的綾羅綢緞，我們都是有錢人，不但有錢，還在京城裡有三個妻子呢。」

「妻子？」

聽到這裡，小鬼頭才察覺這群人的打扮確實不同。

「你這個喝食在外頭晃了一整天，不會挨寺裡的住持罵嗎？」

「我早有覺悟了。」

今天早上，小鬼頭擔任住持的跑腿，送信去給今朝津島的當鋪。之後在回程時，就碰到百阿彌陀佛他們一行的商人聖。

「會被寺院懲罰喔。」

「那我就逃跑。」

小鬼頭似乎已經下定決心，要加入百阿彌陀佛這支有錢的商隊了。

逐漸走近萱津村了。

這個村子，其實並不如想像中那樣沒沒無名。在鎌倉時代，這裡曾經是人來人往非常繁榮的旅店街，到了小鬼頭的這個時代，當年的盛名還依稀可見。在村子的邊緣地帶，有兩三家旅店備有遊女（妓女）。說句題外話，住在這裡的傀儡女（遊女）之中，曾有一位名叫赤子，非常善於作曲唱歌，日本的《續新古今集》裡就收錄了她寫的情歌。

商人聖馬上走進村內。

大家都加快了腳步。

「拜託、拜託，有沒有人家願意借宿啊？」

商人這樣叫道。一面行進一面呼喚，但這畢竟是個鄰近山國的純樸村莊。

——沒有人回答。

其實信仰大家都有，並沒有完全喪失。村民都知道讓高野聖借宿能夠爲家中小孩積德。

但是，尾張這裡靠街道兩旁的村落，人品就不一樣了。

「夜盜怪來啦！」

一聽到有人這麼喊，路上的人馬上四散奔逃，家家戶戶都緊閉門窗，用背抵住大門。畢竟借宿又拿不到錢，媳婦和女兒還可能被染指，這可不行啊。

筆者寫到這兒，突然想起一件奇妙的事。就是一再被人傳誦的德川家旗本（直屬家臣）大久保彥左衛門著述的《三河物語》裡寫道，在足利義滿將軍主政時，與尾張相鄰的三河，有個流浪的高野聖名叫德阿彌，住宿在酒井鄉的豪門酒井家，結果玷污了酒井家的女兒，產下一子。德阿彌可沒就此罷手，又前往松平鄉借宿在松平家，結果松平家的女兒也產下一子。松平家礙於面子，便招贅了德阿彌，成為松平家的當主（一家的家督、族長）。書上寫到，這就是德川家的起源。

這些高野聖可不能掉以輕心啊。

總之，百阿彌陀佛不管怎麼巡遊、怎麼呼喊，尾張的萱津村就是沒有一戶人家肯打開門來。

不過，商隊裡有小鬼頭。

這個小鬼頭走在行商隊的前頭，一面走著一面喊道：

「拜託、拜託，有沒有人家願意借宿啊？」

但是村裡的家家戶戶都沒反應。

「尾張人的戒心真強啊。」

百阿彌陀佛站在村子中央的交叉路口，絕望的嘆了口氣。太陽已經下山，百阿彌陀佛的臉被夕陽照成橘色，與黃昏融為一體。

「請在這裡稍等。」

小鬼頭好像加倍努力了。

看到尾張人這麼無情無義，心中的義憤讓他四處奔走，詢問村子裡他認識的人家。

他畢竟是光明寺的喝食，對信徒的住所還蠻熟悉的，也聽說過家家戶戶的大小事。知道老人心軟，就裝可愛說服老人；知道媳婦信仰深厚，就用信仰來說服。

要是不收留這些行腳僧，就拿出大絕招：

——小心給小孩造業障喔。

意思就是說，將來小孩長大，去世時會無法前往極樂世界喔。

使出了這招大絕招，許多民家都不得不答應了。

等到月亮升起時，已經說服了五戶人家讓行商隊留宿。

「唉呀，真的是受您照顧啊！」

百阿彌陀佛似乎忘了對方是個小和尚，握住他的手，用成人的禮儀致謝。

小鬼頭得到這樣的感謝，當然開心得不得了。

「要是住得不順心，請到光明寺來找我說。」

他也突然改用成年人的口吻回覆，然後站直身子，哈哈哈的仰天大笑起來，似乎是太驕傲了。

問題是這小鬼頭的大難現在才要臨頭呢。

他一回到光明寺，守著正門的同門師兄弟早就站在那兒等他。才剛爬上石階就被逮個正著，然後猛然來一記鐵拳。

「你這傢伙跑到哪裡去了？」

開口罵人的，是個名叫仁王的最年長喝食。仁王的出生地和小鬼頭一樣，都在愛知郡的中村；不過，同鄉並不代表他會手下留情。

仁王力氣很大。

臂力完全不輸給成人，他就用這身力氣來教訓小鬼頭，有時甚至用力到幾乎要把小鬼頭給打死了。

雖然這是後話，但是仁王結果並沒有得道成僧，而是逃離寺院，返回中村繼續當個老百姓。

說得更遠一點，這件事發生四十年後，小鬼頭又回到他的出生地尾張國愛知郡中村。

只能說，時光是最不可思議的。

這時的小鬼頭，已經成爲關白太政大臣（輔佐天皇的重臣，相當於宰相）豐臣秀吉了。當他前往討伐消滅了小田原的北條氏之後，在歸途上，他率領著全日本集合而來的大名和軍團。

大軍走到中村時，秀吉擺下酒菜宴請村民，與村民閒話家常。說到一半時，他突然說：「仁王還活著嗎？」

這樣詢問道。這些對話和經過都記錄在《祖父物語》這本書裡。

「嘿嘿嘿！」

一聽到這話，中村的村民頓時臉色發白，因爲他們都知道當年仁王是如何虐待小猴子的。

——那隻小猴子在搞什麼把戲？以前，我還常拿鐮刀的木柄敲他的頭呢。

村民都記得仁王說過這句話。

秀吉是個心胸寬闊的人，這是他爲人的一大特色。只是，小時候的恩怨可沒有忘記。

——仁王還活著嗎？

此話一出，瞬間所有人都失去笑容，村民張大了嘴，不敢回話。

這種事情他們可不想沾上身。人在小時候，靠的是動物的本能，比方說被大的動物拳打腳踢，這種恐怖和憎恨會留在小動物心裡，長大後也不會消失。

秀吉馬上回過神來，笑著卻又正經的說：

「還活著的話，就把他拖出來，在這裡斬首。」

當然，這是玩笑話。但是老百姓可不覺得好笑。

「仁王已經死啦。」

村中的耆老牙齒一面咔咔咔的顫抖，一面回話。

當然，仁王還活著。

「是嗎？」

秀吉又說，仁王以前很照顧他，他本來想賞賜土地給他。沒想到仁王沒這個運，享受不到好處了……。仁王要是聽到這段對話，想必會嚇到魂飛魄散。對受封爲關白的秀吉而言，最想做的就是復仇。接著，復仇還在繼續。

「中村是我出生之地，所以中村一帶的人都免繳租稅，百姓可以享有自己的所有作物。」

老百姓都歡欣鼓舞，就只有仁王心中充滿悲憤。

因為，仁王已經死了，死掉的人就領不到好處了。

總而言之，這個仁王曾經把小鬼頭打得半死不活。

漸漸的，小鬼頭開始討厭起光明寺了。

這是當然的。因為高野聖那群商人的領隊百阿彌陀佛說過：「我們這裡不分階級。」他在寺院裡無法發揮的才能，在行商隊之中可說是最有用處的。而且，行商隊用成人的態度對待他，對他有正面評價，這樣的待遇也很不錯。

（我討厭寺院！）

他這麼想。又陰沉、又無力。再怎麼努力也沒有回報。比方說學問——小鬼頭其實並不喜歡學問——再者，他想要一路往上爬，問題是要爬到住持的身分也很困難。因為住持一向都是由擁有富裕老家的僧侶繼承，很多小和尚雖然年紀還小，就已經知道未來的出路了。

（乾脆逃出去算了。）

他已經不知道這樣想過多少次了，但是這一天真正確認了這個決定。

其實這個決定也是被迫的。

怎麼說呢，原來當天晚上有施主找上寺院了。

「據說是光明寺答應，才讓那一群高野聖宿泊在平民家，這是真的嗎？」

聽到這話，寺方嚇了一跳。

「我們不記得有下這樣的指示啊。」

光明寺信仰的是時宗，和高野聖他們的信仰宗派不同。高野聖的信奉的祈禱和真言咒，是時宗最厭惡的。

「我們才沒有下這樣的指示！」

寺院馬上展開調查，發現有五家信徒接納了高野聖的商隊。而促成了這一切的人是小猴子。寺方知道這個小和尚狡猾機靈，所以寺裡擔任執事的僧侶，馬上把小鬼頭找來。

「是你幹的嗎？」

小鬼頭跪坐在走廊上承認了，並沒有一絲恐懼。

（平日要小聰明的小猴子，今晚怎麼這麼趾高氣昂的。）

「爲什麼要假冒寺方的指示？」

「爲了方便。」

「什麼方便？」

「爲了方便那些人能夠順利找到住宿的地方。」

聽到他這麼理直氣壯，就惹人生氣，於是把小鬼頭綁了起來，丟到倉庫裡去反省。

（可惡。）

雖然這麼想，但是小鬼頭並不會鑽牛角尖，反而覺得充滿希望，因爲這樣的生活今晚就會結束。從明天起，他就會投靠高野聖，跟著行商隊一起巡遊做生意。

（那樣的生活眞不錯啊！）

一想到這，他覺得無限寬廣的未來將在他面前拓展開來。商人就像魔術師，靠著一張嘴便能把貨物變成錢。不像農民那樣一直被農地給綁住，完全失去自由。

這名少年出生在沾滿泥巴的家裡，是最深刻理解窮困的人，深刻到他的骨子裡。

中村其實距離萱津不遠，只有一里（約四公里）。位於低窪濕地的中村，民家都用粗糙的木板搭成小屋，村裡共有五、六十戶這樣的破屋。附近的城鄉都知道中村的名產是蜆，全黑的外殼、肥美的蜆肉，相當出名。可是，蜆肉肥美，村民卻又瘦又矮。

這個產蜆的村子裡，有個人名叫木下彌右衛門。他是小鬼頭的親生父親，小鬼頭卻一輩子沒有提過他。

彌右衛門年輕時就離開村子到古渡去，在織田家底下當足輕（步卒）。在善良百姓的眼中，這種當兵的人就像流氓一樣。可是，對不是長男的次男與弟弟來說，當足輕可以領到一些米糧，換成錢存起來，將來買塊田地當農夫，這是唯一的生存之道。

彌右衛門在戰場上負傷，只好返回村子，重新當個老百姓。

一開始先討個老婆。很多足輕都是這樣做的。他的妻子來自尾張的御器所村，這個村子屬於織田家的家老（地位最高的家臣）佐久間氏的領地。

接著小鬼頭就出生了，之後他的妹妹也誕生了。

可是，小鬼頭八歲的時候，彌右衛門病死，妻子成了寡婦。

隔壁家住著一個名叫竹阿彌的光頭，這個人也是年輕時就離開村子去侍奉織田家，當個替家臣泡茶的茶坊主（茶室小伙計）。但是後來也因病去職，回到村裡，住在彌右衛門家的隔壁。

很自然的，因爲隔壁住了個寡婦，他就入贅進門。因爲寡婦擁有一點點田產，是彌右衛門留下的，竹阿彌也就佔了這點田地。

「隔壁家的光頭要當爸爸嗎？」

這時的小鬼頭還只是個口無遮攔的幼童，所以，繼父和他之間感情很差。

「小猴子！」

竹阿彌也不給小鬼頭好臉色。和要上戰場打仗的彌右衛門不同，竹阿彌講究茶道禮儀和觀察人心，性格偏向陰沉。

接下來，竹阿彌和小鬼頭的母親又生了一男一女。年紀大的兒子取名小竹，意思是竹阿彌之子。他就是日後豐臣秀吉的弟弟秀長，當上了大納言（官職，三或四品，副相），通稱大和大納言，個性溫厚，頗受人們景仰。

但是母親卻因此更加辛苦了。先夫之子和竹阿彌和不來，這是個大問題。

對竹阿彌來說，將來把田地交給自己的親生兒子是理所當然的，所以小鬼頭的母親只好把他送到寺院當喝食。雖然平常有贊助一點飯錢，但是繼承權就這樣沒了。

小鬼頭在寺院裡過得並不好。

他並不怪罪母親，卻非常討厭繼父，怨恨到一提到竹阿彌就斬釘截鐵的說：

「我沒有父親。」

他對母親非常尊重敬愛，他的母親後來當上從一位大政所（大北政所的略稱，本來專稱關白的母親，現在特定專指秀吉的母親），在文祿元年（一五九二）以八十高齡去世，讓秀吉難過得差點哭到死掉。

總之，這就是小鬼頭的身世。現在他被關在倉庫裡，只有睡覺作夢才能讓他從現實的殘酷中解放出來。

隔天早上，師兄解開他的繩子，小鬼頭立刻衝出山門，跑到村中的道路，要去投靠那群商人聖。

（我要當個商人。）

自己的人生之路只有一條，就是從商。

他跑向一戶昨天收留商人的施主家。

「聖商呢？」

他又咳又喘的問。表情就像是在後山挖到埋在土裡的寶藏一樣。

可是命運沒有站在他這邊。

「走啦。」

施主家的人這麼說。昨夜很晚的時候，光明寺的執事曾經派人來傳話。

——這是光明寺的施主家，於法於禮都不該讓高野聖宿泊。今晚雖然不會趕你們走，但是明天日出之前就要離開。

寺方把話給講白了。

「都走了嗎？」

小鬼頭心中頹喪，但是並沒有絕望。他的聰明才智讓他在遭遇絕望時會立刻想新的方案，靠著這個能力，他的一生從來沒有因爲失望而陷入黑暗。

（那我就逃離寺院，回到老家，準備當個商人。）

他馬上在村中道路上跑了起來。

唯一讓他困擾的只有一件事，就是他無法預測，被光明寺趕出來會讓他的繼父竹阿彌多麼生氣。

——你這渾球，爲什麼跑回來！

然後狠狠的毆打他的頭，想到這個就令人害怕。
從這點看，他還只是個孩子。
（好，我想到一個好辦法了。）
腦筋想到好計畫，手腳馬上動起來。小鬼頭爬上寺院的石階，毫不在乎的在山門口撒了一泡尿。雖然只是個小動作，但一切都在他的計畫中。
這相當於射出一支鏑矢，向寺院挑起戰端。
寺裡的人，包括僧侶、喝食、寺男（寺院打雜的人）等一群人馬上朝小鬼頭追過來，小鬼頭一直往寺院的裡面逃，躲到本堂的阿彌陀如來身後。
「我還有些事沒做完，我要留在這裡做好，至於神佛的處罰，你們都要有覺悟喔。」
他這麼嚷道。
所有人都嚇翻天了，不得已，執事僧侶只好站出來安撫小鬼頭，暫時原諒了小鬼頭。
隔天，小鬼頭不知從哪裡弄了一把生鏽的刀子，在倉庫一旁的石頭上努力的磨利。

——為什麼要磨那把刀？
一名經過的寺男這樣問道。
「我要拿來砍人的頭。」
小鬼頭扯了個謊。雖然他說的話很恐怖，眼睛卻咕嚕咕嚕轉，臉上露出笑意。這表情反倒惹人憐愛，寺男實在恨不下去。
「你到底要砍誰的頭啊？」
「等我砍了你就知道啦！」
小鬼頭拚命的研磨刀鋒。
「等到那時不就太遲了嗎？偷偷跟我講啦。」
寺男像是要討好小鬼頭一樣。在小鬼頭背後的牆上，長著奇怪的植物，別的樹在早春時節都是綠油油的，只有這株植物剛發芽的新葉是紅色的，而且像鮮血一樣紅，令人感覺很難受。
「我不能再多說了。再說下去，人就會跑啦。」
「應該不是我吧？」
「你捫心自問，平常有沒有虐待我。如果沒有，那你就可以放心了。」

想當然，這馬上引起寺院裡一陣譁然。執事僧侶終於下定決心，懇求住持把小鬼頭從寺裡趕出去。

執事僧侶名叫定漢，是從京都六條河原的歡喜光寺遷移過來的，所以說得一口京都腔。他用特有的柔和語氣將住持的決定講了出來。

「住持的決定就是這樣。」

定漢這麼說，小鬼頭變得沉默了。

（我要是被趕出山門，一定會被竹阿彌毒打一頓。）

老家比他現在住的寺院還恐怖呢。

照小鬼頭的規劃，最理想的情況不是被趕出山門，而是鄭重的送出光明寺。

（要怎麼樣才能躲過災禍呢？）

小鬼頭從小就在人群之中混日子，非常懂得察言觀色。

——寺院看來是一定會把我趕出山門了。

這點非常確定。

「定漢大師兄，我不能這樣就被趕回老家啊。」

他這樣哀嘆。

聽到他的哀嘆，定漢慌著問道：「爲什麼？」

「沒別的理由，只因爲我家有個竹阿彌。」

「原來如此。」

定漢笑了出來。因爲定漢也很清楚小鬼頭家裡的事，知道他爲什麼被送過來。

「竹阿彌有這麼恐怖嗎？」

「竹阿彌這個人並不可怕，可怕的是他是我的繼父。」

「這話怎麼說？」

「定漢大師兄到中村去，在竹阿彌面前兩手伏地行禮，跟他說他送到寺院來的孩子讓寺院從上到下都很開心，這樣說就好了。」

「你這小子！」

定漢叫道。但是小鬼頭卻表情一變，仰起頭來嘻嘻的笑了，他的話並沒有惡意。

「你有什麼話想要說，就儘管說吧。」
定漢實在是拗不過小鬼頭。
「定漢大師兄只要照我說的去說，然後好好探望他就行啦。」
「慢著慢著，你要我用尊重的語氣這樣跟竹阿彌說話嗎？」
「對我而言，竹阿彌是繼父。但是在村子裡，他比地頭（莊園和鄉村的地方下級官吏）還強勢呢。」
「我明白了，你要我怎麼說呢？」
「就說你們平日觀察過這孩子，發現他器量過人，智勇兼備，關在寺院裡實在太浪費人才了。所以山裡的僧侶仔細詳談，決定把孩子交還給父親，不要讓他的人生浪費在寺院裡。」
「你膽子還眞不小啊！」
連定漢都爲之折服。小鬼頭的腦筋總是想這些鬼點子。
「我怎麼能說出這種話呢。自古以來連天皇都敬奉三寶，我定漢雖然只是個鄉下寺院的執事，但僧侶畢竟是僧侶，怎麼能跟竹阿彌這種下等人用敬語說話。」
「眞令人困擾啊。」
小鬼頭陷入沉思。當然他不是認眞的，但是表面上，他運用天生的演技裝出嚴肅考慮的模樣。
「怎麼了？」
定漢看到小鬼頭皺眉頭的臉，忍不住問他。
「難道眞的得放火燒掉嗎，定漢大師兄？」
「燒什麼？」
「寺院啊，就是這座光明寺啊。這座寺院挺麻煩的，只好這樣解決了。等到我離開寺院之後，找個夜黑風高的晚上，一把火把寺院給燒光。」
說罷，站起來轉身要走，定漢趕緊把他抱住。
「你在說什麼傻話?!」
定漢回嘴說，你敢燒寺院，我就找地頭來燒死你。但是小鬼頭抱著定漢，兩手撫摸著定漢的背。

「結果都一樣啦，定漢大師兄——定漢大師兄也知道我位於三界之身一無所有，也沒什麼可以失去了。除了繼父，我在人世間已經毫無畏懼。就算要燒死我、要鋸死我，我也不會害怕。反正現在我決定了，要把寺院給燒光。」

「小猴子。」

定漢終於折服了。「我會去中村，」他說：「見到竹阿彌，說你要我說的那些話，並且盡量不觸怒竹阿彌。」

「定漢大師兄。」

小猴子臉上堆起了笑容，即使定漢也不禁覺得：

（這小猴子醜醜的笑臉還挺可愛的。）

看到這臉，實在很難拒絕——但是之後小鬼頭說的話，又讓他面露嫌惡。

「你很容易說服嘛。」

離開萱津村的百阿彌陀佛一行人，之後在尾張各地巡遊，終於走到邊境的阿野里。

只要跨過邊境這條河，就到了三河國。可是這一帶既無橋也沒渡船，只能找個淺灘小心的渡河。

「這才想到，要是光明寺的那名喝食跟著隊伍，就能發揮長才了。」

事到如今，怨嘆也沒用了。

「早知道用綁的也要把他帶著走。」百阿彌陀佛站在堤防上惋惜的說道。

「接下來的諸國武將都聽過高野聖，我們得找一些有用的人才跟著隊伍才行。」

的確，這是個人心難測的艱困時代。就連高野聖的領隊，也有心想要發掘天才。

「如果他真的那麼有用，我乾脆走一趟回頭路，直接去把他帶過來。」

一名拿著手杖的隨隊少年這麼說，是個名叫小聖的小個子。

「是嗎，你願意這麼做嗎？那眞是感激不盡，我們就在遠州濱松那裡會合吧。」

「三河這段路怎麼辦？」

「就直接通過了。」

領隊說得好像理所當然。

三河自古以來就是個民風純樸、士農工商都講誠信的地方。高野聖的行商隊原本可以在這裡好好的做買賣賺錢。只是，這些年來本願寺的南無阿彌陀佛（一向宗）四處傳教，連三河也不放過。本願寺的僧侶以攝津石山（大坂）的本山爲基地，朝各地的寺院推廣一向宗的教義，導致許多寺院因此改宗，就連大坊主都在三河擁有一定的權勢。這些寺院既然信了一向宗，當然不會對高野聖的行商隊有什麼好臉色了。

「所以我說要直接通過，等到跨越三河抵達遠州，才有賺錢的機會。」

領隊的判斷是正確的。三河的本願寺門徒加上原有的民風氣質，想必非常頑固。

——異教異宗異端之人，走在路上就連袖子都不能相碰。

一向宗甚至如此揚言，叫大家不要買高野聖的東西，不能收留高野聖借宿。

教義如此跋扈，並不是靠著三河的守護大名（幕府任命、領國較大的大名）在支持，反而是松平家欠缺實力，武力太弱，不足以統御本國百姓。結果一向宗門徒流傳起一句話：

「和主人之間的契約只有一世，但是不服從一向宗教義則是永世劫難。」

甚至高唱反抗各地領主，要當一向宗阿彌陀如來的臣屬，這樣的意識相當普遍。

就連寺院的模樣也不同。

基於一向宗的宗旨，寺院建築都強化成半城寨。四周挖出護城河，座牆加高，上面蓋一棟名叫「太鼓樓」的櫓。櫓上還塗抹了白灰泥，以防火矢攻擊。

「聽懂沒，到遠州濱松會合。」

領隊再一次重複命令，小聖就一個人轉頭返回尾張國了。

可是當他回返萱津村，一路詢問到光明寺的山門口，才知道那個小傢伙因爲協助高野聖，已經被趕出寺院，回到老家所在的中村了。

（中村離萱津村並不遠嘛。）

小聖於是離開大路，走上小徑。一邊走一邊拿著竹杖撥開惱人的雜草藤蔓。好不容易他看到了一個水塘，遠遠那一頭種著一棵老榎樹。據說，中村就在那老樹之後。

（好普通的村落啊。）

應該算是水鄉澤國吧，村子四周大小河川溪流穿越，從某個角度看，會以爲整個村子漂在水上呢。

小聖出身但馬的山村，看到這幅風景，不知爲什麼回想起了自己在山上的故鄉。雖然山區和沼澤差異很大，但腦中還是突然回想起故鄉的風景。

（不過，假如我出生在這種地方，我絕對不會懷念故鄉。難怪尾張有那麼多人四處旅行做生意。）

小聖跑進村子裡。

「請問竹阿彌的家宅在哪裡啊？」

他詢問村裡的人，得到「外頭」這個答案。莫非是有分家、新宅或者新家在村子邊緣？跑過去一看，原來是間爛房子。

（這豈是人住的地方？）

他愣在當場。聽到破屋裡傳來好多小孩的吵鬧聲，還有嬰兒的哭聲。看來這家人的孩子不少。

「抱歉打擾了！」

他用手拍一拍屋外的圍籬，一名中年婦人走出破屋。她應該就是小猴子的母親吧。

「請問這裡是光明寺的喝食的老家嗎？」

婦人歪著臉嘀嘀咕咕，好像寺方派人來告狀說小鬼頭又犯了什麼事似的，直到小聖表明身分，她才放下一顆心說：

「他在那邊的河裡捕魚吧。」

小聖鄭重的回禮答謝，走出村界，在村外有條小河，他看到一個人在小河邊的樹叢裡彎腰捕魚。沒錯，是那個小鬼頭。

「日吉大人！」

聽到有人叫名字，小鬼頭抬起頭來，他手上的捕魚籮筐好像撈到了一些小鯽魚。

「……！」

小鬼頭沒有回話，但是一看到小聖，臉上就浮現笑容。

「你在抓小鯽魚嗎？」

「不！」

小鬼頭嚴肅的回道：

「我想要抓水獺。」

（眞會吹牛。）

小聖心裡想。叫這個小鬼頭來抓鯽魚還眞是大材小用，難不成這種地方眞能抓到水獺？或者這是隱喻，水獺其實代表著小鬼頭無法實現的未來夢想？

「在下是走到三河的阿野又折返回來找您的，是領隊百阿彌陀佛大人這樣交代在下的。」

站在河濱的小聖說道，還彎腰行禮。

對小鬼頭而言，從他出生到現在，從來沒有人跟他這樣說話。小聖的話充滿吸引力，猶如天籟。

嘩啦！

小鬼頭像水獺一樣跳進河裡，在河裡一步一步前進，終於爬到這一頭的河岸上。

「我去。」

他和小聖正眼對看，嘴裡這樣說。這是小鬼頭開始他波瀾萬丈生涯的第一句話。

「他們在遠州濱松那裡等我們。濱松那裡有座惠福寺，是座小小的眞言宗寺院。寺院裡有個叫與藏的寺男。只要跟寺男與藏詢問，就能知道我們的行商隊在遠州的哪裡落腳。」

「我明白了。」

小鬼頭毫不猶豫的回應說：

「不過我有一些東西要準備，三天之後才會從中村出發。」

「非常感激。」

小聖從懷裡取出一只小布袋，放在小鬼頭的膝蓋上。

「這是給你用的旅費。」

「我不需要這個。」

小鬼頭立刻反駁：

「如果我收下的話，我就變成被百阿彌陀佛雇用的下人了。」

「事實上，的確是要雇用你啊。」

「不、不一樣。我只是想跟在百阿彌陀佛和行商隊身邊。以武家的說法，應該算是客將吧。」

「客將啊。」

小聖對他的遠大志向感到驚訝，但話說回來，他還是得跟著百阿彌陀佛走，結果是一樣的。

「那麼，日吉大人，這些錢就先寄放在我這裡。您一定要遵守約定，三天之內離開村子，到遠州濱松的眞言宗惠福寺找寺男與藏。」

「明白了。」

小鬼頭扔下捕魚籮筐，沿著土堤跑遠了。

（眞是個怪傢伙。）

小聖心想，小鬼頭還眞是怪人。一下子讓人看了喜愛的友善模樣，一下子又變成那種乾脆俐落的態度，說跑就跑了。

（咱們畢竟和以前的年輕人不同了，在這亂世中，就是會冒出這樣的少年郎。那傢伙的內心，究竟是兒童還是少年？說不定兩者兼具吧。）

至於跑在回村子的路上的小鬼頭，內心可不像小聖所想的那麼複雜。他的胸口猛烈鼓動，心臟好像不趕緊用手抓住就會跳飛似的，心情十分雀躍。

（這個世界還是需要我的。）

這是小鬼頭從未有過的新鮮心境，他從未體驗過如此的感動。希望在他心中萌發。

他心裡想著「我要成爲商人」。雖然高野聖在世間巡遊惹人厭惡，而小鬼頭則是充滿朝氣，性格全然不同。

（我不要當高野聖。）

然後，他又開始在心裡編排計畫了。要批發哪些東西來賣？要怎麼賣？如何賺取利潤，他必須趕緊學會這些商人的手法。

回到家之後，他沒有跟母親提起這件事。只說：

「我要去釣魚。」

然後把魚竿等釣魚工具放在小車上，拉著小車又跑出老家。這裡距離海濱有四、五里遠。他一抵達庄內川的河口，就徹夜放餌釣蝦虎魚，當他釣起兩百尾蝦虎魚之後，就把稻草用潮水浸濕，蓋在漁獲上頭，轉頭返家。一到家立即剖開魚肚清理腸泥，用稻草穿過魚頭串起，吊在屋簷邊上等著曬乾。

（這小猴子竟然會爲家裡準備糧食，還眞稀奇。）

竹阿彌斜眼看著小鬼頭埋頭工作，但是什麼話都不說。

經過一整天的作業，家裡充滿了魚腥味，但是有這麼多的魚可以吃，魚腥味算什麼呢。

「母親，等到曬成了魚乾，就給大家吃吧。」

小鬼頭用少見的低沉囁語聲說道。

其實小鬼頭是個大嗓門，日後甚至被稱爲日本三大嗓門之一。可是這時的他，說話卻縮小音量，帶著陰鬱之氣。

「要吃喔。」

「好，我們會吃的。」

母親是個腦筋遲鈍卻擁有傳統美德的人，她沒想到這是先夫的長子留給家裡的最後一份禮物，一大批的魚乾。

當天夜裡，小鬼頭離開了中村。對小鬼頭來說，出外行商還是帶著悲傷，畢竟他不會再回來了。

（我手邊有錢。）

他看看自己手上的一貫永樂錢。這是亡父留給他的唯一遺產，放在懷裡感覺格外沉重。

他走上往北的路徑。

他並沒有往東走去遠州。往北走，是走向尾張最大的城下町清洲。

天亮時，他抵達清洲，買了一個背囊和許多縫衣針，背著這些東西轉往東方前進。他打算在路上賣針換錢買飯吃。

（光靠一貫錢當飲食費用，只會越用越少。但是賣針可以賺錢，而且可以一路賺下去。）

這就是尾張人的智慧，連這小猴子般的尾張人都懂這個道理。

小鬼頭急急向東走。

…………

不過在東方，擋在遠州之前的三河發生了小鬼頭不可能預料到的變異。

三河的安城南方有座上宮寺，是三河國最大的本願寺分支。在那附近，百阿彌陀佛所帶領的高野聖，不知怎地，和一向宗的本願寺門徒發生爭執，打殺起來，結果高野聖行商隊幾乎全被殺光了。

當然，他們沒能依照約定抵達遠州的濱松。小鬼頭的目的地是濱名湖的湖畔，不過等他到達那裡，再也等不到那群帶著兩匹馱馬的高野聖了。

從清洲出發的小鬼頭，預計一天可以走七里，當晚在桶狹間一帶的有松夜宿野外，隔天通過三河領土，傍晚就能到達可以望見岡崎城的矢作川。

這一路上，他走到村落，都會放慢腳步大喊：

「賣針啊！賣針啊！」

有人跑來買針時，他就卸下背囊拿出縫衣針來賣。買賣一完成，他又趕著上路。離開村子後，小鬼頭幾乎是用跑的爭取時間。

依照他既定的計畫，兩天內小鬼頭就抵達了矢作川，速度非常快。

藥王子

在三河矢作之宿，住著一位名聲響亮的遊女，名叫：

藥王子。

她擁有一棟家宅，手下有跑腿的下人和數名童女。當攜帶著貨物的商人行經前方街道時，她會叫住他們，看看這人的長相是善是惡，再邀商人宿下，到了晚上當然不免同床共寢，一夜春宵。

「住在矢作的小老婆。」

聽到這句話，大家都立刻聯想到藥王子，她就是這麼知名的遊女。

有一天——

矢作的藥王子打算出門摘些花草，她穿上不亞於京都貴婦的美麗衣裝，這是外人難以見到的裝扮。在她身後，則是跟著一名下人和兩名童女。

返家途中經過矢作川的河濱，她看到了奇怪的光景：有個少年拿著一片木板放在地上寫字。

（哎呀，會寫字啊——）

她就像是看到跳蚤馬戲團一樣驚訝。因爲在這個時代，懂得寫字的人，不是寺院的僧侶，就是城下町的富豪。至於武士，好些還是文盲呢。

這名身穿著髒兮兮的白麻衣與過膝短褲的小鬼頭，把木板放在河濱的石灘上，歪歪扭扭的在上面寫字。光是這景象，就吸引了藥王子的注意。

但不僅如此。

那個小鬼頭寫好字之後，就拿著木板走向渡船頭旁邊的一棵大樟樹，用繩子把板子繫在樹枝上。吊著的木板隨風搖曳。

板子上寫著一段留言。

（到底寫了些什麼？）

藥王子忍不住上前窺探。

上面寫著：

曾在尾張光明寺門前相會的高野聖大人

在下聽聞您一行人在該國上宮寺與該地信徒發生打殺爭執，據說有一人逃過危難，但是在下不管怎麼樣都遍尋不著。

不得已之下，原本要在遠州濱松相見的約定，只好作罷，抱歉至極。

小猴子

（居然有人自稱猴子？）

藥王子忍不住看了看小鬼頭的臉，還有他在木板上的署名。其實他長得還挺可愛的嘛。

「小猴子大人。」

她開口叫道。小鬼頭嚇了一跳，轉頭一看，更加震驚。

（這是所謂的驚爲天人嗎？）

小鬼頭這麼想。對世面見不多的小鬼頭來說，看到遊女是個大驚奇。以披風遮陽的藥王子，在小鬼頭眼中，是人世間從未見過的大美女。

但是，儘管一開始的反應有些狼狽，小鬼頭還是很大膽。他馬上停下腳步轉過身來，用成人的敬語回話：

「您在叫喚在下嗎？」

聽小鬼頭說敬語，看他挺直背脊，藥王子內心覺得好笑，但她忍著笑意。

「此處寫的是什麼意思？」

她指著木板上的文字。其實是想跟小鬼頭聊一聊。

「就是字面上的意思。」

小鬼頭打從出生到現在，還是頭一次跟藥王子這種上等女人對話，所以緊張得像是在人群中公開表演田樂（民間歌舞）一樣。

藥王子快要忍不住笑意了。小鬼頭其實也知道自己的滑稽模樣，和藥王子對看了一眼，兩人居然同時大笑起來。小鬼頭的笑容是那麼的天眞，人人看了都喜歡。兩人之間的距離也因此迅速拉近。

「今晚有地方住宿嗎？」

「在下無處可去。」

小鬼頭還沒壓下興奮的心情。

「你就別再咬文嚼字了。腔調那麼重，我看你是出生在尾張吧？」

「您說中了。」

「清洲一帶？」

「嗯。」

小鬼頭用力點頭，突然回到了小孩模樣。

（他到底有沒有當過「男人」啊？）

藥王子看看小鬼頭的體態，突然對這方面有點興趣。

「今晚你就住在我那兒吧。我是住在這個鄉里的遊女，名叫藥王子。聽過嗎？」

「沒聽過。」

（原來他還沒開葷啊。）

藥王子心中竊喜，暗自想著，今天晚上要把這小孩變成大人。

在回程的路上，藥王子問了小鬼頭好些問題，尤其是他寫在木板上的留言。

其實小鬼頭從尾張過來時，已經在矢作這裡聽說了高野聖被本願寺門徒殺害的消息。爲了確認眞實性，他先渡過矢作川，前往岡崎城外的城下町，然後走到田園，在上宮寺本證寺所在的村落巡遊，確認他聽說的是已經發生的事實。

高野聖行商隊一共有九人被殺。

據說有一人逃過死劫，但是已經跑得不知去向。

可是當初「在遠州濱松會合」的約定就是約定，所以他才決定寫一塊留言板。

「你眞是個守信用的人啊。」

「我覺得這是做人最基本的道理。」

「怎麼說？」

「我在這個世上未曾擁有過什麼東西。既沒有錢，也沒有家世。——要是連最基本的做人道理都沒有，那我就不算是人了。」

小鬼頭的話很有道理。應該歸功於發問的人問問題時很有技巧。

「可是，爲什麼高野聖會被殺呢？」

「因爲口角。」

根據小鬼頭的調查，當天日落前，高野聖一群人剛通過上宮寺附近，一向宗門徒就靠了上來。

「阿彌陀的假貨路過啦。」

結果遭來一陣訕笑。因爲同樣信奉阿彌陀如來的教義，高野聖信仰的是眞言宗，本願寺則是淨土眞宗。

眞言宗是以大日如來爲宇宙的中心，阿彌陀如來是其中的一個表象，就階級而論，只能算是大日的家臣。身爲家臣的阿彌陀只能負責人間的葬禮，當人死後，阿彌陀如來就會駕著白雲前來迎接死者之靈。換句話說，是專門負責葬禮的。

但這些門徒——也就是以親鸞爲祖師的本願寺——信奉的淨土眞宗，看法則完全不同。

他們認爲只有阿彌陀如來才是宇宙中心的主角，宇宙中只有這一位神佛，沒有其他的佛存在。所以什麼大日、觀音、地藏都不存在，既然不存在，就連家臣的地位都沒有。簡單的說就是一神教。

這樣的宗旨，最初是由鎌倉時代的親鸞祖師想出來的，不過當年並沒有流行起來，親鸞死後更是無人信仰。

之後，親鸞的子孫生活日益窘迫，變成親鸞的守墓人，住在京都的外圍當貧窮僧侶。一直到了八世蓮如才突然勃興。

蓮如是室町中期的人，在亂世中行遍各國傳達教義，想不到信仰者從北陸到東海，如野火燎原般開花結果，加賀國的門徒甚至發起一揆（農民抗爭），推翻了國主富婕式。到了小鬼頭的這個時期，加賀已經變成僧侶和地侍（土豪武士）聯合執掌的宗教共和國。

「或許哪一天三河也會變成像加賀那樣的國家吧。」

藥王子蹙著眉頭說。聽她的口氣，可以瞭解她雖然住在三河，但是並非一向宗的門徒。因爲她說：

「假如有一天眞的變成那樣，我寧可逃離這個領國。」

她小小聲的囁語，由此可見這些狂熱信徒的恐怖。這正是爲什麼高野聖到了這裡會被視爲異端，遭到門徒捕殺。

但實際上受到最大影響的是小鬼頭，那些人信奉哪個宗派根本不干他的事。

（我的運氣還眞差。）

他這麼想。好不容易打定主意要當個商人，沒想到高野聖卻全部被殺。接下來他該怎麼辦呢。

不過，小鬼頭並沒有陷在憂鬱中，因爲一刻鐘之後，他就像變了個人似的，在熱水浴池裡手舞足蹈。

「嘿嘿，好癢啊。」

第一件讓他覺得有趣的事，就是木造浴室。像是藥王子這種等級的遊女，當然有這些奢侈的設備。但是對小鬼頭來說，他活到現在，從來沒見過可以盡興泡澡的浴室呢。

（這是極樂淨土才有的浴室吧。）

甚至這麼想。

這間木造浴室是由檜木製成。室內埋了兩口大釜，一口用來燒熱水，另一口則是把熱水舀過來，免得熱水被燒滾了。爲了讓熱水變涼一點，有燒熱水的工人拿著青樹的樹枝攪動熱水稍微冷卻，然後注入檜木浴池裡。經過檜木薰陶，熱水就會冒出彷彿會滲入骨髓裡的香氣。

在熱水的煙霧之中，兩名童女幫他洗掉身上的污垢，所以小鬼頭才會嚷著好癢好癢。

「你先安靜一點。」

童女這樣跟他說，可是他實在忍不住。小鬼頭嘻嘻嘻的笑著，任由她們幫他刷洗，下體也不由自主硬了起來。

其中一名童女點點頭，覺得應該洗乾淨了，就在小猴子跨出浴池之前先一步離開浴室，在藥王子耳邊說了幾句悄悄話。

「他已經漲起來了。」

「有多大？」

「這麼大。」

一面說著，童女一面用手在空中大致描了一下尺寸。這個尺寸眞的誇張到超乎藥王子的想像，所以她又問：

「眞的？」

確認了好幾遍。只見童女頻點頭。對童女來說，這也是從未有過的經驗，既恐怖又感動，在心中造成衝擊。

小鬼頭跨出了浴池。

（呵呵呵。）

飯菜已經準備妥當，一頓夢幻般的美食擺在他面前。

「藥王子小姐，這是夢嗎？」

「這是現實世界。」

「——是嗎？」

小鬼頭懷疑的拿起筷子。眞沒想到，平常拿筷子總是一副窮人樣的小鬼頭，面對精美菜餚，突然整個人變得有禮儀了。畢竟他也在寺院裡待了許多年，不管寫字還是禮節都已學過。

小鬼頭吃著吃著，慢慢體認到這是眞實的，魚肉咬起來頗爲彈牙。

（我也想當個能夠過奢侈生活的人。）

但是他並沒有想要一步登天，小鬼頭的思考方式屬於漸進式的。因爲他知道，要過這麼奢侈的生活，得賺許多錢才能辦到，所以他想跟藥王子問清楚能夠變富有的方法。他非常執拗的問藥王子。

藥王子笑了起來，很曖昧的回覆他。這刺激了小鬼頭的好奇心，讓他更想問。

「您這樣說我聽不懂啦。」

「簡單的說，就是要努力工作。」

藥王子回答說，其實自己也是貧民出身。

「您是做什麼樣的工作？可不可以教我秘訣？我也要像您一樣努力。」

「那是不可能的。」

「是因爲嫌我窮嗎？」

「我出生時也是很窮啊。」

藥王子這樣回答，她卑微的一面更燃起小鬼頭的興致。既然她也是窮人出身，沒有理由說我爬不到那麼高的地位呀。

（這樣思考是不是太愚蠢了？）

藥王子訝異的歪著頭，盯著這個一心努力向上的「男人」。

稱爲男人並不爲過。

因爲在這藥王子的香閨裡，小鬼頭脫得精光站在藥王子面前，讓她內心咋舌。

（膽子好大的傢伙啊！）

她這樣呻吟。一開始是藥王子主動引誘，抱住了小鬼頭，發現小鬼頭渾身顫抖了一陣，發出小鳥一般的哀鳴。可是，第二輪擁抱在一起時，難以置信的事發生了——小鬼頭像猛禽一般高高跳起，自信滿滿的向藥王子進攻，而且更加使勁，等到藥王子發現時，主客地位已經顛倒過來了。

（除了膽識，還有智慧。）

藥王子忍不住這樣想。遊女都明白自己的身體是供男人遊樂的玩具，但是小鬼頭是第一次，一開始不免表現得有些畏懼。可是，第二次擁抱時，小鬼頭卻像是閱歷無數女性的男人，突然放大了膽子。

不過，膽量並不是藥王子唯一感受到的。

小鬼頭還有智力。證據就是小鬼頭一面褻玩，一面探索藥王子身上的大千世界。就好像一個玩過許多遊女的男人，懂得自由自在的操控，同時窺伺藥王子的氣息。這樣仔細觀察並且提升興致的智慧，居然只需要上過一次床就能掌握，實在不是普通人物。

而且——

（他是怪物嗎？）

藥王子並不是想到眞正的怪物，而是兩個人性交之後，小鬼頭抹去了她脖子上的汗水，爬到她的小腹上，然後舉起藥王子的兩條腿，啪答啪答的敲著床墊。

「喂，我還想聽妳繼續講故事。」

小鬼頭居然催促藥王子講故事，他的作爲、他的表情，都變回當初那個天眞無邪的模樣。

「什麼樣的故事？」

藥王子這麼說。但是，早在進閨房之前，她其實先一步理解了小鬼頭的異樣。

「我已經沒有盤纏了。」

「猴子大人，你想做什麼呢？」

「做什麼都可以。我有個夢想，就是腰袋裡隨時放著二十枚永樂錢。當朋友說想喝酒時，我能夠馬上掏錢結帳，朋友想吃飯時，也能夠立刻請客。」

「好有趣的夢想啊。」

藥王子笑了。做爲夢想這未免也太小了吧。

「我請客！這樣的夢想很有趣呢。」

「很有趣對吧。我雖然只是個小鬼頭，才剛瞭解男女的世界，對人間的事欠缺認識，但是──我會一直學習。」

小鬼頭稍微思考了一下。

「我覺得，沒有比請客更快活的事了。」

「是這樣嗎？」

「當然！」

小鬼頭突然大笑，男人似的拍打藥王子的胴體。

「不要裝傻啦，請客有多開心，應該是藥王子妳最瞭解的吧。」

小鬼頭說出了一段最令人驚訝的話。因爲藥王子把他送進浴室洗個乾淨，又給他吃好多美味料理，到了最後，甚至把身體奉獻給他。

「很滿足吧。」

小鬼頭用認眞再認眞、毫無虛僞與諷刺的口氣，盯著藥王子的臉這麼說。看得藥王子都臉紅了。

「可是，我要到外頭去賺其他旅行者的錢。」

「正是如此。你要擁有夢想，然後拚命賺錢。這裡有二十枚永樂錢交給你，你把錢放進錢袋裡去行商吧。」

「雖說二十枚永樂錢也不算小錢，但是跟夢想相比……」

──雖然這不算小錢，但是這代表著他和藥王子的訣別。床上的小鬼頭猛然翻身，仰躺著面對天花板，

「這就是我的身分啊。」

就在這時，鳥鳴聲響起。這個從尾張中村流浪至此賣針的小鬼頭，終於瞭解賣針是他該守的分際，像是個眞能夠實現的夢想。

𝄞

翌日，小鬼頭踏上了旅程。

既然高野聖眾人已經死了，小鬼頭失去追隨的目標，卻又不能認輸回老家，只好在外四處漂泊。

好不容易他走到美濃。從前有一個賣油郎名叫齋藤道三，他費盡心血，搶下了整個美濃國的主掌權。他把統治的主城蓋在稻葉山（岐阜），這座上了白漆的城樓從背後監視著那些面對海岸的領地，成爲不可小覷的壓力。再者，領國之內物產豐富，治安本來就不錯，城下的市鎮則是實施樂市（免稅）政策，使得商人喜歡來美濃做生意，讓稻葉山城日益繁盛。

小鬼頭在美濃這裡東繞西繞，也繞到了稻葉山城。雖然縫衣針賣得差不多了，終究還是盤纏用盡。那些賣針賺來的錢，都用在漂泊路的飲食之上。

（二十枚永樂錢實在是不夠用，明天恐怕沒錢吃飯了。）

他坐在路旁發呆，旁邊有個鋪著席子坐著賣陶器的壯漢，開口叫喚他：

「小鬼頭，你要賣身嗎？」

陶器商說道。陶器商不僅僅是賣家，還擁有燒陶的窯。他燒出飯碗和茶碗，然後運到城下町的市鎮來，坐在草席上頭叫賣。這家陶器商名叫榎屋。

「怎麼樣啊？」

榎屋已經看穿小鬼頭的處境，他唯一的生路就是賣身，否則冬天將至，他遲早會餓死。

小鬼頭這麼說。

「我賣！」

於是，小鬼頭被帶到美濃不破郡長松這個地方，甘願賣身當牛馬。指揮他的人說穿了就是飼主，只提供食物和棲身的一把稻草給他。大小便甚至不准去廁所，只能到屋後的林子裡挖個糞坑，在戶外解放。

（我這樣還算是人嗎？）

他甚至想要捏一捏自己的皮膚，確認看看。一下子要打黏土、一下子要劈柴，根本是永無止境的工作。「被飼養」了半季之後，逐漸看懂火力的強弱，工作就更加繁重，一面望著窯內火勢來判斷溫度，一面投入柴薪調整火力。過去當奴工的通常活不過兩年就會倒斃。

就在過了一季左右的時候，

「請您放了我吧。」

小猴子哭喪著臉拜託。工作辛苦就不用提了，像這類工匠等級的工作，小猴子根本不適合。而且別人都批評他無能，這讓自尊心超強的他難以忍受。

（我的能力是當個商人啊。）

小鬼頭這麼想，乞求老闆的放逐。老闆用「要挨一百鞭喔」恐嚇他。

「請嚴厲地懲罰我。」

小鬼頭自己討罰。

於是，老闆把他帶到門前路邊的松樹旁，用繩子把小猴子綁住，然後在他身旁扔了一把斷弓。

這是此地的特有私刑，每個經過的人，都能拿起斷弓鞭打小猴子。打一下就在前面放一顆石頭，等到石頭聚集到一百顆，他就能獲得赦免。

經過的行人都毫不留情的——

劈啪！

猛力的鞭打下去。理由是這名家奴造成了家中的損失，一定要嚴懲。

沒有人能夠忍住這樣的痛楚。

所以小鬼頭有時暈厥過去，有時候大聲號泣。

說句題外話，日後成爲豐臣秀吉的這個人，很喜歡聊天，有時甚至會吹牛，說自己年輕時多麼英勇。可是一旦提到自己的少年時代，他只說：

「我出生在尾張中村那個無名的村落，年幼時被送進寺院裡，修行中途離開了寺院，過著流浪的生活。」

就只有這樣，很少提起具體的經歷。畢竟眞要拿出來講古，淨是一些悲慘故事。而那些寫太閤傳記的作者只能四處尋訪，希望找到當時就認識少年太閤的人，想問出一點點情節。

……………

之後的幾年，小鬼頭持續著他青春又悲慘的人生。小鬼頭在美濃、尾張兩國之間遊走，有時當農奴，有時做食客。

「我是天子的庶子啊。」

小鬼頭晚年把自己的人生形容得天花亂墜，其實是不願回想起這段悽慘年代吧。當他擔任關白前往謁見天皇時，常常會在施藥院（爲貧苦病患設立的治療設施）換上裝束。

某天，關白靠著柱子休息時，忽然提起自己以前發生過這些事。當時坐在他身邊的是貞門俳諧的創始者松永貞德。松永靠著創作連歌（兩人以上交互吟詠的詩歌形式）的才能，得以輕易出入公卿宅邸和門跡（皇族、貴族擔任住持的特定寺院），已經融入了京都的貴族社會。

「喔喔，原來如此。」

松永貞德記下了這段話，日後寫在他的著作《戴恩記》裡。松永貞德是滑稽通俗文學的創始者，說不定他以爲秀吉的吹牛是天下第一，所以把這段經歷寫成幽默故事。

關白秀吉這樣對貞德說：

「我是尾張的平民出身，懂得拿鐮刀割草，卻不懂得拿紙筆寫書。所謂的歌曲和連歌，這條路對我來說是遙不可及的。人哪，無法預知命運，不過有些事回想起來，卻又覺得不是偶然。我的母親大人年輕時在御所的廚房做打水燒水的工作，做了一陣子，玉體便奉獻給了公卿。她害怕的逃回尾張，生下一個孩子，那孩子就是我。」

同樣是奪取天下後，秀吉有一次親口對祐筆（公家或武家的文官）大村由己吹噓另一個版本。

「我的母親現在還活得很硬朗，她是公卿萩中納言的女兒，所以年紀輕輕就進入御所服侍，最後懷胎生下我。」

當然，根本就沒有萩中納言這樣的公卿，而且所有宮中之人都知道沒這個官職。但是看在宮廷人的眼裡，秀吉的吹牛像是悲慘的說辭，所以並不揭穿也不批評，只有保持沉默。

回到正題——

小鬼頭過著奴隸、流浪漢的日子，當他十五歲時，來到了尾張海東郡蜂須賀村的蜂須賀宅邸。

（乾脆當個武家的小者（雜役、跑腿）吧。）

他改變了人生志願。在他看來，當武士恐怕比當商人更有出路，而且他聽說蜂須賀家不斷在招募兵卒和僕役，他覺得自己還蠻適合的。

蜂須賀家的當主名叫：

蜂須賀小六。

他們不是山賊，但是做的事卻和山賊差不多。

蜂須賀家代代都在木曾川的三角洲地帶當村落的當主，做著半農半軍的工作。這個家族的生存之道就是見風轉舵，一旦看到哪一方快要打贏，就馬上加入，藉此牟取利益。當主帶兵拿起刀槍，通常是埋伏在山裡等著暗算敵軍。但兵卒平日又是住在農村裡，所以嚴格來說又不算是山賊。

小六的身分比較類似黨魁。

因爲他的鄉里周邊，還有好幾個當主跟他締有盟約，一旦發生戰事，這幾個村落就會帶兵前來會合。

「我們前來加入蜂須賀小六和他的黨羽。」

一面這樣宣告，一面把姓名登錄在本子上。參加這個黨的人包括稻田大炊助、青山新七、河口久助、長江半之丞、加治田（梶田）隼人、日比野六大夫、河原內匠助等各村的首領。把足輕和僕役人數加一加，人數超過千人之譜。

當時，尾張的織田信長還沒統一族人，好幾個織田家彼此對戰，領土邊界也時常變換，所以小六的工作還蠻多的。

但是，木曾川另一邊的美濃，已經被齋藤道三統一成爲一個領國了。

「與其跟著尾張，不如投靠美濃，才能保住家門。」

小六這麼想。最近這陣子，雖然小六住在尾張，但是實質地位卻又等同於美濃齋藤家的部屬。

因爲是隨時能夠投入戰局的男人，比同等級的土豪經歷過更多磨練，經驗和智慧都高於其他土豪，所以被同等級的地方武士推舉爲盟主，只有和善才能贏得地方武士的尊崇。

（跟大人商量一下吧。）

小鬼頭這樣想，畢竟小六這個人頗得人望。於是，小鬼頭蹲在庭院裡等待小六出來，好不容易，終於等到小六出現在走廊上。

小六是個三十歲、大臉又帶有飄逸風格的男人，很懂得跟人開玩笑，這也是他得以統御周邊地方武士的原因。

「什麼啊，原來是猴子。」

猴子用沙啞的地方腔回答：

「是嗲！」

猴子跪坐在地上，還是那個看了很可愛的模樣。

小六就是看上這一點，很喜歡他。

「大人，請您讓我離開這裡吧。」

「爲什麼突然要離開？」

小六一面說著、一面走進廁所，過了一陣子如廁完畢，才又走回來詢問原因。猴子則是用非常認眞的眼神看著小六。

「難道你找到更好的工作了？」

「不，其實……」

猴子哀求著說：

「在下想找個武家投效。」

聽到這話，小六楞了一下。

「你在說什麼啊。在我們家擔任僕役，也等於是投效武家啊。」

「不不不，我心裡想的是，要找個有名的武將之家容身，然後從基層做起。」

「哦哦，原來如此。」

小六認眞的點點頭。這位頭領的魅力就在此，他說「這是理所當然的」，然後在走廊邊上蹲下來，專心聽猴子所說的話。這親切的仁德讓猴子非常感激，所以後來猴子才會把蜂須賀小六招爲部屬，最後甚至封賞到阿波蜂須賀家二十五萬石的地位。

「好，我們來算計一下。」

小六動腦筋幫猴子思考出路，評論家等級的判斷，正是蜂須賀小六很拿手的。畢竟他打從年紀輕輕就開始當傭兵，看遍了美濃到東海地方的武將，對他們的優劣和未來發展性知之甚詳。

「駿河的今川家不錯。」

小六這麼說。

他並沒有建議說「你去尾張的古渡織田家」，因爲古渡織田家的當主信秀才剛在今年三月猝死，領地與官銜都由兒子信長繼承，但是織田信長截至目前爲止人們的評價很差，大家認爲他是個「傻蛋領主」。

「古渡織田家早晚會滅亡，這點毋庸置疑。而他們東邊的三河，松平家的當主松平廣忠大人也死了，繼承人竹千代大人（德川家康）卻被今川家軟禁在駿府（靜岡市）當人質，三河國名存實亡。至於美濃的齋藤家嘛……」

小六稍微思考了一下。

「還是別去的好。因爲道三大人已經老了，他的兒子義龍大人氣度不夠，欠缺稱霸東海的大器。」

——接下來，

蜂須賀小六繼續分析：

「再怎麼說，駿河一直都有今川治部大輔大人（義元）鎮守。他的領地包括了駿河和遠江兩國，而且他和室町將軍交情很好，是名家出身，在海道這一邊也具備極高的聲望。說得誇張點，只要舉起今川的大旗，甚至織田家的家臣都會策馬前去投效。現今的御屋形（義元）爲人有氣度，大家都期待他前進京都，豎起今川大旗，號令天下。如果照這樣子演變的話，今天去今川家當個小兵，等到主公地位提高、領地膨脹，將來很可能會升等變成騎馬的將領。」

去今川家謀個職務，像是靠向大樹，就算當不上大將，也至少能夠提槍騎馬當個小部將。只可惜我有田產要顧，沒法子說丟就丟。小六笑著說。

（這麼分析也對。）

猴子聽完之後，心中壯志凌霄。

「可是，我這種僕役也有機會當上騎馬將領嗎？」

「這要看運氣，一切都得看運氣。只要有大器，什麼都辦得到。你看看我，堂堂一名男子漢，到現在還是得要當別人的打手。相較之下，你雖然還小，但是未來不可限量。」

這並不是在諷刺猴子，而是小六特有的話風，愛拿自己開玩笑。

「不不不。」

猴子抬起臉，臉上堆滿笑容，也擠滿了皺紋。他回答說：

「假使將來在下有幸得到賞識，在今川家轄下安身立命，必定會來迎接大人，齊享富貴。說定了……。」

然後認眞的盯著小六。

「是嗎？」

小六仰天大笑，因爲充滿朝氣的猴子實在太有趣了。

「你說不定可以去當個傀儡師、或是在今川家當萬歲樂（相聲家），這樣也不錯。」

「是！」

猴子的表情變成苦笑，這可不是搞笑，因爲他眞的有一陣子在三河流浪，靠著搞笑娛樂賺幾個賞錢。他的對應能力就是在那時養成的。

於是猴子離開了尾張。

流浪的路上，他還是繼續他熟悉的賣縫衣針生意。

這一行之前做習慣了，所以，他每次都走到村落的交叉路口，然後大嚷道：

「我這裡賣的不是普通的縫衣針啊。這是美濃國來的關之針。各位請看清楚，這可不是小村鎮隨便鍛冶的一般縫衣針，而是美濃之國的關之刀鍛冶專門店，使用出雲的玉鋼，用鍛造刀劍的技術做出來的鋼針啊。」

一面這麼說，他一面抽出一根針，讓周圍的人看看這針的品質。然後用手指彈一下縫衣針，讓大家聽聽鋼針的共鳴。

可是，縫衣針還是很難賣。

因爲大路沿線的各個村莊都很富裕，什麼生意都有，所以對行商賣針的猴子不感興趣。再說，自己村子裡也都有鍛冶縫衣針的店，可說是什麼貨物都自給自足，連米糧都自己儲存，不必跟外人購買。

猴子努力的想要經商，卻生意不佳，常常賺不到當天的兩餐飯錢。

好不容易終於撐到駿河的國都駿府的城下町。這個城鎮並不那麼熱鬧。

（這是怎麼回事？）

猴子會這麼驚訝也是理所當然的，畢竟今川大人號稱海道第一名將，駿府的城下町看起來卻像鄉間，遠遠不及稻葉山城的城下町市鎮那麼繁榮富庶。

城市的先進程度相差很大。美濃齋藤道三爲了迅速動員軍隊，捨棄了知行所（領地），在城下町爲部屬建造了許多武家宅邸，讓他們和家人能長住在稻葉山城的周邊，這在當時算是獨創的做法，其他大名還沒學會這一招呢。其他的大名即使到了中世，還是習慣讓手下部屬住在他們獲得賞賜的領地上，等到真要打仗時才會把將領官兵聚集到主城之下。

所以一般的城下町沒什麼商業，唯有美濃稻葉山的城下町住了好多武家，消費能力驚人，商人也都跑來市鎮開店，弄得鬧烘烘的。相較之下，駿府就沒這些有趣的城市設計。

不過，駿府別有趣味。

比方說城中的宅邸都蓋得雅致古典，尤其是今川大人的居館。

（原來都城裡面是這樣啊。）

宅邸的最外圈有磚瓦牆和樹木圍繞，聚落之中存在著森林，遠方有山丘透出霞光，看來像是經過美化修飾的大自然精緻風景。

（眞是一幅美景啊。）

確實，向東北方遠眺，可以望見富士山的雪白山頂，往海邊看，則有許多聚落，讓猴子覺得這美景是渾然天成。

（不管怎麼看，都覺得和織田的古渡城下町相差很大。）

相較於駿府，織田的古渡城只能算是充斥馬糞氣味的臨時旅店。這是因爲今川家代代富強，經常把京都文物帶到駿府來。而且今川家的家系向來和京都文化血脈相連，侍奉足利二代將軍、三代將軍的今川了俊曾被任命爲鎭西探題（鎌倉幕府設置的九州統治機關），除了文章寫得好，還是位連歌學者。雖然了俊的時代早已遠去，但是當代的主公今川義元還是喜好京都文化，經常去京都會見公卿、連歌師和畫師，一起參與饗宴。義元甚至連打扮都帶有京都公卿模樣，臉上施以薄妝，眉尾向上挑，還把牙齒染黑，是高尙的流行。

猴子走到街道一旁的茶店，要了一塊餅來吃。

「你是尾張人啊。」

茶店的老翁一眼就看出猴子是鄉下人面孔。猴子點點頭，指著老翁的背後。

「那就來聊聊你故鄉的事情吧。順便讓你瞭解一下駿府的榮耀。」

接著就把他帶進店裡。

屋裡有個老人，一副茶人（精通茶道、附庸風雅之人）模樣，坐在客席上的座墊。

（嗯，這麼有品味的老翁，在美濃和尾張都不曾見過啊。）

想到這兒，猴子趕忙跪下來，雙手貼地行禮。

「你在做什麼？」

老翁的眼睛向下睥睨。

「因爲茶店的老爺爺要我進來聊一聊。」

「尾張人是嗎？」

老人苦笑了。

「向我跪拜沒意義啊，還不如去拜他們，說不定還能拿枚小判呢。」

說著手朝向沒鋪地板的土間（室內與地面同高的生活空間）一指，有三個男人蹲在那裡，看來像是老翁的手代（隨從）。其中一人拿著一塊帶有金色的布包，裡頭裝了三枚小判金幣。

「哦哦，你也來跪拜我嗎？」

說著，那名隨從拿起一枚小判，放在猴子的手掌上。駿河的人都這樣既高傲又親切嗎？還是他們想要向這個尾張來的鄉下人炫耀一下駿河的富強？

附帶一提，在此之前，日本並沒有官方發行的黃金通貨（貨幣），一直要等到猴子奪取天下、建立了統一的國家之後，才開始鑄造官營的「慶長大判、小判」四處流通。

在猴子這時期，只有諸國各自鑄造黃金通貨。他們頂多把黃金打成橢圓形的金幣，猴子從來沒見過手上這麼漂亮的鑄造通貨。

猴子是個反應直率的人，他見到手掌上放著炫目的黃金通貨，忍不住「咿！」的叫了出來，好像被火灼傷一般全身戰慄，看得土間那些手代開懷大笑。

「不必羞愧，好好見識一番吧。這是世上通用的駿河小判。」

眞是珍奇啊，金幣表面上還打印出笹龍膽的花樣。

「京目一兩」

上面還有金幣價值的壓印，重量大約二十四、五匁（錢）。黃金的含量相當高，光越強，金幣就被照得越亮。猴子一生中最喜歡的就是金色，如今第一次見到金幣讓他感動萬分，顫抖不已。

（矢作的美女藥王子，還有這枚駿河的金幣，我一輩子都不會忘記。）

猴子用他冰冷的手很仔細的觸摸金幣。

由此看來，駿河的今川家竟然能夠鑄造橢圓形的黃金通貨，眞的是實力驚人的大名。相較之下，尾張的織田家就像是未開化的土人部落似的。雖然嫡長子信長和他的手下已經繼承官銜領地，但是說到信長，大家只想到他隨便拿條繩子綁住衣服當腰帶，走路時跟人勾肩搭背，在市鎭街上吃柿子亂吐果核。

（非常不一樣。）

猴子這麼想：

（將來我也要鑄造大判小判，並且在天下流通。）

可惜目前的他，只求當個能夠騎馬的軍官，腰上的錢包裡放二十枚永樂錢，這樣就很好了。

「喂！」

手代不安的叫他：

「快點還來啊。」

猴子聽了才回神，從小小的夢想中醒來。

猴子具有隨時回到現實狀態的能力，他臉上浮起裝出來的笑容，把駿河小判還給了手代。

「謝謝您借我欣賞。」

猴子的表情看起來像是快哭了。

「有機會鑑賞金幣，等我回國之後，必然會成爲値得炫耀的題材。」

「賣針的，你趕快把小判的事給忘了吧。」

突然，坐在地板上的老翁說話了。他從剛才就一直盯著猴子的一舉一動。

「說不定看到小判對你反而是毒藥。」

老翁看到猴子剛才忘我的表情，心想這猴子恐怕會有不凡的人生。說不定會變成盜賊、比方說中國古代的傳奇盜賊——春秋時期四處橫行的大盜盜跖——這類的人物呢。

「忘了剛才的事，努力勤勞的幹活吧。」

「小的明白。」

對人心非常敏銳的猴子，感覺到老人打算探索他的心態，趕緊裝出天眞的笑臉。

「再見了，我會繼續賣縫衣針，爲自己掙一口飯吃。」

「那就好。」

老人別開了眼神。

猴子離開了茶店。

在駿河國內，春天的腳步近了，猴子的營生也越來越窘迫。再這樣下去，他就會跟路邊這些屍體一樣，還沒等到春天就路倒餓死了。

（遲早會變成那樣。）

這說不定是猴子生命中最意氣消沉的時期。

（回家鄉去算了。）

猴子選擇朝西邊走。這是回國的路線，不過，他絕對不想回到養父竹阿彌和竹阿彌的兒女（猴子的同母異父弟妹）所佔據的那個家。

走在街道上，穿越了遠州。富士山的山影一直跟在他的身後。走了幾天之後，他終於走到海濱，這裡叫做遠州灘。

（照這麼看，濱松就在這一帶囉？）

走在海濱道路是餓不死的，猴子走到海邊，從沙灘上挖出蛤蜊，丟進一旁他生好的火堆裡，除了可以吃，還可以拿來賣。

「也拿一個給我。」

背後傳來一個聲音。一位武士手持馬韁，騎在馬上站在那裡，身後還跟著兩名僕役。

猴子立刻拿了一個蛤蜊給武士。武士吃了，坐在馬上大讚：「好吃。」

識相的猴子馬上又送上幾個。長相醜得可愛的猴子，不吝惜多送幾個給別人。

「我吃夠啦。」

武士終於吃膩了，現在他對出現在這裡的猴子很感興趣，蛤蜊反而不重要了。

——說像猴子卻是人，說是人卻像猴子。

從他小時候起，人們一想到猴子，就會想到上面那個對句。

眼前這位武士還蠻年輕的。

他是奉今川家爲主公的從屬，名叫松下嘉兵衛之綱，住在這附近一個名叫頭陀寺的村落裡，村中有他的宅邸。

嘉兵衛問了猴子許多問題，然後要僕役把他的名號告訴猴子。

（——天賜良機！）

猴子最注意的，是嘉兵衛擔任駿府今川家家臣的身分。

「千萬拜託！」

猴子靠向馬匹。

「您能夠大發善心，收在下爲僕役嗎？」

「好像蠻有意思的。」

嘉兵衛點點頭，因爲他對猴子充滿好奇心。松下家的老當主源左衛門已經隱居，現在改由嘉兵衛繼任。嘉兵衛還很年輕，所以對什麼事物都感到好奇。

（帶著這隻猴子，說不定能讓那位大人開心一下。）

「那位大人」指的是同爲今川家家臣的濱松領主飯尾豐前守政實，他的城館位於濱松之庄引間的玄默。

「我現在正要去探訪那位引間城的地頭大人的御館。你就跟在我的馬後面走吧。」

嘉兵衛雙腳一夾，蹄上沾著海沙的馬兒又走回路上，繼續前行。

一行人走到了一座城館，名叫濱松城、又名引間城。但是，這座濱松城可不是德川家康日後新建的現在的濱松城，而是更偏東方，靠馬込川另一側。

嘉兵衛叫猴子在城門前等候，只帶一名僕役進城，去和城主飯尾政實會面。

討論完正事之後，

「對了，今天我在城外遇到一個有趣的小傢伙，特地帶來給您瞧瞧。」

「有趣的小傢伙？」

「是一隻猴子，可是聽得懂人話。」

說完，就把猴子帶進庭園裡。果然沒錯，那隻猴子蹲在長了青苔的石頭上，看起來個子更小，就像隻不折不扣的猴子。

「這是啥啊？」

飯尾政實忍不住爆笑，因為實在是太好笑了，他還把妻子和女兒們都叫過來，大家一起觀賞這隻院子裡的半人半猴。

附帶一提，飯尾政實夫妻並沒有安穩的度過亂世。今川義元被織田信長殺死之後，今川家懷疑飯尾政實通敵，於是在永祿七年（一五六四）召喚他到駿府城，把他給殺了。

單獨留在城裡的夫人，馬上被三河的德川家勢力包圍，德川方面派出使者表示「只要乖乖交出城池，就會饒您一命」，但遭夫人拒絕。她穿上細條皮革織成的鎧甲和同樣材質的頭盔，手提薙刀指揮全城防衛，最後和一群家臣和侍女一起戰死。

但那是後話了，和現在這一刻毫無關連，現在的夫人笑得可開心呢。

「給他一顆栗子。」

她這樣告訴女兒。

女兒站起身，往前扔出一顆栗子。

（——這攸關我的前途。）

猴子心想，有必要的話，他可以把自尊心統統扔掉。他本身就很有演技，立刻用雙手接住栗子，然後「吱！」地用門牙撥開栗子皮。

女眷們開心的拍手叫好。猴子完全不感到任何屈辱，反正他們要猴子表演什麼，猴子就表演什麼。

這場戲演得挺不錯的。

返回的路上，松下嘉兵衛在城門旁上馬時說：

「猴子，幹得好。從今天起，你就在我手下當差吧，做個提草鞋的。」

嘉兵衛的城館在東方，跨越馬込川，在草原中的路上走個一公里半，就來到一個名爲頭陀寺的村落。

這裡是遠州平原，地勢平坦，天空遼闊，周圍是風景一成不變的村落。這裡在起風的日子風勢特別強勁，每一間房舍之外都蓋了一圈石牆來擋風，石牆甚至高過房舍的屋頂，房子周圍則種了常綠羅漢松這類容易存活的樹木。

頭陀寺是個很妙的地名。

早先這裡是眞言宗青林山頭陀寺，曾經供奉藥師如來的本尊，是非常有名的寺院。可是現在荒廢了，只剩田野中央一座腐朽孤寂的寺院，沒有僧人居住。

松下嘉兵衛的宅邸蓋在一處方形的土丘上，護城河只有一層，說老實話，連土豪的家宅都比這裡豪華。

大門是原木門柱，茅草屋頂。屋頂上有瞭望樓，用來防備敵軍。只要在屋頂上豎起盾牌，叫弓箭手就位，就能射擊通過門口這條小路的敵軍。

（即使這樣設計，也太容易被攻破。）

猴子憑他尾張人的直覺做出評斷。尾張在這半世紀以來領國內紛爭不斷，就連地方武士的宅邸都築起高牆和深深的護城河，緊閉的厚實大門有鐵製的門栓，外牆四角都有瞭望樓，堅固非常，住在這樣的宅邸裡的人，內心還時時保持警覺。相較之下，駿河、遠江這裡的昇平景象讓猴子驚訝不已。

（沉澱太久的水會腐壞，長久住在這種地方，人心也會過度鬆懈吧。）

……這實在是不宜久留的地方，他一見到這扇大門就想到了。

「原來如此，風景眞的太美妙了，可惜四處都是破綻。」

「你說什麼？猴子。」

嘉兵衛嚇了一跳，他壓根沒想到猴子口中會說出這麼高深的話。

「我聽說尾張國內戰頻繁，就連猴子你都有這麼深入的瞭解，尾張還眞是個好戰之國啊。」

嘉兵衛漸漸對尾張人感興趣了。吃晚飯的時候，他把猴子叫到廊邊，給他一餐飯吃，並且斟上酒。

「回到剛才的話題。」

嘉兵衛說：

「我國與駿河國在今川屋形（公家或武家等有一定身分的人的居館）的鎮守下，草寇不敢作亂，一直維持穩定。美濃和尾張盛行『下剋上』，但是駿遠兩國沒有這種狀況。所以我們的宅邸不必高牆深堀。」

「這就叫做四海昇平吧。」

「就是這個意思。」

據松下嘉兵衛說，就算敵人來襲，他們也可以拋下這座宅邸，跑去先前造訪的引間城閉門固守。

那麼要出征時該怎麼做？

「就叫三河人當先鋒。」

松下嘉兵衛這麼說。以駿遠兩國爲根據地的今川家，西方緊貼著三河這個從屬國。三河最強的豪族松平家甚至把當主松平竹千代送到駿府當人質。所以，要是西邊尾張的織田軍出兵三河、攻向遠江，就靠三河軍抵擋，今川家的部隊可以在後方毫髮無傷、以逸待勞。

——所以是個平安的國度。

聽到嘉兵衛的解釋，猴子歪著頭想：

（這麼一來，三河軍不就越戰越強了嗎？）

猴子在這裡度過了春夏秋冬一整年。

駿國、遠州兩國眞是好地方，冬暖夏涼，陽光充足，平原的穀物收成好、海濱有無盡的漁獲，和北方鄰國甲斐的嚴峻大自然形成強烈對比，簡直是天堂和地獄的差別。

（眞是一片好地方。）

就連駿遠的小規模農家也能雇用農奴來耕田，自己當個大老爺，這些農奴大多是從北方窮國甲斐逃出來的。要打仗就靠三河人，要耕田就靠甲州人，久而久之怠惰也是難免。

（環境實在是太好了。可是，要是敵國真的入侵，駿遠的武將有膽子拚上性命保護人民嗎？）

猴子用這樣的眼光看著這個領國。

至於嘉兵衛，他察覺到猴子腦筋機靈、為人有趣，漸漸把他當成了朋友，於是拔擢他擔任納戶役（倉庫管理員）。

他的工作就是管理倉庫儲貨的進出。嘉兵衛認為猴子是個懂規矩的人，猴子則是日夜不分的努力工作。只不過：

（留在這個領國有志難伸。）

這樣的感覺日漸增強。在沒有戰爭、世局安定的前提下，猴子可以永遠在這裡當個猴子，永遠當個半大不小的下屬。

嘉兵衛

駿府專出美少年，城下町有許多穿著華麗小袖、長相秀美的少年。

這是有原因的。

因爲今川義元喜歡。這位醉心京都文化的領主，非常熱中於把京都最新的流行文化引進駿府，結果連京都的孌童風潮都學了過來，成爲義元的嗜好。

有這麼一句流言：

「五山之僧愛孌童。」

所謂的五山，指的是京都臨濟禪的天龍寺、相國寺、建仁寺、東福寺、萬壽寺這五座寺院的統稱。這五山的禪僧，即使在亂世，仍舊保有創作唐詩的固有傳統習俗。同時他們又帶有鎌倉初期的禪風，在寺裡培育美少年，極力追求男童之美。

義元愛上了這種文化，在駿府的城下町建造了臨濟寺這座巨刹，邀請京都五山僧侶之首滿本光國前來駐寺，並且屈身成爲弟子，還被師父取了「秀峰宗哲」這個法名。但是，滿本光國帶給義元的影響，並不在禪學或作詩這方面，義元學到的是包養美少年的孌童行爲，美少年對他的吸引力甚至超越了美女。

自然，臨濟寺就變成了孌童之寺。駿遠兩國的人們，都把美少年和美侍童送到寺裡當寺小姓（住持的侍童），穿上華服。甚至有些美侍童是從京都送過來的，某些知名武家也把孩子送到寺裡當兒小姓（未成年的侍童）或是寺小姓。

「駿府最多美少年」這樣的傳言就在各國之間流傳，還頗獲好評。越是有好評，城下町就聚集越多美少年。

因此，駿遠兩國的人對容貌美醜相當敏感。比其他領國更厭惡面相醜陋的人。

（眞是奇妙的地方。）

猴子也漸漸發現了這點，他知道這不是自己可以久留之地。

不，光是走在駿府的市街上，就會遭到人們的評斷。

「那個是人嗎？」

住在城下町的人，幾乎一看到猴子就大笑出聲，那些沒有笑出來的，則是用同情卻又傷人的眼神瞪著他。猴子閉嘴什麼也沒說。以前他在尾張、美濃、三河等地流浪時，從來沒有遭到這樣的待遇。

（看來，我眞的是長得很「糟糕」啊。）

直到來到駿遠，猴子才注意到自己的長相很醜。因爲那位對他很好的主人松下嘉兵衛，最初也是被猴子的醜臉給吸引的。

——世上怎麼可能有這麼醜的人。

嘉兵衛是看上了這一點，才答應把他養在宅邸裡。而且不光是養著他，還帶他到鄰近的引間城，讓城主、城主夫人、女兒、城主的家人朋友統統來圍觀這張醜臉。

（眞是民風獨特的地方啊。）

猴子這麼想。其實這樣的民風，最早是源自領主今川義元的個人嗜好，猴子到今天才知道。

幸好猴子來的地方是遠州，不像駿河那麼誇張的厭惡醜人。遠州這邊的人看到他，大都是覺得看到怪人了。至於在尾張，那裡才沒有人關心美醜呢。

有一天，猴子跟隨嘉兵衛前往駿府，歸返途中，

「在下想請教一下容貌的事情。」

他在嘉兵衛身後這樣問道。這是春天的午後，他們走在原野小徑上，遍地鋪滿了黃色的蒲公英。

（這傢伙——）

嘉兵衛其實被這突如其來的問題給問得愣住了。因爲嘉兵衛眞正的用意，是要帶著猴子輪流拜訪駿府的眾多家臣，當作娛樂，讓大家看了開心。

——眞是稀奇的飼主啊。

在獲准進入每個家臣的宅邸去展示時，嘉兵衛總是忐忑不安，他會擺出正經八百的臉解釋：

——這是我在木曾那裡捉到的，絲毫不假的猴子。

原本嘉兵衛是個小心謹慎帶點膽怯的人，他這樣四處展示猴子，可不希望反被家臣誤會，認爲他特意把人訓練成猴子。

（這傢伙瞭解我的用意嗎？）

嘉兵衛這樣想。

但是，猴子的想法不一樣，他有旺盛的好奇心和研究心，想知道自己的臉究竟有多醜。

「在下的臉，是不是非常難得一見的醜臉？」

「嗯嗯。」

嘉兵衛想要打混過去，猴子則是擅自揣度：

「反正，我也不可能去臨濟寺當什麼寺小姓啦。」

聽到這話，嘉兵衛很謹慎的回答：「可是至少，你的長相讓人一見不忘啊。」想讓猴子開心一點。

但是猴子並不想聽安慰的話。

「在下只是想問個清楚，我這張臉，究竟是很醜呢？還是很嚇人？或者是會引人發笑的怪臉？」

「別再想了。」

嘉兵衛在蒲公英田野中坐了下來。既然猴子執著於這點，他想用溫和一點的方式解釋。

「你眞是聰明。」

首先要給一點褒獎。猴子居然把自己的臉區分成三種印象，眞的讓嘉兵衛感到佩服。

「說來抱歉，這三種印象都有。」

嘉兵衛小聲的回答。

「謝謝您的回答。我知道自己長得醜，但是，眞的有時候會惹人厭惡嗎？」

「偶爾啦。」

「舉例來說是什麼時候？」

「好比說跟同僚朋友吵架，因此心情鬱悶，這時你的臉會變得非常陰森黯淡，目光如蛇，和平常的你完全不同，表情奸邪。人們會覺得這時的你是惡劣小人。」

「舉例來說就像這樣嗎？」

嘉兵衛嚇了一跳，因爲猴子雙臂環抱胸前，頭向下垂，瞇著雙眼瞪著嘉兵衛。擁有這樣的演技，跑來當武家的僕役實在太可惜了。

「不要再鬧彆扭啦。」

嘉兵衛被嚇得臉上失去血色。他怎麼也沒想到猴子有其他的面相，比方說黑心冷血的這一面。

「謝謝您的賞識。」

猴子不再擺出臭臉，迅速變成非常陽光的表情，眼神也像是完全不同的一個人。

（好可怕的傢伙。）

嘉兵衛忍不住倒退三尺，但是此時猴子臉上堆滿了笑容。

「這次讓在下表演一下憤怒的表情吧。」

猴子說著，把臉抬了起來，下巴稍微翹起。光是這幾個步驟，就展露出憤怒的形象。嘉兵衛眞的是驚訝萬分。猴子的表情確實是說變就變。

「這……表演得不錯。」

嘉兵衛說道。說正格的，這個憤怒的表情確實嚇人，但是至少比先前那個「鬱悶」的樣子好看。

「那麼，這張臉其實可以當武士囉？」

「當然可以。你如果在戰場上露出兇惡的表情，敵人恐怕還沒接戰就逃跑了。」

「嘿！」

打從心底感到喜悅的猴子笑了起來。這是他最惹人憐愛的笑容，是真心的笑。

「這個面相也很棒。」

嘉兵衛看了之後如此評論。猴子這時的可愛勝過醜陋。嘉兵衛說「就是這副表情能夠讓你行遍天下」。

「哈哈哈，這副表情嗎？」

猴子露出認真的表情，好像初次發覺自己有這個才能，用手搓一搓眼睛下方。

「喔，這個表情也不錯。」

嘉兵衛順勢拍拍手，這次的表情是傻呼呼又天真無邪的臉。

「您的意思是，我最讓人喜愛的表情有兩種，一是笑臉，一是呆臉。」

「沒錯！只要你擺出這兩種表情，同僚就不會討厭你了。」

猴子在嘉兵衛手下當差這段期間，城裡的同僚對嘉兵衛賞識猴子感到不滿，讓嘉兵衛困擾不已。

「原來是這麼回事。」

猴子這麼說著，腦中興起一股逃離遠州的想法。

嘉兵衛站了起來，繼續向前走。猴子則是懶洋洋的跟在後頭，又擺出那副憂鬱的臉孔。

他受到的歧視真的非比尋常。

回到頭陀寺，猴子的手摸到門栓，就沒有人敢再碰同一個地方，還召喚下女：

「快拿鹽來！」

然後用鹽灑在門栓上驅邪，情況就是這麼極端。每當吃飯時，大家都聚集在廚房，可是，要是有人嚷道：

「猴子也在這裡。」

大家一聽就趕緊抱著碗筷離開廚房，跑到後院，在院子中間鋪上草席坐下來繼續吃飯。所以猴子總是孤單的吃飯。

（我有那麼骯髒嗎？）

猴子眞的很想大聲咒罵，但終究還是忍了下來。

——爲什麼我這麼受到厭惡呢？

打從來到頭陀寺村的松下宅邸以來，猴子就一直在思考這個問題。其中一個理由是他是從其他領地來的，對當時的人來說，光是「他國人」這三個字就足以惹人厭了，就像不同民族一樣歧視彼此。尤其是尾張人，更是受到遠州人的鄙視。

「尾張小賊。」

在遠州人眼裡，尾張人擅長做生意，賺錢第一，對商機特別敏感。相對的，遠州則是純農業地帶，所以無法理解尾張人的做法，甚至把尾張人視爲盜賊。

舉例來說，猴子被嘉兵衛拔擢爲納戶役，從僕役晉升爲足輕等級之後，就思考著如何便宜的買進紙張和燈油。他跑到和松下家同等級的武士家，和他們的納戶役打好關係，當大家都需要添購紙張和燈油時，他就把各家的需求統合起來，到駿府去大量批貨，這樣就能用更便宜的價錢購買，然後分配給各個武士家。

「這傢伙挺有商業頭腦的。」

即使如此，猴子還是惹人討厭，因爲宅邸裡的人根本沒有生意經這個觀念。

再者，猴子是個超級節約狂。在冬天時，宅邸裡其他的奉公人（武士家中僕役，仲間或小者都屬於此類）爲了取暖，會搬出大火缽，在裡頭燒柴火取暖。

這時猴子就會跑來說：

「抱歉！」

然後用大的缽蓋蓋住火缽，滅掉炭火。還有，每到天黑，他就趕忙熄掉不需要的燈火。

比方說倉庫的僕役在晚上搓捻麻繩，必須點燈才能看清楚，猴子卻跑去熄掉燈火。

「你要我們怎麼在晚上工作啊？」

僕役們一股怒火往上衝，但猴子毫不在乎。

「早上早點起床工作就行啦。燒燈油是要花錢的，太陽光是免錢的。」

實在惹人厭。

但猴子還是這樣告訴宅邸內的僕役與隨從：

「我們是奉公人，要爲主人爭取利益，讓主人能夠賺錢。」

這位尾張人是打從心底這樣想。於是，其他僕役聯合起來回嘴說：

「你不也是奉公人嗎？」

小猴訕笑了一聲（可見他還不夠成熟），說道：

「就算我也是奉公人，也別拿我跟你們相提並論，我是會做生意的奉公人。」

「會做生意的奉公人？」

大家都對這句話冒出疑問。

其實猴子眞正想說的是：「我其實不是下人，而是一個擁有獨立自主意志的人，自己前來申請擔任奉公人。在松下宅邸工作，我懂得盡可能減少浪費，甚至主人都誇讚我有氣度，說我是本地之光。」但是當年沒有這些語彙可以表達他想說的。

做生意，這個詞不免引來大家的誤解。

——那傢伙利欲薰心，一切只向錢看。

這樣的流言經常傳到嘉兵衛耳中。

——再多觀察看看吧。

嘉兵衛會這樣安撫大家，但是他的手下已經受不了猴子了。

另有一件麻煩事，猴子曾說：

「我和主人形同手足。」

這名尾張人大言不慚的說，同時用敏銳的眼神觀察嘉兵衛的表情，隨時準備爲主子服務。比方說嘉兵衛哼了一聲，猴子就立即遞上擦鼻水的紙。

「這麼機靈的傢伙。」

一開始嘉兵衛並不喜歡僕役這麼機靈，不過久了也漸漸習慣了，最後甚至變成猴子不在身邊就感到焦躁、不方便辦事。

從另一個角度來解讀，就是被奉承慣了。

對當時的奉公人來說，自尊心是很強的，就算是主人也不能任意侮辱家臣。家臣要是遭到侮辱，甚至可能會挺身對抗主人，彰顯自己是男子漢大丈夫。相較之下，猴子的辦事手法像個佞臣，自然引來宅邸內眾人的討厭。

「反正那個男人是農家出身的奴隸，本來就和平常人不一樣。」

人們這樣形容猴子，正好戳到他的痛處，但這樣的看法是正確的。猴子要是有個好出身，才不會想要自貶身價，奉承阿諛，藉此討主人歡心呢。

最後一個問題，就是猴子長得眞醜。

就駿遠兩州的今川王國的民風來說，要是有誰長了這副醜臉，肯定會厭惡自己。猴子雖然爲主人盡心盡力，並沒能抵銷他的醜陋外表。

猴子不由得注意起自己的長相。

——我該怎麼辦才好呢？

他這麼想，才會出口詢問主人松下嘉兵衛。

（可憐的傢伙啊。）

嘉兵衛能夠體會猴子的心情。

猴子眞的是個不可思議的男人。

等嘉兵衛回過神來，他發現猴子在花田之中跳呀跳呀，四處摘取蒲公英。猴子的左手傳出折斷花莖的聲音，在一片亮黃的花海中舉得好高。

（他也有這麼像小孩的一面。）

這算是猴子的魅力之一。猴子有這麼些優點，爲什麼僕役們都討厭他，只有自己瞭解猴子呢？

「你摘花做什麼？」

嘉兵衛站起身來微笑的看著。

「今天是鏡信院老夫人的祭日啊。」

「哦？你竟然還記得啊。」

鏡信院是嘉兵衛的母親死後賜的戒名。她在猴子被帶回來當差之後，不到百日就病故了。不過她生前很喜歡猴子，常賞賜一些東西給他。猴子一直記著這份恩情，所以，即使不是良辰吉日，他只要經過，都會到墓地去祭拜。

（所以這傢伙也有仁心。）

這又是猴子的另一個魅力所在。猴子有這麼些優點，爲什麼僕役們都討厭他，只有自己瞭解猴子呢。

主僕兩人走著走著，看到路旁矗立著幾座石雕地藏菩薩像，猴子趕忙跑上前去，在地藏前蹲下，把花插在竹筒裡。因爲猴子還有行程，無法特地去祭拜，所以他決定在路旁祭拜地藏，爲逝者祈福。

（眞是個怪傢伙。）

嘉兵衛繼續走，他的母親鏡信院生前其實並不那麼信賴猴子。

「那個小鬼頭爲人狡猾，故意隱藏自己的個性，但是騙不過我老人家。將來你要小心，不要被他給暗算了。」

鏡信院生前就對嘉兵衛耳提面命，但是猴子並不知道，他還是虔敬的雙手合十膜拜地藏。

「不過，關於那個——」

嘉兵衛走了一里左右，重啓話題：

「人的面貌表情，眞的可以像你這樣，說變就變嗎？」

「那些能劇中的狂言（喜劇）演員，都有這樣隨時改變表情的能力。像我們這些浪跡天涯的人，也學會了如何觀察別人的表情。」

「難道我也該學一學？」

「其實不用啦，活在這個世上，本身就是一齣長篇狂言戲。」

（居然說起大話來了。）

嘉兵衛覺得有點無趣，接著走到頭陀寺村的一路上，他都沉默無語。

就這樣又過了一個春秋。

有人前來給猴子提親。

媒人名叫千六，是遠州白須賀地侍的納戶役。

「在井伊谷的井伊大人手下，有個足輕叫河村治左衛門，這位治左衛門委託我幫他的女兒找門親事。」

「哦？井伊家的。」

猴子一聽到是遠州這裡有名的姓氏，就對這門親事很感興趣。

說到井伊家，就是那個日後成爲德川家首席譜代（直屬大名的近臣），同時受封爲彥根城主的井伊家。在遠州這裡算是非常古老的家族，甚至比遠州的守護大名今川家更古早，在歷史上甚至可以回溯到源平時代。他們代代都居住在遠州引佐郡的井伊谷，這一代的領主目前依附在今川家之下，視今川爲主公。在今川家看來，井伊家則算是感情很好的外樣（從屬家臣）豪族。

後來，今川義元在桶狹間被織田信長殺死，跟隨義元一起出兵的井伊家當主直盛也一起戰死。此後井伊家就投靠三河的德川家康，屢屢建功，成爲家康的股肱重臣。

至於猴子這次相親的家族，則是盤據在濱名湖北方峽谷、井伊家派駐在遠州的一個足輕家。

「雖然只是足輕，但至少是個有姓氏的足輕，也算是有門第的人啦。」

（這樣有身分地位的足輕家之女，爲什麼找上我這個外鄉來的、沒姓氏的僕役？）

腦海中一片疑惑，但是既然相親都安排了，就答應去看看吧：「拜託您了。」

「那個女孩名叫阿菊。」

「很不錯的名字嘛。」

這是猴子的缺點之一，就是對女人具有強烈的慾望。常常走在路上吃女人的豆腐。

「那傢伙還稱得上男子漢嗎？簡直丟光男人的

臉！」

周圍的人都這樣批評他。村子裡不光是女孩，還有別人的老婆或賣東西的女人，猴子都忍不住跟上去調戲。甚至有時候半夜潛入別人家裡，被一陣亂打轟出大門。至於白天，女人看到他都出口咒罵。

——討厭的傢伙。

即使是宅邸內的同輩，也非常厭惡這樣的行爲。

至於主人嘉兵衛，則是特別寵愛這隻亂搞的猴子。

「大人，能夠讓我成親嗎？」

當白須賀的千六返回之後，猴子馬上向嘉兵衛提出懇求，他一面說話一面吞口水，表情很古怪。

（這傢伙。）

嘉兵衛差一點爆笑，但還是耐心的聽猴子說完，儘管嘉兵衛覺得女方下嫁給猴子實在太浪費了。

嘉兵衛贊成這門婚事。

猴子則開始進行嫁娶的準備。

現在住的地方是長屋（一棟單排分爲許多戶的住屋）之中的一戶，所以居住方面不成問題。這是一棟有三戶的長屋，中間只用簡陋的牆壁隔開，每一戶裡頭只有一間房，但是對足輕和僕役來說，這樣已經勉強夠用了。

再來，結婚需要花錢，問題是當僕役的人實在攢不了幾個錢。

所以猴子得另外找個賺錢的方法。

每天他結束了主人宅邸的工作之後，晚上就點起火把，照亮河邊，去抓泥鰍和鰻魚，然後拿到引間之町去賣錢。

「太閤以前是個賣泥鰍的。」

三河地區一直流傳著這樣的傳說，在德川家的家臣之間人人深信不疑。或許有些人對當年的故事印象很深刻吧。

隨著大喜之日接近，猴子又露出他那憂鬱的神情。

「猴子，注意你的表情。」

嘉兵衛適時的提醒他，猴子才像以往一樣，又轉回那個可愛表情。

「到底是怎麼回事?」

「都沒有朋友和平輩肯幫我忙。」

「有關婚禮的事嗎?」

「是。」

其實，像這種門戶相當的婚禮，只要請個酒席就夠了。問題是新娘子嫁過來的路上，男方應該派出相同人數前去迎娶。以猴子來說，早已不和親屬往來，只好找同輩的僕役幫忙了。

「我來幫你拜託一下吧。」

嘉兵衛的立場，其實不該管下人的婚禮事宜，但這些人都是在他的宅邸內服務的僕役，又不能眞的放任不管。

這些奉公人的壞心腸終於找到抒發的出口。當晚送親隊伍抵達村外的旅店休息時，嘉兵衛的僕役們也列隊歡迎。照理說要點起火把引路，但是因爲猴子平常對燈油非常摳門，所以他們都反過來報仇。

從旅店前往女婿的家，本來應該是長長一列火把隊迎接，可是外頭卻一片黑暗，新娘子在沒有燈火的情況下再度上路前進。

「新郎倌很摳門呢。」

路邊迎接的僕役悉悉嗦嗦的說。除了新娘走得東倒西歪之外，跟來送新娘的人也被路上的石頭絆倒，一有人倒地，周圍就傳來一陣訕笑。

（怎麼把女兒嫁到這種地方來了?）

阿菊的父親河村治左衛門逐漸感到後悔了。

「阿菊，妳看呢?現在拒絕婚事還來得及喔。」

他這樣對女兒說。

說實話，治左衛門其實不想答應這門婚事。但是阿菊已經受到很多傷害，在井伊谷嫁不出去了。她在家鄉遭遇了太多次的——

「打劫足輕家。」

簡單的講，就是武士家的子弟不務正業，三更半夜潛入足輕家中私通黃花閨女。足輕家長雖然發現女兒被人姦淫，卻因爲地位不同而不敢反抗。阿菊儘管容貌稱不上美女，卻經歷了兩三次的糟蹋，在小小的井伊谷，消息傳得很快，搞到沒有人想娶她了，所以他們才會請媒人沿著濱名湖南下，來到相距七里遠的頭陀寺村尋找丈夫。

想著想著，已經走到了松下宅邸。繼續向前走，來到長屋的一間茅草頂小屋門口，那裡準備了非常簡陋的酒席。

（這個人要變成我的女婿？）

治左衛門大吃一驚，那個披著披風坐在屏風前的人，雖然年紀輕，頭髮卻很稀薄，下巴像楔子一樣尖尖的，眼睛猶如猴子一般閃閃發光，額頭很窄，鼻梁卻出奇的寬。黑漆漆的一張臉像蘿蔔乾一樣佈滿皺紋。

（這是隻猴子。）

治左衛門無法言語。

這就是新郎倌的長相。阿菊比治左衛門更驚嚇。

（搞錯了吧。）

阿菊差點叫了出來。因爲她之前聽媒人說，相親的對方是來自尾張的喝食，她才答應這門親事。在駿河、遠江這裡，寺小姓都長得很俊秀，她以爲在尾張也是如此。

阿菊感到眼前一片暈眩，連交杯酒是怎麼喝的都記不得了。

婚禮結束後，新娘把禮服換成平常的服裝，在酒宴結束前，她必須一直待在新郎的身旁。阿菊就趁這時候注意觀察身邊的新郎倌。

「哇哈哈！」

新郎的笑聲大到幾乎震飛屋頂，也難怪，猴子號稱日本三大嗓門之一，這是他的特技，也是他的笑點。可是，對一直住在井伊谷小小世界的阿菊來說，這男人不僅面相醜惡，還是大嗓門，根本就是個妖怪。

酒席過後人們散去，終於送入洞房了。

照日本的習慣，新娘要在床前向新郎跪拜，並且羞怯的說「以後請多照顧，並且廝守一生」。但是這個動作阿菊實在做不來。

至於猴子，也有他的看法。

（不算漂亮嘛。）

他看著阿菊平板的臉和那對大手大腳，想到當初千六說女方在井伊谷稱得上是美女。於是猴子發揮想像力，以爲自己會迎娶到禮儀周到、美貌絕倫、身材修長的新娘。猴子眞正想的，是女人應該典雅；假使女人不典雅，即使能夠上床也不能叫做女人。這算是猴子的私密嗜好。但現實世界中，猴子經常被人恥笑、閃避、害怕，長相根本配不上典雅的女性。

（既然我長得這麼醜，也只好接受這個新娘了。）

這是猴子很不可思議的一點。在矢作時，他爲藥王子獻出了人生的第一次性經驗，從此猴子的腦海中就老是想著美女，已經深深烙印其中了。

（我因爲經常被人嘲諷，早已經降低娶妻的標準了，沒想到這女人醜到比不過這村子裡的女人。）

順帶一提，猴子從來不因爲自己的容貌醜陋而感到頹喪。在面對松下嘉兵衛時，還刻意提起自己的容貌問題。他根本不以自己的醜臉而苦惱。

——該怎麼做，才能把這副面孔變成對自己有幫助的利器呢？

他甚至把自己的面孔當成工具使用。猴子的臉並不代表他的精神，他認爲自己是另一個人，臉只不過是他的道具。

這才是猴子內心的豪氣，絕對沒有一絲一毫的自我陶醉。

（可是碰上這女孩，算是我的命吧。）

想到這裡，猴子轉念了。他換個表情說：

「阿菊，上床吧。」

還是一樣大聲。

可是，阿菊被這男人的醜陋長相與粗野聲音給嚇到了，不自覺的倒退兩步。

「怎麼？妳怕上床嗎？」

猴子對待女性一向溫柔，看到阿菊的表情，他解讀為女孩的羞怯，所以想說些故事來解除新娘的畏懼。

猴子先跳上床，開始他最厲害的吹牛招數。從這一刻起，已經逐漸顯露出他往後的磊落個性了。

「我啊，有過這樣的經歷。」

接著就用他那超大的聲音開始吹牛，嘲諷自己，態度也放軟很多。其實猴子一開始就沒有惡意，他只想解除新娘的緊張，轉變成一股不再厭惡他的誠心。猴子這種和他人接觸的手法，日後會越練越熟練，變成藝術，變成神技，靠著這一套招攬日本六十餘州英雄豪傑的心。但是目前猴子還太年輕，技術也不夠純熟。

（好噁心──）

結果阿菊只得到不快的印象。而猴子一片赤誠所化的巧語也毫無用處，因為對方完全不能理解。

對阿菊來說，這場婚事只是一場不幸。

她的眼睛裡出現的丈夫，那張臉說起話來很滑稽，閉嘴不說話則很醜陋，簡直就是隻類人猿。

猴子用他那個很難聽懂的尾張腔說話，常常說到一半就：

「啊哈哈哈哈！」

用驚人的音量大笑。阿菊只是頭低低的，沒有開口問任何事。抬頭看看，只見猴子在床上手舞足蹈。

（這個人為什麼選這時候跳舞啊？）

假如她真的有聽猴子剛才說的那些話，或許就能瞭解猴子跳舞的原因，比方說猴子提到故鄉尾張的事情：

──我們村子裡都是跳這種舞，妳也來試試看。

大概就是這樣。

但是，猴子牽起阿菊的手，要她一起跳舞，讓阿菊變得很恐懼。

「很有趣對吧？」

猴子笑著回到床上躺好，阿菊則是跪坐在他的枕邊。

（我該怎麼辦才好？）

就像是要讓恐慌的阿菊轉移焦點一般，猴子很快就沉睡打鼾了。阿菊直到現在都還不瞭解眼前這個男人，但是猴子已經摸透了阿菊的心情。

（今晚就好好睡吧。）

這個男人用睡覺帶過新婚夜，這是他對阿菊的體貼。

雖然猴子非常努力維繫，但這對夫妻的生活實在難以爲繼。

阿菊後來還是跟猴子圓房，儘管有了肌膚之親，但她還是抛不開內心的恐懼。這讓猴子感到悲傷。

「妳那麼討厭我嗎？」

終於有一天晚上，猴子這樣問道。阿菊則是保持沉默。

「喜歡或討厭，男女各有所好，我也不方便多說。不過，假如妳能忍耐得住，最好還是留下來吧。」

「爲什麼？」

阿菊用下人的口吻問。

「因爲我就是這樣的男人。」

「怎樣的男人？」

「我想，我是遠州最有才幹的人。所以再過一陣子，我會讓妳的日子過得越來越快樂。」

（一個底層的僕役，將來能有什麼發展，我很清楚啊！）

阿菊的心裡早有概念。她的父親努力了半輩子就是最好的證明。她的父親是井伊家的足輕，而眼前這個男人的主人松下嘉兵衛，身價只有井伊家的五分之一。所以不管猴子多努力向上，結局也可預知。

再說，阿菊現在也領教到了丈夫的鄰里關係，瞭解丈夫被周遭鄰居蔑視的狀況。她出去打水，或者去附近的森林撿拾樹枝當柴燒，總是會感受到周遭鄰居的嫌惡眼光。

阿菊實在是無法忍受這樣的生活，結果，她春天嫁到頭陀寺村，夏天就待不下去逃跑了。猴子又變成孤家寡人。

這使得鄰居和同事對猴子的批判更加惡化。

「猴子的老婆跑啦！」

大家對猴子落井下石，而且更進一步。有人遺失了印籠（印章盒）、有人遺失了隨身袋、有人遺失了擦鼻水的紙，就推說：

「說不定是猴子幹的。」

僕役和村民把他們的疑惑向嘉兵衛稟告。聽到這些流言蜚語，猴子當然不能假裝不知道。

於是他四處奔波，想要證實自己的清白，可是終究徒勞無功。

（到此為止啦。）

猴子也累了，要是真的背上竊盜前科，那麼遠州這個地方就待不下去了，不管他怎麼努力上進也不會有結果。

於是他前去稟報嘉兵衛，說他要離開這裡。

「我不會挽留你。」

嘉兵衛雖然惋惜，也只能放手。他知道這隻猴子擁有一般僕役所沒有的才幹，但是當下人們的指責不斷，他也無法平反。

「你要回尾張嗎？」

「現在只有這個選擇了。」

「尾張現在是織田家執政，將來會如何很難預料。這一代的主公上總介大人是位浪蕩的武士，品格無法和上一代的彈正忠大人相比。」

但嘉兵衛突然改變話題：

「聽說尾張有一種很不錯的足輕甲胄。」

猴子回答：

「您是指胴丸嗎？」

這方面猴子就有些自傲了，因爲尾張算是武器的先進領國，設計出新型的足輕甲冑。這款甲冑不像傳統的板狀甲冑，特色是可以像燈籠一樣伸縮，讓穿戴的人活動起來更加俐落。

「你回尾張之後，幫我買一套這種胴丸，送來給我。」

嘉兵衛一邊說，一邊把錢塞到猴子手上。

他看著猴子的臉，又接著說了一句微妙的話：

「假如很麻煩的話，就不必送來了，這筆錢你自己留著吧。」

嘉兵衛就是這樣的好人，在這個時代，地侍放走自家的僕役，還給他一筆錢，這是非常難得的恩典。

於是，猴子離開了遠州。

猴子回到了尾張。

在尾張，他沒有落腳之地。他不可能回到被繼父接收的中村老家，結果走著走著，又回到了蜂須賀村。

「總之，你就先去廚房吃頓飯吧。」

小六這麼說。畢竟這裡是山賊老大的宅邸，屋裡養了好多食客。廚房裡還有很大的飯桶，一堆下人聚集在這裡吃大鍋飯，就像無賴的巢穴。不過，猴子回到這裡，反而覺得安心多了。

和遠州的松下宅邸不同，這裡年輕人都叫猴子：

「師兄。」

然後立刻站起來，把善於交際的猴子拉到眾人賭博的地方，要他一起賭博。猴子當然具備了「故意輸掉」的演技，但私底下他既不喜歡也不擅長賭博。

假如猴子眞的迷上賭博，最後就會留在這棟蜂須賀宅邸，變成一個趁火打劫的盜匪，這樣結束一生。

但是猴子在這裡住不慣了。這個擁有上進心的男人，無法融入這些惡徒的社會。

他心裡只想著：

（在下只想去織田家當個足輕就好。）

當時的尾張織田家，是由第一代織田信秀帶領打天下，平定了半個尾張國。可惜信秀在天文二十年（一五五一）春季病逝，從此織田的名聲搖搖欲墜。

隨即繼位、被賦予復興織田家重任的織田信長，被稱作傻蛋領主。他的爲人怪異，即使已經元服（行成年禮），走在大街上還是跟人勾肩搭背，邊走邊吃麻糬或柿子。

所以有人會說：

——織田家恐怕快要垮了。

猴子出生在尾張，當年之所以一路流浪到遠州，成爲今川手下的武士松下嘉兵衛的部下，就是因爲他覺得織田家沒有未來。

可是，信長卻發揮出超乎想像的能力，二十二歲就收服了持續壓迫信長的宗家（同族的本家）織田家，拿下亡父嚮往卻無緣的清洲城，當上城主。

直到這時，各領國的強豪才注意到尾張有個厲害的年輕人，關注信長的動向。就連甲斐的武田信玄，都特地下令把尾張來的行腳僧（尾張春日井郡天永寺的僧侶天澤）帶到甲府，並且詢問他們，

「上總介究竟是怎麼樣的人？你們能告訴我他的日常行爲嗎？」

於是那些僧侶談起信長日常的瘋狂愚蠢行徑。武田家在座的家臣裡，有些人暗自摀嘴竊笑，信玄卻毫無表情，聽過之後很嚴肅的陷入思考，不發一語。

——天才與白癡，差別只在一線之間。

就這樣，這個世上對信長的評價一點一點的好轉了。

猴子對信長的觀感則是隨著社會慢慢轉變。

不過，他對信長也有獨特的觀感。信長的嗜好是馴養獵鷹、騎馬和游泳，其中游泳這一項，猴子聽說每年三到九月的這段期間，信長都會到河邊游泳。

（和駿府的領主大人全然不同。）

這讓猴子很感動，原來信長喜歡運動啊。那麼，

就算他被人嘲笑是傻蛋領主，織田家也不會敗在他的手裡。但是這世界上，有很多事是猴子無法預測的。

好運終於來臨。

猴子遇到了兩個中村出身的人，一若和元幕。

這兩人年輕時就離開村子，到清洲城織田家擔任足輕。

當猴子來到清洲城下的足輕長屋時，尾張的田地裡已經長滿黃色的稻穗。

「這不是猴子嗎？」

一若嚇了一跳，而鄰家的元幕聽到之後也跑了出來，

——你這些年跑到哪裡去啦。

兩人異口同聲的說道。

一問之下才知道，猴子的母親在他失蹤之後急到快發瘋，拚命的四處尋找他的蹤跡。

「你快點回中村去吧。」

「遲早啦。」

猴子露出苦澀的表情。現在的他還沒有半點成就，怎麼可能回去那個被繼父給佔領的老家呢。

「我有事想拜託二位。」

猴子說起他想當僕役的願望。兩人一面聽著，一面嗯嗯的點頭，然後回答說，他們會向頭領淺野又右衛門大人說項。可是，猴子的願望並不在此。

「我不想跟你們一樣只當個足輕。」

原來猴子想當的不是足輕，而是小者（低階的奉公人）。比方說，在上總介大人的身邊當個小小的跟班，這樣就好了。

「你怎麼會有這麼奇怪的願望啊，上總介大人很難伺候耶。」

猴子只好返回中村，等待清洲傳來好消息。但一直杳無音訊。

一若和元幕眞的有向淺野又右衛門提出申請，但

得到的回應是目前不缺足輕，也不缺小者。

猴子終於下定決心：

（賭上我這張臉吧。）

他決定親自去見織田信長，讓信長看看他的醜臉。

（也有可能當場被處死。）

他抱著覺悟再度前往清洲城，卻聽說信長已經出城，帶著獵鷹去狩獵了。

信長的打獵裝束也很怪異。在駿府的今川義元每次帶獵鷹去打獵時，總會把頭髮梳成京都公卿的式樣，把牙齒塗黑。由於義元體長腿短，不適合騎馬，所以出門打獵得搭乘豪華的轎子。相較之下，信長則是穿著粗布衣，像個平凡庶民，腰間綁一條麻繩，上面掛著七、八個裝著打火石和口糧的小布袋。後頭則是跟著他的獵鷹狩獵隊伍。有時候，信長穿著較爲奇特的粗布衣，腰間繫上麻繩，背後還畫上陽具的圖案。

這樣的獵鷹狩獵組織非常奇特，就像上戰場一樣，先派出相當於偵察兵的「尋鳥隊」走在最前面尋找鳥蹤，一旦發現前方有鳥，就會留下一人等候隊伍前來，另派一人慢慢前進。

爲免驚嚇到鳥兒，尋鳥隊的人打扮得像農民，手上拿著鋤頭，假裝要去耕田。鳥兒看到這些人就會放鬆戒心，

——我們是沒有危險的農民喔。

這樣去欺騙鳥兒。

等到信長騎馬接近，就下馬改爲步行，後頭一名騎馬的侍從則上前掩護信長的身影。等到走得夠近了就——「去！」

舉起拳頭，放出獵鷹。獵鷹一升空就鎖定目標，攻擊獵物，用鷹爪一把抓住想逃的鳥兒。

順帶一提，武田信玄也從僧侶天澤那裡聽到了這些打獵軼事。

聽到之後，信玄表情凝重。這種獵鷹狩獵法跟一

般武將的做法不同，是信長想出來的，而且過程非常合理。

（假如他把那獨創性和合理性的頭腦用來思考作戰計畫，該怎麼對付？）

所以信玄陷入沉思，表情變得凝重。

不過呢，信長的獵鷹狩獵，看在尾張人眼裡卻只覺得是可以當成笑話的題材。

有一天，信長前往小牧山進行獵鷹狩獵，傍晚才騎馬回到清洲城。

走著走著，突然看到路邊有個人跪趴在地上，額頭頂地，直到信長經過時，那人突然把臉抬起來。

「——」

信長騎在馬上俯瞰，突然大聲爆笑，因爲這個世界上，他從未看過如此奇妙的長相。

那張醜臉擺出正經八百的表情，看過一眼就烙印在腦海中，久久無法散去。

嘻！

接著又換成笑臉。這一刻，就連馬都對這張怪臉感到愕然，而喜好新事物的信長則是看呆了。曾有僕役脫了褲子，在信長面前一面拍著陽具一面跳舞，讓信長看了很開心，就給他升官了。到晚年時，有人從南蠻進貢了一個黑人，信長也非常珍惜。

——該不會是用墨汁塗黑的吧？

於是他把黑人送進澡堂搓搓洗洗，才明白這皮膚是天然的黑，此後更加喜愛，取名叫彌助，擔任隨身幫忙拿刀的跟班。信長一直擁有這種喜歡珍奇人事物的癖好。

「你是什麼人？」

信長問道。

猴子的演技成功了。他跪趴在地上，大聲說出自己的身世，提到亡父曾是織田家足輕木下彌右衛門，繼父則是竹阿彌，他很想要在織田家當僕役，還曾經拜託過足輕頭領淺野又右衛門。說到這裡，他深深的吸了一口氣，用快要哭出來的聲音大喊：

「拜託您了。請讓小的擔任小者，幫主公提草鞋。」
（眞是個怪傢伙。）
信長把臉轉向前方看著天空，馬鞭一揮，繼續向前走了。
但是，返回城裡吃過飯之後，他腦海裡還是想著那張醜臉，總覺得丟了可惜。
「把那隻猴子找來。」
他這樣命令僕役。
僕役們在路邊尋找，因爲之前猴子曾經提到淺野又右衛門，所以僕役直接去足輕長屋找人，正巧碰上借住在一若長屋裡的猴子。
於是幾天之後，猴子成了替信長提草鞋的隨從。
猴子的運氣很好，過了一陣子，足輕出現缺額，於是淺野又右衛門收編了猴子當足輕，給他一間長屋居住。
那個離去的足輕名叫「藤吉郎」。
織田家有個習慣，就是繼任的人要連名字一起承接。不過，足輕只有名字，沒有姓氏。
因爲織田家的家風比較有朝氣，猴子收起了他鬱卒的那一面，成天向足輕同僚吹牛胡謅，成了長屋裡很受歡迎的人物。猴子的人生可以說驟然轉變了。
說到吹牛，有另一名足輕頭領叫坪內玄蕃，他也覺得猴子很有趣，所以平日對猴子很好。猴子對這樣的親切反而不習慣，於是又吹起牛皮：
「非常感謝您的關心，在下將來若是出人頭地取得天下，一定會招攬您擔任家臣。」
聽了這話，原本很熱情的玄蕃頓時頹喪，因爲這是不可能發生的事。
當然，小猴說這些話並不是當眞的。他自從當上足輕之後，在不當班的日子，會跑去蜂須賀村，整天在盜匪頭子蜂須賀的宅邸裡玩樂，並且和小六聊天、討論世局，和大夥兒籠絡感情。換句話說，除了當足輕之外，他還保持著跟外界相通的管道，留著後路，以免自己哪一天當不成足輕。

上總介

（眞是不可思議的人啊！）

猴子每天跟著名叫織田信長的年輕城主，在山野中騎馬時跟在後頭跑，有時又要游泳渡河。面對這位主公，猴子也有他的想法。

首先，是容貌。

（果眞是尾張第一美男子。）

信長在尾張算是長相很帥氣的人，讓猴子非常羨慕。但是信長並不在意自己的長相，他總是拿稻草來綁頭髮，穿著則跟山賊沒兩樣，一件粗布衣，腰間用麻繩綁一圈。雖然這是很平凡的打扮，但是粗布衣的背後畫著男人的陽具圖案，還塗上漂亮的色彩。所以每次獵鷹狩獵時，總會看到草原上站著一個很有氣勢的男人，畫著彩色陽具的衣服隨風飄逸。信長騎馬前進時，猴子就跟在後頭跑，常常累到快要斷氣。

猴子通常的工作是拿著葫蘆，這對容易流汗的信長來說是不可或缺的用品。在騎馬時，信長把葫蘆繫在腰上，下馬徒步時就會把葫蘆扔給猴子。

「嘿！」猴子會準確的接住，用雙手抱著跟在後面。城下町的民眾經常看見這幅光景，一個身穿陽具衣的人，還有後頭一臉正經、拿著大葫蘆跟著的猴子。

（猴子眞是機靈。）

信長仔細觀察了一年，覺得猴子腦筋其實很好。

（太過於機靈了。）

對信長來說，不管是人還是工具，都要親自試驗一下好不好用，這是信長這輩子的習慣。

清洲城有棟名爲「松之木門」的茅草屋頂小塔樓。有一天，信長走到這裡突發奇想，躲到門後偷看門的另一邊，此時猴子正抱著竹掃帚走過。

信長馬上掏出陽具，透過門板上的圓洞，等著猴子通過。

當猴子通過時，並沒有注意到右手邊的門板伸出一根肉色的陽具。

噓！

一陣小便正中猴子的右臉，猴子氣得往後跳開。他並沒有看到門後面撒尿的人是誰，但已經想到：

（膽敢這樣惡作劇的人，除了主公之外別無他人了。）

相對的，猴子也在觀察信長，知道信長的好惡。他很擔心信長藐視他。信長看人有他自己強烈美感意識，他喜歡有俠義、野性和自尊心的家臣——這點猴子早就看出來了，所以他在生氣跳開的同時，已經想好對策。他馬上跑到信長這一邊，怒氣沖沖的說：

「怎麼可以朝著男人的臉撒尿呢。即使是主公大人也該道歉，否則饒不了你！」

猴子用他的大嗓門咆哮，信長也收起玩心道歉：

「我只是要試試你，絕無惡意。」

（這猴子還挺有趣的。）

信長對自己的實驗結果感到很滿意。

至於被當成實驗品的猴子，他走向城牆邊的池子，把帶著尿臊味的臉洗乾淨。

（都已經是個娶妻的成年人了。）

猴子也覺得可笑。想要考驗別人有很多種方法，信長卻偏偏要選那種小混蛋的手法。不過，這方法倒也樸實，要是考驗的方法太繁複，反而會惹人討厭。主公雖然有成人之身，內心卻還很頑皮，這是信長的妙趣之處。所以猴子認爲信長是個很好的人，很喜歡他。

（我喜歡的並非他的忠義，而是他的天性。）

信長也蠻喜歡猴子的，而且一天比一天更喜歡。信長的心靈還很年輕，並不像今川義元那樣醉心於美少年，那是成年男人的癖好。信長的癖好偏向兒童化，就像小孩調皮玩弄貓狗一樣，有時他用繩子把猴子吊起來，有時拉著猴子的頭去撞城牆，看看這個動物有什麼反應。有時生氣不悅，他會把猴子扳倒在地，壓在他身上，壓到猴子差點斷氣。即使如此——

（猴子好像還是很喜歡我啊。）

信長用自己的身體做實驗，觀察手下的反應，他發現，猴子跟他的個性挺合得來，幾乎像是氣味相投的伙伴。

猴子也覺得：

（主公這個人喜歡工具的機能性，而且把人也視爲工具。）

猴子終於理解了。信長喜歡工具的方便與機能性，他過去那些古怪行爲和慾望，都是源於這點，爲人也因此變得古怪。比方說他特殊的運動服裝，腰上掛著好多小布袋，想吃栗子時就拿出栗子，想生火時就拿出打火石，凡事都以個人方便爲第一。

因爲信長只偏愛工具，那些派不上用場的東西，就算再華麗再漂亮，他也不屑一顧。人類對他來說也是一樣，什麼公卿之子啦、重臣之後啦，要是沒有用處，他都視爲無能之人。

不過，就算是工具也得做好準備。比方說足輕是第一線的作戰部隊，直接投入戰局，需要配備一挺長槍。長槍的槍柄長度大都類似，唯獨信長轄下的足輕槍柄比別國更長。比較長的長槍，能夠更早一步刺殺敵軍，這是小孩子都懂的道理——相較之下成年人想太多，反而流於理論化。

既然喜歡工具，當然就會喜歡馬匹，也會喜歡人才。信長有著敏銳的直覺，知道要怎麼運用「人」這種工具，而且他還擅長教育這些工具。

有一天，他把足輕頭領淺野又右衛門叫到跟前：

「我要把猴子晉升為小人的小頭。」

信長下達了這樣的命令。

小人也就是小者，跟在主公身邊提草鞋、搬貨物，算是最下等的小卒。如果說足輕是戰士等級，小人就相當於軍伕。信長要把猴子晉升為小頭（小人的小頭領）。

於是，猴子搬去三之丸的足輕長屋。城下町的人都稱這一串長屋為「五加長屋」。

也不知道最初是誰的主意，這串長屋的前面種了一排五加樹的灌木叢，當做籬笆。猴子相當佩服這個聰明的點子，因為五加樹的嫩葉可以摘來吃。

五加葉外觀類似楓葉，摘下來放進熱水裡煮，灑一把鹽，就能迅速完成一道湯品，也可以和其他食品混在一起調味。如果經過乾燥處理，還能夠當做茶葉泡。五加根還能做為煎藥，有消除疲勞的功效。對於平日工作勞累的足輕和僕役來說，這是很有用處的灌木圍牆。有時一些足輕甚至會摘點五加葉去城下町賣錢。

（眞聰明。）

猴子相當佩服，於是在前去淺野又右衛門家時提起這一點。

「那是當初我跟主公建議的。」

又右衛門一派輕鬆的說。猴子原本就覺得這位老爺子很有平民之風，經常來他家，無論大小事，關於織田家的事都找他討教，因此又右衛門逐漸喜歡上猴子，很疼愛他。

「是老爺子建議的？」

猴子吃了一驚，體會到又右衛門這個人的魅力。明明是個老爺子模樣，卻懂得管理家計，明明是武士，卻很懂得算錢，懂得特殊的算數方法。

這是有原因的。因爲老爺子現在是足輕頭領，算得上是武士階層，不過以前的他，是個無名老百姓。

津島。

這是尾張西部的一個港口，在尾張是最繁榮的商業都市，地位大約和近畿的堺市相當。津島只要搭船航行三里就能抵達伊勢的桑名，走木曾川的話則是能直通美濃，港邊排列著上千家的商店，尾張的金銀財貨都是透過津島取得。

織田家雖然是武士門第，卻帶有商業嗅覺，一直到信長這一代都是如此。上一代的信秀就已經發覺津島的重要性了，因此織田家的財富累積得相當快，引起他國將領的注目。後來信長收留了流亡的足利義昭，讓他重新坐上將軍大位，當時義昭非常開心，給他恩賜：

「你想要什麼恩賜嗎？儘管說！要不要京都一帶的山城國。」

信長卻說他什麼領地都不要，只說：「我想要在堺市和大津掌權，由我任命代官（將軍直轄地的管理者）。」

義昭覺得信長的慾望怎麼這麼小？但是信長比他的父親信秀、岳父齋藤道三更厲害，更懂得商業與生財之道。

回到剛才提到的津島。

淺野又右衛門生於津島，是個做生意的老百姓。由於擅長算數，被織田信秀收入門下，指派他擔任兵糧的計算師。後來又給他追加足輕這個階級，讓他能夠投入戰線。打從信長幼年時代，他就已經擔任足輕頭領了。

——眞是有趣的來歷。

猴子常會這麼想，老爺子好像沒有什麼戰功和成就，爲什麼能夠一直穩坐在織田家之中呢？顯然織田家是看上了這個人的誠實性格和明白事理的能力。

又右衛門屢次提醒猴子：

「藤吉郎，要好好在織田家工作。織田家打從上一代起就不看重門第，所以你只要努力，就能夠向上爬。」

如此鼓勵著有時陷入自卑的猴子，畢竟又右衛門自己就是最好的例子。又右衛門原本只是個出生在津島的平凡百姓，沒有姓氏，之所以後來有了淺野這個姓氏，還奇妙地被列入美濃的貴族土岐源氏分流出來的淺野家系。後來，淺野家甚至被猴子晉升爲大名，跟老爺子的交情可能有所關連。

回到正題。

猴子當上了十名僕役的頭領。

雖然只是十個下人的領隊，功能就是跟著信長聽令辦事，但猴子的辦事手腕信長都看在眼裡。猴子懂得善用手下十人，讓大家合作一心，這個指揮能力是其他僕役頭領所不及的。

猴子天生就懂得懷柔人心，他把十名僕役都招到自己的長屋住，跟他們吃一樣的飯菜，買東西也是大家平分，仔細觀察每個人的性格。僕役們則是對他非常感激，更加努力工作。

信長雖然不瞭解猴子是用什麼手法來管理，但是猴子的統御能力他都看到了。

（假如把這傢伙晉升爲武士，說不定很懂得作戰呢。）

信長這麼想。猴子眞是個相當好用的工具，偏偏信長又喜歡研究工具。於是，猴子擔任十人頭領之後二十天，信長又把淺野又右衛門找來。

「再給他加到二十名部下。」

信長這樣說，想試試這個工具有多大能耐。

一下子猴子底下變成二十名僕役，於是他把這些人分成三組，各組挑出一名組長，讓他們在工作時互相競爭。觀察了二十天，信長又把又右衛門叫來。

「讓他擔任小人頭（管理更多小人的頭領）。」

信長說道。這麼一來，猴子變成更高一階的頭領。要是發生戰事，他這個身分已經獲准穿上最簡易的甲冑上陣了。雖然比不上那些能夠騎馬的武將（軍官），但至少是最底層的武士了。

在織田家工作不到兩年就晉升到這樣的地位，的確非常難得。看來，信長還像個充滿童心的孩子，想要嘗試每一種工具。

成了小人頭之後，猴子得冠上一個姓氏。這點不必多想，因爲打從以前，猴子就被稱爲「中村之猴」，所以用出身地當姓氏很正常。

雖說他也可以找個更好聽的姓氏，但是尾張這裡任何人都知道猴子出身卑微，現在是受到主公的破格提拔，才能成爲三位雜兵長之一，要是取個聽來不順耳的姓氏，難免引來周遭的反感：

「有這麼值得高興嗎？」

所以，用「中村」做姓氏，一來自然，二來可愛。

猴子就是這麼的細心琢磨。

還有另一件事，就是家紋。

人們一提到猴子，最直接的聯想就是葫蘆，除了葫蘆還是葫蘆。因爲他總是抱著葫蘆跟在信長身後跑，不光是家臣，連城下町的百姓都看慣了。所以用葫蘆當家紋不會引來厭惡，反而讓大家覺得有趣。信長一看到猴子選擇葫蘆當家紋——

「你這傢伙，居然和葫蘆融爲一體了。」

一面大笑，一面戳著猴子的頭這樣說。後來，猴子改用桐紋當家紋，那原本是皇室專用，由天皇御賜給猴子，但那是後話了。目前的猴子，覺得用葫蘆家紋已經很棒了。

猴子知道信長隨時都在觀察他，而他也隨時都在觀察信長。

信長喜歡簡約，至少他自以爲可以簡約。但是簡約的另一種說法叫做吝嗇。

（還眞是吝嗇呢。）

猴子知道信長的個性中有這個特點。有一次，在跟隨信長出城獵鷹狩獵時，信長命令擔任僕役頭領的猴子升起營火。

營火升起後，信長靠在火堆旁暖暖身子，這時，擔任勘定方（主管財務會計）的村井吉兵衛剛好坐在他對面，於是信長就問：

「吉兵衛，現在城裡一年要耗費多少木炭柴薪？」

突然問起這個，要是答不出來，信長恐怕會暴怒吧。幸好——村井吉兵衛很快就回答需要千石。

信長想了一想，出乎意料的說：

「換掉那個奉行（負責某種事務的職位）。」

接著叫吉兵衛暫代奉行的工作。可是他的表現不如信長預期，又被換掉，結果奉行的位置就空懸在那裡，臨時叫猴子去代理。因爲打獵的當時，信長叫猴子生火，猴子不用獵鷹隊自備的柴薪，而是蒐集野草枯枝生火，這樣節約的方式讓信長相當欣賞。

薪炭奉行是個很小的職位，以猴子的身分來說不能降級去做，他只好一邊擔任小人頭領，一面兼任奉行。

猴子首先調查城裡圍爐的木炭使用量，發覺有很多殘火留在爐子裡，沒有好好利用，於是要管理人員減少木炭的供應量，結果一個月下來，發現消耗量少了三分之一。在此同時，猴子又改變購買木炭的管道，不再到市鎮買，而是直接去山裡跟燒製木炭的民家大批採購，購入價更爲便宜。

猴子把努力一個月的成果回報給村井吉兵衛，吉兵衛則是立即向信長報告。

「猴子，你別再繼續做這個了。」

這是當然的，因爲猴子的本業是指揮小人的頭領。之後信長任命了新的薪炭奉行，並且要求新任奉行完全按照猴子的方法做。

類似事件還發生過好幾次。

比方說，信長有一次野外出遊休息時，看到猴子躲在草叢裡嘰哩咕嚕的在說些什麼。信長叫猴子有話快說，猴子卻反而閉口不語。信長叫猴子用他的大嗓門說，猴子硬是不從。信長一直催促快說、快說，猴子熬不過，只好挺起胸膛明講：

「如果小的說出來，勢必引起主公不悅，所以我絕對不說。」

結果引來信長的怒氣。

其實信長知道猴子剛才在草叢裡嘟噥些什麼，他全聽到了，是在講城牆的事。清洲城的部分城牆在經歷上個月的大風雨之後垮了大約百間（一間約一‧八公尺）的長度。之後信長下令重臣執掌修復工程，但是過了二十天城牆還是沒補完，還是像缺門牙似的，露一個大開口。

信長於是把猴子叫到跟前：

「臭猴子，你越來越厲害啦。」

說著就抓住猴子的頭往地上砸。

等到猴子被砸到唉唉叫，終於討饒說：

「這樣下去，只要敵人趁機攻打過來，我們絕對守不住的。小的就是擔心這一點，所以在那裡嘟噥。」

「連城牆的防備你都擔心，你還真厲害啊。」

信長的憤怒越來越強烈，緊抓住猴子的脖子，繼續拿猴頭搥地。猴子忍住疼痛，但信長的怒火難消，覺得猴子內心「有詐」，一直等到猴子大哭說「屬下受不了啦，請饒了猴子一命吧」，信長才覺得虐打很有成就感，心滿意足：

「受不了的話，就由你去修城牆。」

這是信長給猴子的懲罰。因此，猴子遍訪織田家臣的宅邸，拜託家臣。

「請交給我做，不然主公會宰了我。拜託拜託，請交給我做。」

向眾家臣哀求、泣訴，希望家臣把普請奉行（負責管理土木工程的官員）的權限交給他。遇到這情況，家臣通常會想，

——臭猴子，居然連普請工作都想要搶走嗎？

家臣也是會生氣的，但是看到猴子一面哀求一面

痛哭的臉，實在忍不住同情。
「那就借給你幾天吧。」
這樣告訴猴子。
「不必不必，只要借給我一天一夜就行了。」
「什麼？一天一夜？」
家臣們還以為猴子把修建城牆當成遊戲了。於是把下級奉行都叫過來，吩咐他們「就照著猴子說的做吧，誰曉得會變成什麼樣子。」
事實上，猴子真的在一天一夜之內把城牆的缺口給補好了。
善於操弄人心的猴子，首先集合施工現場的所有師傅，告訴他們，把百間的長度分成十段，工人也分為十組，要他們彼此競爭，看看哪一段城牆會最快完成，到時候必定賞罰分明。於是工人那一天日以繼夜的拚命工作，終於完成了修補的工作。
想當然，信長對此讚嘆不已。猴子一被稱讚就得意忘形的說：

「這座城承受不住秋季的洪水，冬天則會被水澤給圍困，實在不適合主公居住。在領地之內，小牧山才是適合主公的建城地點。」
才剛褒獎他的信長，又變得火氣上衝。
「好大的口氣。」
信長大叫，把猴子拉過來，雙手抓住領子拉緊，幾乎要掐死猴子。猴子「嘰——」的喊了一聲，感到窒息的痛苦，內心卻大為滿足。雖然剛才的失言把之前的獎勵給打平了，但也正好是得到褒獎時，才能乘大好良機失言，雖然惹得信長生氣差點勒死他，但事後信長肯定會想：
（猴子還蠻有眼光的。）
結果對我藤吉郎的想法更加贊許呢。
其實，關於築城位置的事，信長也是這麼想的。所以之後獵鷹狩獵都去小牧山觀察地形，因為那裡到處是丘陵和河流，需要不斷的上下跋涉，地形相當險惡。後來有一段時期信長把主城從尾張清洲城暫時移到美濃岐阜城，就趁此時下令在小牧山築城。小牧城完工之後，照計畫是要把所有還住在清洲城的家臣與眷屬都移居到小牧城，可是，大多數的家臣和家眷都不肯離開，所以信長的計畫沒有實現。

（其實主公不是眞的討厭我啦。）

之後信長就算怪罪猴子，猴子也不以爲意，用正面思考的態度看待。不管信長如何做，猴子覺得該如何解釋是他的自由。

畢竟擔任小人頭領的猴子，跟信長最接近的時刻大多在野外，只有在野外猴子才能盡可能接近主公，跟主公談天說地。猴子會刻意製造一些事件，只有他才能甘心承受信長的欺凌。

（可惜的是，直到現在都沒能拿下戰功。）

這是猴子感到缺憾之處。樹立戰功是每個男人的野心，可是不及五尺之身的猴子，實在是沒機會上戰場。

牽繫著猴子命運的青年信長，在清洲城內總覺得待不住，這點確實異於常人。當慶典遊行跳舞時，他就手舞足蹈的跟著隊伍走出城外；沒事不必外出時，他就藉口要獵鷹狩獵、要出去旅行、要去游泳。至於其他時間呢，都拿來用於戰爭。說戰爭是有點誇張，因爲並不是向外出征，而是向內討伐尾張國內叛變的小領主，戰鬥大多發生在山林的小徑上。

通常信長都會打勝。因爲每當號角響起時，清洲城就全員盡出，這是信長能夠動員更多兵力壓倒對手的原因。可是這麼做等於把清洲城變成空城，必須交給別人保護。所以每當信長上陣，北方美濃的岳父齋藤道三就會派兵進入空城負責守備。

「這根本是派狼去牧羊嘛。」

織田家無論家中重臣還是清洲城的百姓都是這樣

想。這也不奇怪，因爲美濃的齋藤道三有個顯赫的綽號，叫做：

——蝮蛇道三。

簡單說，就是一介賣油郎，用他擅長的打殺和奸計拿下了整個美濃。鄰近各國的領主只要聽到「道三」這名字，就忍不住發抖。可是信長出城打仗時，卻把空城留給道三——任何人都認定，道三會趁機奪下城池。

但即使信長只見過蝮蛇岳父一次，這時道三已經是個老人了，而蝮蛇卻對信長頗有好感。信長也感受到岳父的心情，對蝮蛇抱著信心。這對奸詐狡猾的蝮蛇道三來說，還眞是令他沒面子，但是他對鄰國的信長還是充滿慈愛，活像是菩薩上身（蝮蛇的確是僧侶出身），援助信長可說是蝮蛇一輩子唯一的無私行爲。

但是蝮蛇死了。

就在長良川河畔。他帶兵在霧中，被人數多出數倍的大軍包圍，他一直作戰到全軍覆沒，自己也滿身刀傷而戰死。戰敗的主因，就是他的嫡長子義龍起兵叛變。當義龍發現自己並不是道三的親生兒子時，就暗中召集大軍，先殺掉自己的兩個弟弟，奪下美濃的主城稻葉山城，然後進攻隱居數年的齋藤道三。

道三得知長子叛變，已經有戰敗的覺悟。道三召集手下的兵力，投入人生的最後一戰。

出戰之前，道三寫了一封信給信長，信中說明了事件原委，並且感嘆：

「不必派出援軍。」

信長收到信時爲時已晚。其實，道三已經看出鄰國的年輕女婿沒有足夠的實力來支援，他只能期望信長將來幫他復仇，殺死那個叛變的兒子。

而道三在這封信裡，又附加了一份特別的文件。

一份將美濃讓渡給信長的委任書。

讓渡美濃，是要等到信長將來有足夠的實力，再來討伐叛變的兒子。這是蝮蛇道三臨死前唯一的悲傷期待。

接到消息當時，信長並沒有在跟國內的同族叛徒交戰。問題是，就算他出兵，戰力也遠遠不及美濃的龐大軍力，可說毫無勝算。

但信長還是行動了。

他召集三千兵馬，深夜從清洲城出發，朝北方的美濃國邊境走。這是信長這個向來在領國內四處征戰的人，第一次出征外地。

信長率先單騎衝出城門，他每次出戰都是這樣，自己先出發。家臣才剛得到出征命令，還在忙著穿盔甲呢，只好在足輕還沒完全召集的情況下追了出去。

不過，身爲小人頭的猴子早已經察覺有狀況，嗅出主公即將出征的訊息，所以他在傍晚就準備好馱馬和作戰物資，自己也整備妥當，先跑出了城門。

小人頭同時也兼具替大將備妥相關用品、食糧，用馬匹馱著跟進的職務，所以猴子把部隊的運補任務交給手下，自己先走。

這時單騎往前跑的信長，根本沒注意猴子有沒有跟在他身後。他只聽到背後有馬蹄聲，有幾名旗本追了上來，之後則斷斷續續跟著一團又一團的足輕一軍。

大夥兒一直跑到天黑，來到美濃國境的小鎮富田信長才停下馬，繞著圈圈，等待後頭的部隊集合。然後，他又繼續往前衝，等他策馬跑到木曾川支流的足近川時，天已微亮。

河對岸就是敵方領地美濃，只能看見白白霧靄和遠山原野。不過，遠方傳來火槍射擊聲和武士的喊叫聲，信長認爲道三還沒有敗亡。

馬走到河堤上，從上方俯瞰，霧氣瀰漫的河水向南流去，沒有橋梁可用。

仔細一看，河裡有個模糊的人影，正朝信長的方向走來。

「河中有人，不明來歷。」

下屬稟報，白霧中的人影漸漸看出色彩了，他穿著一件老舊斷線的腹卷胴甲，手腳都沒有護具，只拿著一挺生鏽的長槍。這人越走越近，腳邊濺起水花。

「什麼啊，原來是猴子。」

信長覺得這傢伙未免衝得太快了，說不定他已經先進入敵境，觀察過敵情了。

「猴子，幹得好，敵情如何？」

信長問道。這不是責打猴子的時候。猴子馬上說「是！」並且單膝跪地，

「屬下不知敵情，無法回報，但是，」

他繼續大聲回答（他本來就是大嗓門）：

「屬下只是盡自己的本分，找出了能渡過這條河的淺灘，並且沿線插上竹竿做標記。」

「你太急著建功了，不過，你做得很好。」

信長當場褒獎他，然後轉身對先鋒的將士下令：

「聽好，現在就跟著猴子走，猴子會帶你們去渡河點。」

猴子立刻高舉起槍頭綁著紅纓的長槍，領著部隊走到渡河處。

（臭猴子，你太會搶功啦。）

淺野又右衛門在率領足輕渡河時，臉上掛著憂愁的表情。猴子這樣做，以後只會受到同儕的憎惡吧。

但是猴子早有覺悟，就算遭到同儕的憎惡或輕蔑，他也不要回到以前那種狀況。

說到這段渡河淺灘，其實猴子根本不必探勘，他老早就知道了。他過去常在尾張和美濃兩地流浪，對這條足近川有哪幾處渡河點早就瞭若指掌。他以前在這些渡河淺灘來來回回，有時心中陷入絕望、有時充滿希望，經歷過太多次了。

站在河中的猴子焦急非常。

一等到先鋒部隊全數過河，他就趕忙踩著河水跑回去找信長。

「猴子，怎麼啦？」

此時信長已經騎馬到河中央，朝猴子的方向前進。他臉朝右邊往上看，那個方向是河邊的堤岸，突然瞄到幾個人影，一下又消失了。

那絕對是敵方派出的斥候。

「主公！」

猴子大聲呼叫信長，這時信長正在仔細檢查那些黑影的消失位置，覺得猴子偏偏選這時候吵他，很是生氣。但猴子說出來的話，卻大出信長的意料。

「那些一下子就消失的人，是配置在上游的伏兵。還有……」

猴子已經走到水深及腰的地方，越走越慢，但是他繼續說：

「前方走過去一里處，有敵軍先鋒設置防衛，用木椿竹竿建造了拒馬。主公想要過河的話，必須再往下游走個半里，那兒有小徑，能夠穿越森林。」

聽完了猴子說的話，信長決定照他的情報來調遣部隊。

「猴子！你太逾矩啦！」

霹啪！

一鞭子打在猴子的背上，但猴子卻放心了。

「好痛！」

他大聲喊叫，就像是惡作劇的小孩一樣，面露笑容，領著信長的馬匹在河中前進。

這次信長出兵救援，並沒有得到實質的軍事效益，因為他們無法和岳父道三的部隊接觸，美濃的部隊一路朝國境邊界且戰且走，但是道三的這支孤軍越打兵員越少，最後還是在長良川河畔戰死了。

信長聽到北邊的雲霧中傳來的火槍響聲越來越稀疏，最後終於停止了。他瞭解岳父已經陣亡，只好帶著部隊撤退，返回根據地尾張清洲城。

回到城裡，他把猴子叫來，拿腰間小袋裡的三顆栗子扔向他。這栗子是去年就炒好的，現在已經硬得像石頭一樣了。這就是猴子得到的褒獎。

他又把淺野又右衛門叫來：

「好好的飼養你手下的猴子，我很喜歡他。」

信長這麼說道。對猴子來說，這句話是比三顆栗子更令人雀躍的恩賜。

回到了五加長屋，繼續過平凡的日子。

但是對尾張國來說，情勢變得越來越絕望。原來，東方的今川義元，正召集駿河、遠江、三河這三國的兵力，組成強大的部隊，開始朝西前進。偏偏尾張國就擋在義元鐵蹄大軍西進的路上，義元要率領軍隊前往京都，豎起他統一天下的大旗。

「什麼嘛，我們贏定了。」

當消息傳到城下町時，猴子把部下和足輕朋友都召喚到他住的五加長屋，猶如自己已經當上大將一般，這樣向大家吹牛。話說現今以駿府爲主城的今川治部大輔義元，無論名號與實力都被大家譽爲「天下的副將軍」，是尾張僅能仰望、無法比擬的傳統大國領主。

「因爲我待過遠州，也常去駿府。」

簡而言之，就是敵國專家。猴子手舞足蹈的說，今川家的武士完全不值得畏懼。不過，猴子內心卻有一絲擔憂。

（主公該不會在這場戰役中陣亡吧？）

想到這點，猴子內心就感到憂鬱。要是信長死在火槍的槍林彈雨中，猴子也不想苟活，乾脆一起戰死。因爲有信長這位主公，他現在才能衣食無缺，要是他在戰爭中苟活，恐怕又會回到以前那饑饉的生活，那還不如死了算了。

猴子這天晚上非常亢奮，他跑出長屋，前往淺野又右衛門家。

這位平常很照顧他的頭領老爺子年近五十，今天看起來好像又更老了一些，低垂著頭，和老妻爲伴，面對著燈火。猴子在沒有獲得允許的狀況下，不可以任意登堂入室，只能跪在院子裡擺放的木板上。

淺野家的三個女兒都還沒上床睡覺，在後頭的房間裡嘰嘰喳喳聊天。長女名叫阿鯉、次女寧寧、三女良良，三姊妹都不是又右衛門的親生骨肉，而是老妻的姪女。原本是杉原家的女兒，但是杉原家當主早死，便把這些姐妹交給又右衛門當養女。在淺野家的教養下，每個女兒都有開朗的個性。但是三個女兒之中，只有阿鯉年紀稍長，其他兩個妹妹年齡都還小。

長女阿鯉這時已經談妥婚事，下個月就要嫁到又右衛門出身地津島，丈夫是堂兄淺野又左衛門。多年以後，阿鯉被賜予階級，尊稱爲朝日局。

但是在這個時刻——

「猴子大人好像來了。」

她叫妹妹們忍住笑意，但是大家還是肩膀抖個不停。

「今天是戌（犬）日耶。」

最先笑出來的是次女寧寧。寧寧生於天文十七年（一五四八），目前只有十二歲。不過她已經長高了，皮膚白皙，臉頰豐腴，非常可愛。這個女孩頭腦聰明、個性爽朗，而且善於言詞。

猴子暗地裡喜歡這個女孩，每次來又右衛門家都會逗寧寧開心，有時則會把寧寧抱著舉高，這樣問她：

「寧寧千金的守護神是誰啊？」

「啊！不要啦。」

寧寧樂不可支，這個女孩腦筋很好，知道這代表什麼意思。寧寧出生的天文十七年是申（猴）年，所以守護神是日吉明神，那不就是猴子藤吉郎嗎？猴子眞是非常喜愛這女孩。

（就選這個女孩吧。）

只不過，他抱在手上的是個頭髮還沒留長的少女，猴子打算等寧寧長大一點再來提親。

「猴子，這下不得了啦！」

又右衛門剛聽聞今川義元出兵的消息，嚇了一大跳，夫妻倆擔心長女的婚禮該怎麼辦。要是戰火蔓延到尾張平原，這裡變成戰場的話，今川軍的鐵蹄將踏遍城鎮原野，又右衛門也可能在戰鬥中陣亡。

「難道要延期嗎？」

猴子來到淺野家，結果被問到這個問題。

「不必，照原訂行程就好。因爲這次的戰鬥，在大小姐坐上轎子之前就會結束了。」

「你這猴子說什麼鬼話！」

「我絕對不是隨便說的。」

（猴子怪癖又犯了？）

又右衛門最近理解到猴子愛說大話，似乎是個治不好的癖好。

隔天早上，信長照例天還沒亮之前就起床，照平常一樣走出玄關準備馴馬，看到猴子跪在那裡拿著草鞋。

「原來是猴子啊。」

這是猴子被任命爲提草鞋的小人頭之後，第一次在一大早就等在門口提草鞋。

（這傢伙必定有什麼詭計。）

信長這麼想，默默無言的往前走了兩三步，從馬伕那裡接過韁繩。這工作是中間頭（次一級的頭領）的事務，猴子管不著。

信長跨上馬，騎了一大圈，直到人和馬都發汗。這時他才想找猴子，發現猴子已經跑到遠方的松樹底下，雙腿併攏，朝著清洲城的方向合掌膜拜。

（眞是個混蛋。）

信長的背脊不禁打顫。但是對猴子而言，他是眞心誠意的膜拜，不是搞笑。因爲猴子的生與死，猴子的命運，都牽繫於信長這個主公的天命。信長是猴子唯一的守護神，除此之外，猴子不信其他神佛。

信長又騎了好一段路，才來到猴子站立的地點。

「你住過遠州對吧。」

「是！也常常去駿府。」

「你有見過治部大輔（今川義元）嗎？」

「沒有。」

猴子悲哀的搖搖頭。以他當年的身分，根本不可能見到義元本人。不過，他倒是從松下嘉兵衛那裡得知不少義元的日常生活與性癖好。

「他是怎樣的人？」

「他不管是外出還是出征，總是搭乘大轎或肩輿，幾乎沒人看過他騎馬。」

「哦？」

信長對這句話感興趣了。他問「為什麼？」猴子很認真的回答：「因為他的腿太短，沒辦法夾住馬腹。」

擅長騎馬的信長聽到這個解釋，不禁哈哈大笑。

他派了一些織田家的間諜潛伏在義元周遭，卻從沒聽過這樣的軼事。不，應該說，信長早已從情報中得知義元喜歡搭乘大轎或肩輿，但也僅止於此。他沒想過不騎馬的原因是雙腿太短。猴子說的都是轉述今川家武士松下嘉兵衛的話，所以絕不是謊言。

「駿府甚至有人說，義元是個奇葩。」

「囉唆。」

信長回過神來，一踢馬腹，又跑遠了。——根據信長的腹案，他唯一的機會是率領騎兵發動長距離奇襲，等於是一場賭局。這是源平時代由源義經想出來的戰術，並實際取得了空前的戰果。但是此後的武士卻很少使用這個戰法，就算是信長，在他的後半生也不曾再使用此一戰法，因為勝敗猶如豪賭。在他之後過了數百年，也沒有人再次採用這個戰術。

（只有靠這一招了。）

今川義元會搭乘大轎或是奴僕扛著走的肩輿，不會騎馬；換言之大軍的行軍速度會很緩慢。再者，搭乘大轎或肩輿每隔兩個鐘頭就要放回地面，讓義元下來走動休息一下，休息的次數越多，行軍的速度就更慢。

信長馬上返回清洲城做準備。

永祿三年（一五六〇）五月十九日，信長隱藏著他的奇襲企圖，選擇在深夜兩點吹起螺貝號角，緊急動員，自身則是跳起幸若舞（一種以武士爲題材的歌舞）的〈敦盛〉一節，同時唱起歌：「人生五十年，與天地長久相較，如夢似幻，一度得生者，豈有不滅者乎。」將這一節的舞跳了三回。然後扔掉扇子，站著吃完茶泡飯，四半刻（三十分鐘）後，率軍馳騁在通往熱田的街道。

猴子當然也跟在後頭跑，雖然他的部下和馱運大將用品的馬匹隊伍速度比不上前鋒的一軍，不過既然是猴子帶隊，他只帶幾個部下，背著最重要的東西，比如說信長的便當、餐具等最小限度的必需品，他自己則是背著葫蘆和一梃生鏽的長槍帶隊向前跑。

（死定了。）

但猴子卻覺得如釋重負。假如信長死了，他也沒有必要繼續活在世上。尤其是他現在已經是有姓有名的武士階級。

——我要繼續爲織田家效命，不斷建立戰功，一路向上爬。

以前在美濃或近江，猴子也是抱持著相同的想法，想要出人頭地。但是現在他只信任信長，決定要和信長共生死。猴子也把這場戰役視爲賭局，除了拚命衝，還是拚命衝。

信長一路騎到熱田明神社的社頭，等待部隊跟上。這段期間，前線陸續傳來噩耗。鷲津、丸根兩座砦（防禦柵寨）都落入敵手，往南方的天際看，只見黑煙裊裊。於是信長轉頭南下，途中遇上從前線撤回的足輕，得知在前線擔任指揮的宿老佐久間大學盛重已經戰死。

「盛重怎麼能比我早一步死去呢。」

信長的身上披掛著一串大念珠，停下腳步，讓馬在這一帶繞圈子。等部隊到了——

「各位！今天請大家把性命交給我吧！」

他這樣大喊。猴子站在信長的馬鞍旁流著眼淚，和武士與足輕一起大吼：

「遵命！」

信長走在最前面，率領武士與足輕，一路走到善照寺砦，又收到前線兩位武將陣亡的消息。信長在這裡點兵，算算有三千人馬。相較之下，今川大軍號稱四萬。率軍離開善照寺時，信長收到了他生涯中、也是日本歷史上最重要的諜報，帶來消息的是織田的家臣、沓掛的小領主梁田政綱。

「今川大人的本隊現在停在田樂狹間（桶狹間）休息中。」

他這麼稟報。

事實如此。

義元在前一夜停留在沓掛城讓大軍休息。今天出發前，破例穿上了甲冑。

穿著甲冑，就無法塞進僕役扛的肩輿，得騎馬才行。牽來給他騎的馬又肥又壯，馬背上搭著鍍金裝飾的馬鞍。義元身上的甲冑是閃亮的胸白大鎧，頭上戴著前有八龍雕刻、後有五層護頸的頭盔，腰間掛著二尺八寸的長刀，也同樣有黃金裝飾，一看就知道是堂堂主將。但是，他才剛騎馬離開沓掛城，就因為雙腿太短，頭重腳輕，從馬背上摔了下來。

沒辦法，只好改用大轎。

這段期間，義元收到前線傳回的捷報，還檢視了織田家三名武將的人頭。這時，當地的僧侶建議義元舉辦酒宴獎賞官兵，可是正值酷暑，義元擔心佳餚一下子就會餿掉。

所以，他選定在中午時刻在田樂狹間舉行酒宴，並下達命令給部隊。探子於是趕緊把消息傳回織田陣營。

這天是個大晴天，從早上太陽升起就越來越熱。信長和他的騎兵隊沿著尾張的丘陵地帶的山谷急行軍，盡可能隱匿形跡。雖然人馬都非常疲累，還是維持著很快的前進速度。

至於信長做最後攻擊準備的善照寺村，他把足輕和馱馬都放在這裡，並且在砦上插滿旗幟，藉此誤導敵軍。猴子可不想被丟在這裡，他趕忙拿起隨身物品，追著騎兵隊跑。

（不曉得松下大人現在怎麼樣了。）

還是有點懷念過往的猴子，想到以前服侍過的主子現在可能在敵方陣營之中，忍不住會在意。

——至少不會被編入義元的本隊。

這點是肯定的。畢竟依今川軍團的習慣，最前方打前鋒的一定是三河軍，三河軍的後頭是遠州軍，這麼一來，駿河軍就可以一直留在「今川家領地」，反正死的都不是駿河軍。照這樣看，身爲遠州武士的松下嘉兵衛，不可能混在配置在中軍的駿河軍之中，猴子是個性情中人，想到這裡總算鬆了口氣。

幸運之神再度降臨在信長身上。

剛過中午，信長大軍逐漸接近義元的主公營帳時，西北方突現烏雲，逐漸吹向田樂狹間，伴隨著雷鳴，下起雨點猶如小石頭的暴風雨，灑向今川本陣。

下午兩點，織田騎兵隊從山上向下衝，直攻義元的營帳。

敵軍遭到奇襲而四分五裂，織田家的武士服部小平太找到了義元，一槍就朝他刺過去，接著衝過來的毛利新助，則是一刀割下義元的頭顱。

戰鬥歷經兩小時，這段期間，今川軍死傷達兩千五百人，織田軍的則非常微小。至於配置在本陣小盆地前後的今川軍將士，因爲雷雨的阻隔，根本不知道中軍發生了什麼事。

猴子也在戰場上，但他只是個身材短小的足輕，根本沒有跟敵兵接戰，遑論砍下人頭。對他來說，這不是實現野心的場所，而是一場慶典。當年欺凌年少猴子的今川家武士，如今被殺得四處竄逃，織田軍就像是爲他報仇。這一仗揭開了猴子的人生新序幕，他的汗水混合著雨水和血水，在這個戰場上，猴子就像是主祭官，爲今川家武士送行。

下午四點，天氣剛放晴，信長馬上收攏騎兵隊，返回清洲。

回到尾張後，立刻論功行賞。出乎眾人意料的是，砍下義元首級的毛利新助，只得到少許的獎勵。

因爲根據信長的理論，帶著騎兵隊找到義元的是信長自己，殺敵的是騎兵隊，新助只是幫了他一個忙，就像是幫他從淺水窪裡撈出一條魚，如此而已。

被賜予三千貫俸祿、一舉和家老平起平坐的人是梁田政綱。他把義元在桶狹間紮營的情報迅速回報給信長並且建議發動奇襲。織田家的家臣都覺得這個封賞不可思議，而且毫無前例可循。所以，自古史書並不會記錄像梁田政綱這樣的戰功，當然也沒有給予評價了。

（主公眞的是個怪人。）

就連猴子也這麼想。其實信長自己就是個奇人，對提供戰術戰略的人才向來不惜給予高度評價。

（看來，我也有機會出人頭地了。）

身高只有五尺、身材瘦小的猴子，聽到梁田政綱獲得破格封賞，覺得好開心。

寧寧

猴子終於娶親了。

對象是猴子心儀已久的淺野又右衛門的養女寧寧。猴子這時候已經二十五歲，雖說是再婚，不過也算有點年紀了。

新娘子寧寧出生於天文十七年，十四歲不滿，不過天生體態豐腴有致，所以外表看起來比實際年紀成熟。

「我們的婚禮真的是非常簡陋呢。」

寧寧日後當上從一位北政所之後，喜歡和侍女圍坐在一起，聊起當年她和猴子的婚禮。寧寧不擺官夫人的架子，相反的，還會拿自己的缺點和失誤當做笑話的題材。常常說著說著，自己也忍不住呵呵呵的笑個不停。

婚禮是在桶狹間之役的隔年，也就是永祿四年（一五六一）舉辦的。當時的藤吉郎還不到可以騎馬的身分，只能算是個信長的跟班，更別提他沒有屬於自己的獨立房子了。他和其他人一起住在長屋裡，出入複雜，根本就不適合舉辦婚禮，要新娘子住在那種地方，實在是太委屈了。

「讓賢婿住進我們家裡來吧。」

淺野又右衛門這麼說。不過這不是招贅，只是要猴子帶著棉被，搬進岳父家而已。雖然寧寧不是親生，但是又右衛門對她疼愛有加，甚至超越親生女兒，他當然不願意讓寧寧住在那種龍蛇雜處的長屋裡吃苦。

此一安排正合藤吉郎的意。服侍織田家的猴子是孤家寡人，唯一的依靠就是又右衛門，既然現在能跟他結爲親家，何樂而不爲呢。一般人都以爲藤吉郎是個老實正直的年輕人，事實上他精明得很，善於算計。

「感謝岳父大人的收留。」

猴子合掌叩謝。原本就矮小的猴子，在叩拜時看起來似乎更加小不隆咚。

「在下約有五尺上下。」

猴子總是這樣形容自己的身高，不過這數字應該是灌水的。當時又右衛門的兒子彌兵衛（之後的淺野長政、藝州淺野家的家祖）年方十四，身高四尺八寸。猴子跟他差不多等高，也就是說大約一四五公分。

矮小就罷了，還長著一張滿臉皺紋、飽經風霜的老臉。有趣的是，儘管猴子外表不稱頭，卻還是很討人喜愛。

（寧寧怎麼會答應這門親事呢？）

又右衛門百思不解。話說回來，當初這門親事是他向寧寧提起的，不過那時只是隨口問問，沒想到寧寧竟然當眞。

「女兒願意嫁給藤吉郎大人。」

寧寧爽快的答應，反而讓又右衛門感到不知所措。寧寧心裡究竟是怎麼想的？這女孩在城鎮這一帶的名聲還挺不錯的，找門好親事絕對不成問題。而且她的年紀還小，沒必要急著嫁人。在尾張這裡，女人到二十歲才嫁人是司空見慣的事。

就在婚禮前夜，又右衛門爲了愼重起見，再次問了寧寧要不要嫁。

「藤吉郎大人是非常有趣的人。」

寧寧這麼回答。

「是這樣嗎？」

個性嚴謹的又右衛門聽不懂其中的奧妙。大家都說猴子「有趣」究竟是哪裡有趣？是指「滑稽」的意思嗎？可是，有哪家的女兒會因爲這種理由而決定自己的一生？

（畢竟還只是個孩子啊。）

又右衛門只能想到這個解釋了。雖然養父不了解，但寧寧心裡很明白，這世上除了幾乎天天來找她的藤吉郎，沒有更適合自己的男人了。寧寧天生聰明伶俐，討厭枯燥乏味的丈夫。

藤吉郎的確是個特殊的男人，不管問什麼，都能從他口中聽到充滿智慧的答案。而且他說話有趣，常讓聽的人忍不住捧腹大笑。他吃過苦、有豐富的人生歷練，這些都是他的魅力所在。總之，在寧寧眼裡，猴子就是有趣。

當然，一般女人不會光憑這些條件就答應下嫁。其實在此之前，藤吉郎每天都會來找寧寧串門子，獻殷勤，討她的歡心。可是，當猴子出征或是陪主公外出獵鷹狩獵，不克來訪時，寧寧的內心總感到惶惶不安，悵然若失。直到藤吉郎回到城下、出現在淺野家時，才放下心中的大石頭。

當養父對她提起，藤吉郎想娶她爲妻時——

（咦？）

寧寧感到非常訝異，心臟幾乎快要迸出來。雖然覺得有點莫名其妙，但是轉念一想，若是能和猴子結爲夫妻，兩人一定可以和樂的過一輩子吧。

就是這樣的轉念，讓寧寧決定答應這門親事。要是那時候猶豫不決，或許寧寧會拒絕也說不定。

淺野又右衛門準備了一棟長屋，讓這對新人在那裡舉行結婚典禮。

「說是長屋，其實也只是茅草屋而已。」

多年後，寧寧對侍女這麼描述。

「沒有榻榻米，只有木板。在木板上鋪草桿、上面再鋪張草席，就是新房了。」

寧寧穿的嫁衣，還是用信長擔任左義長時的旗幟布料縫製而成，尾張的百姓都知道這件事，《祖父物語》這本古籍裡面也有記載。穿著用左義長的旗布縫成的嫁衣，寧寧未免太可憐了。

儘管寒酸，但婚禮還算順利圓滿。

按照當地的習俗，婚禮要連開三天的酒宴，有些賓客因路途遙遠還多留了幾天。藤吉郎和寧寧這對新人一直到舉行婚禮後的第五天，才有獨處的機會。

「眞是累人啊。」

藤吉郎敲敲肩膀喊累，表情卻很開心。猴子長得雖醜，卻很會撒嬌。

「……」

寧寧低著頭，不發一語。她和猴子雖然是情投意合，但是一想到從今以後兩人是丈夫和妻子的關係，內心還是略感不安。

看著新娘子羞澀緊張的肩膀，猴子不由得湧起一股幸福感。

（我討到一房好媳婦啦。）

相較於寧寧的個性，猴子更欣賞寧寧的家世，還有她那足以和十人比擬的器量。猴子有個癖好，就是特別喜歡美女。就算已經是二十五歲的男人了，看到美女還是會被迷得神魂顛倒，從這點可以看出猴子這個人的執著。儘管寧寧的容貌稱不上沉魚落雁的等級，不過在猴子的生活範圍內算是大美女了。

也許是出身貧寒的自卑心態作祟吧，猴子特別喜愛家世好的黃花閨女。就算長得再漂亮的女人，如果家世普通甚至是比自己更貧賤，他都不屑一顧。猴子憧憬的是名門閨秀。家世好的女兒才能引起猴子的性慾、刺激他努力往上爬。寧寧是淺野家的小姐，淺野家上下都稱她：

「二小姐。」

在猴子的社交範圍裡，寧寧就是高貴人家的閨女。

「我會一輩子寵愛妳的。」

猴子認眞的看著寧寧說。看到猴子一本正經的模樣，寧寧忍不住想笑。

「呵。」

猴子被這麼一逗，也跟著呵呵的笑了起來。

「我們一輩子都要恩恩愛愛。」

猴子一如往常般的拉起寧寧的手說。拉手，是寧寧從小跟猴子一起遊玩時常做的動作。寧寧有感而發，身子依偎在猴子身上。

不過，寧寧大意了。

「哎呀！」

她慌慌張張的拉起衣角。原來是狡猾的猴子，趁機把手伸進她的衣服裡。

「寧寧啊。」

猴子笑嘻嘻的，想逗寧寧歡心的說：

「從今天起，我們的遊戲跟以前會有一些不同囉。」

（啊，從今天起藤吉郎是丈夫，我是他的妻子了。）

寧寧在心裡這麼提醒自己。

這陣子，猴子經常出現在信長的面前。

原因是信長想攻下美濃，但每次進攻總像踢到鐵板一樣狼狽敗退。猴子當然也有加入作戰，只是，每次織田軍一越過木曾川就會被打回來，夾著尾巴逃回尾張。

（用正攻法絕對拿不下美濃。）

猴子這麼想。尾張軍是東海地區戰力最弱的，而美濃軍向來以驍勇善戰聞名，尤其擅長小部隊作戰。前幾年在齋藤道三的強兵訓練下，美濃軍的實力變得更加精銳，貧弱的尾張軍隊根本難以匹敵。

「我要替岳父（道三）復仇！」

這是信長每次進攻美濃時所喊的口號。殺死道三的養子齋藤義龍，在猴子娶妻前的三個月舊疾復發過世，據說是死於腦中風。

義龍的兒子龍興繼承大位。可是龍興年幼，無法治理國事。

（機會來了。）

信長在義龍死後的第三十天就率軍進攻，兩軍在美濃的樹林內發生激戰。織田軍還是一如之前狼狽敗逃。

不過信長並未死心，兩個月後又再度動員兵馬出征。雖然信長的動員能力只有三千名兵馬，連敵軍半數都不到，但是他把領內的守備部隊一併徵召過來，勉強湊到八千名。

「這次一定要拿下稻葉山城。」

這個平日惜口如金的男人會發出這樣的豪語，實在是因爲之前累積了太多次戰敗的窩囊氣。從父親信秀那一代就開始累積的怨氣，督促織田軍像運動中的活塞一樣反覆的進攻美濃，可是沒有一次成功。

這次的作戰是在永祿四年七月二十一日發動，織田軍在黎明前從木曾川河田的淺灘渡河，進入美濃平原。發動幾波的攻勢後，好不容易推進到稻葉山城前四、五公里處，最後還是掉進美濃軍竹中半兵衛重治設下的「十面埋伏之陣」陷阱，進退維谷。

所謂的「十面埋伏之陣」，就是現代所說的縱深陣地。騎兵和步兵全部都隱藏起來，竹林、丘陵的陰暗處、村落、河堤的背後，能躲藏的地方都要埋伏。等敵軍深入之後截斷退路，左右夾擊，最後包圍殲滅。

（這就是所謂的兵法嗎？）

猴子在敵人的吶喊聲中一面逃一面想著。雖然信長在日後被譽爲軍事天才，不過在這個時期，他還是一名只懂得使用肉身突襲戰法的武將。問題是敵對的這位年輕的美濃軍師，戰法卻像是在變魔術般出人意料、難以捉摸。

儘管猴子在這次的戰役中終於可以騎馬，但他還不算是「可以騎馬的身分」，只是以足輕的身分騎馬而已。

而且他騎的是不知道打哪弄來的農耕馬，又老、腿又短，全身的毛幾乎掉光，走起路來就像老狗搖搖晃晃。不過，猴子這個受人俸祿的身分，這回身邊竟然也跟了五、六名看起來像是家丁的隨從。

（這傢伙也有自己的部下了嗎？太招搖了吧。）

剛開始，信長只是瞪了猴子一眼，沒叱責他什麼。不過上了戰場，看到猴子竟然背著指物（旗幟），這時信長再也壓抑不住怒火了。

「哼！」

背著指物就表示自己是將官階級，猴子不過是個小小的足輕，竟敢如此囂張。

「眞是太不知好歹了。」

信長騎馬靠近，拔起劍就要往猴子砍去。看那氣勢，是眞的會殺了他吧。

「咦？」

猴子像是惡作劇被逮到的小頑童一樣，抓抓頭迅速的開溜。邊跑還邊把背上的指物拔起來，撕成一片一片。原來那指物是紙糊的。

猴子這麼做其實是有用意的。

在這場戰役開打的前夕，猴子特地跑去找蜂須賀小六，請他幫忙找來上百名販夫走卒，打扮成尋常的百姓。

不出猴子所料，信長這一次同樣又陷入苦戰。

織田軍被敵人連破三陣，本陣也岌岌可危，迫使信長不得不拿起長槍，親自和敵人肉搏。由於後方的軍隊被截斷，失去支援，所以信長只能靠自己突破重圍，和敵人廝殺到日落時分。

（啊，太陽下山了。）

信長和旗下的軍隊彷彿等到一線生機。只要撐到天黑，就可以摸黑渡河，回到自己的領國了。

就在天色逐漸變暗的同時，不可思議的事情發生了。原本包圍織田軍的敵人，突然調頭朝稻葉山城的方向撤回。

（發生什麼事了？）

看到敵人的包圍逐漸解除，織田軍的將士個個摸不著頭緒。沒過多久，情況就明朗了。因爲與敵軍主城稻葉山相連的洞山一帶，突然出現點點火光。敵軍以爲那是織田軍的奇襲部隊，擔心他們要放火燒城下，於是趕緊調頭撤回。

信長完全不知道發生了什麼事。

不過，他沒時間追究，只能帶著狼狽的織田軍火速逃回尾張。信長這次輸太徹底了，比織田信秀當年被齋藤道三打得落花流水，最後只剩信秀一人騎馬逃回尾張的那一次還要悽慘。

信長回到城裡之後，百般思索，就是想不出那些火光是打哪裡冒出來的。

數日後，信長外出狩獵。身爲小人頭的猴子負責打理信長身邊的大小事務，他得跟在信長的身邊，寸步不離。

「啊，是你！」

在芒草叢中，信長突然拉住馬停了下來。他想起，猴子在戰場上背著紙糊的指物，或許和那些火光有關。

「是的。」

猴子點頭回答。猴子機敏，看到信長在思考，就知道他是在想那件事。

「那是小的做的。」

「爲什麼要那麼做？」

信長坐在馬背上問道。

猴子故意垂下頭。老實說，這次進攻美濃的行動，猴子並不看好織田軍。只是，到時候該用什麼方法撤退才能把犧牲降到最低，這才是最讓人傷腦筋的問題。

他跑去找蜂須賀小六，商借人馬，要他們穿著農民的打扮混入美濃。萬一織田軍陷入苦戰，就叫他們點燃火把，排成一列。

「所以那時候，你才會背著紙旗嗎？」

信長仰頭大笑。原來猴子是為了指揮那些地痞混混，故意打扮成將領的模樣。

「你是從哪裡找來那些人的？」

「小的以前沒跟主公說嗎？」

「別拐彎抹角了，直說吧。」

「是從東海郡蜂須賀村找來的。莊主是一個叫小六的男人。」

猴子詳細描述小六的宅邸給信長聽。說那房子雖然外表看起來像座豪宅，其實裡面是大雜院，廚房的鍋子隨時都裝滿米飯，村裡的流浪漢餓了，就會去那裡找飯吃，夜晚若是無棲身之處，也會去倉庫找個角落窩著睡覺。那裡還設有賭場，想小賭兩把的人，隨時可以去試試手氣。

「你倒是認識不少三教九流的人呢。」

信長感到佩服不已。不過信長說的也不全對，猴子和那些人豈止是認識，猴子自己就是三教九流。

「說些有趣的故事來聽聽吧。」

信長也感到興趣了。他發現，猴子這個扛著葫蘆的小人頭，竟然認識為數上百、甚至是數千人的組織，而且需要時還能動員他們。在織田家，可沒有像他這麼有本事的家臣。

「小的年幼之時，為了討口飯吃四處流浪。」

「所以才會認識那些人嗎？那個叫小六的，是什麼樣的人？」

「啊，主公是不是想要收編小六？」猴子面露喜色。

「不要得寸進尺了。」

信長朝猴子的肩膀甩了一鞭。這是當然了，信長從頭到尾都沒說過一句要收編小六的話。

「小六是位時運不濟的漢子。」

小六原本是個沒落的地主，猴子這麼說。不過從何時開始沒落的，他也不清楚。

有一說是，蜂須賀小六原本是個夜盜（根據《甫庵太閤記》的記載）。到了江戶後期，《眞書太閤記》廣爲流傳之後，這個說法變成家喻戶曉的常識。《眞書太閤記》記載，蜂須賀小六在夜晚偷完東西正要打道回府時，在當時尚未出現的三河矢作大橋上遇到了藤吉郎。因爲故事寫得非常精彩，引人入勝，所以在《繪本太閤記》中，就把這一幕畫成了充滿戲劇性的插圖，流傳出去。只不過，這種杜撰的野史，似乎給前阿波藩主蜂須賀侯爵家造成非常大的困擾。

在明治中期當上貴族院議長、在外交上頗有建樹的蜂須賀茂韶侯爵，是前朝大名中頗受明治天皇重用的重臣。據說有一天，明治天皇和茂韶侯爵聊天聊到一半，天皇有事離開了一下。侯爵在等候時打開桌上的菸草盒，隨手拿了三、四支珍貴的菸草，塞進自己的衣服裡。

天皇回來之後發現了這件事，大笑說：

「原來如此，你和你的祖先眞是不相上下啊。」

據說，這段軼事對蜂須賀家似乎頗爲難堪。到了大正時期，蜂須賀家還特地請史學家渡邊世祐博士撰文澄清，蜂須賀小六並不是夜盜，而是有身分可循的武士。筆者在寫到這段時，心裡不免會想，就算小六是夜盜，也不該是後代之恥吧。

「小六是位時運不濟的漢子。」

猴子這麼說。蜂須賀小六正勝的官運，的確奇差無比。

話說小六成人之後，織田一族興起，瓜分了尾張的土地，而且各自爲政，紛爭不斷。

反觀鄰國美濃，在齋藤道三的治理下變成一個統一的國度。小六雖然是尾張人，卻選擇渡河到對岸的美濃投靠道三。

沒過多久，道三垮台，小六重新回到尾張，在岩倉織田家謀到一官半職。兩年後，岩倉織田家被信長吞併，小六不得已又跑去投靠犬山城主的犬山織田家。未料犬山織田家又被信長所滅，當主信清被流放到外國（之後成了武田信玄手下的僧眾，通稱犬山哲齋）。小六失去了靠山，只好召集強盜、遊民、賭徒這些三教九流之輩，結夥搶劫有錢的大戶或是從戰歿者身上搜刮物品。有戰事發生時，還會出借人馬參戰，換取一些金錢賞賜。

「小六年約四十上下，個性沉穩、思慮周詳，曾經參與美濃和尾張的幾場小戰役，可以說是在危險中討生活的邊緣人。不過，卻也是個才智兼備的勇士。」

「那麼，小六現在是你的智囊嗎？」

信長識破了。利用火炬進行誘敵作戰的這種小智慧，也就是俗稱的骯髒戰術，是伊賀和甲賀的地侍才會使用的手法。

「嘿。」

猴子只是笑笑，趕緊話鋒一轉。

「怎麼了？」

「是有關攻打美濃的行動。」

猴子開始滔滔向信長稟報自己費盡心思想出來的宏大計畫。猴子本來就擅長這類計畫，現在被主公說野武士小六是自己智囊，實在是太小看他了。

猴子看得出來（擔心信長老羞成怒，不敢明言），信長攻打美濃的戰術犯了最基本的錯誤：戰線拉得太長，每次軍隊都得千里迢迢進入美濃，造成軍力的耗損。被敵軍打敗後，又要長途跋涉的逃回城裡。

應該在敵人的領地建築前線基地。戰爭本來就不只有是一朝定勝負的打法（就算有也非常罕見），而是要一進一退，步步爲營。等時機成熟，再使出致命的一擊。想要一進一退，當然就得在前線建造臨時的城砦。遇到戰況不利時，軍隊可以退入城內，監視敵情，擇日再戰。除了當軍隊喘息的場所，還可以做爲誘敵的餌。有了這樣的一座城，戰場上可運用的戰術就更多了。

「想要一口氣攻下美濃心臟的稻葉山城，可比登天還難啊。」

按照猴子的看法，想佔領美濃，應該先從兵力薄弱的西美濃下手。要攻下西美濃，就必須先在邊境墨股（墨俣）的河中間搭蓋城砦。

「猴子！」

信長冷不防的甩了猴子一巴掌。虧你還是個軍師，他這麼大喊。可憐的猴子被這一巴掌打的整個人差點往後翻過去。

信長往馬肚上一踢，馬立刻拔腿跑走。

猴子雖然痛得眼冒金星，但若是在這時候表現出沮喪的樣子，難保不會被懷疑他心中抱有怨氣。

「咻。」

機靈的猴子吹起口哨，打起精神，開朗的跟在信長的坐騎後面跑。

（總比以前差點餓死在路邊強得多啦。）

就算是挨打、受委屈，都比過去要好上太多太多了。

信長會生氣，是因爲猴子的鋒芒太露。只是，爲了這點小事就甩人耳光，未免也太沒氣度。

（難道在墨股築城這件事主公早就想到了？因爲擔心秘密洩漏，所以生我的氣？）

信長這個人心裡想什麼，就會用行動表達。按照猴子的推想，那巴掌肯定是爲了阻止他走漏風聲而打的。話說回來，像信長這樣個性乖僻、總要讓部下時時猜測他內心想法的主子，還眞是難伺候啊。

不過猴子剛娶寧寧進門沒過幾天，就被拔擢爲可騎馬的武士階級，這證明信長並不是眞的在生猴子的氣。

猴子總算擠進織田家的武士等級了，武士在戰場上可以騎馬、穿戴盔甲、有隨從服侍。雖然猴子是最低階的武士，但是可以參加城裡舉辦的宴會和會議。另外，當上武士之後領到的薪水也不是米，而是俸祿。這時期的猴子的俸祿是爲最低階武士的三十三貫。

「寧寧，說來眞是奇妙。我才娶了妳就領到俸祿啦，妳肯定有旺夫運。」

寧寧聽了開心不已。

其實，信長拔擢猴子的目的，應該是想拉攏那個叫蜂須賀小六的野武士。既然要讓猴子執行這項特殊任務，至少得給他織田家武士的頭銜。而猴子也早就料到，信長遲早會需要民間力量的協助，所以總是有意無意間把自己認識的人脈，透露給信長知道。

信長這陣子常到墨股附近騎馬或是打獵。

墨股一帶有個小村落位於清洲城西北方約二十五公里處，名爲洲之股。從字面上可知，這裡是墨股川的分流匯合爲一的地方。

墨股川流經美濃、尾張兩國邊境的平原，河對岸就是美濃的安八郡。雖然之後濃尾平原的河川改道，墨股川的水量變少，但是在信長的這個時期，墨股川還是一條寬廣的大河。坐在馬背上眺望美濃國，對岸的風景就像天邊的雲霞，渺然難辨。

墨股川分流匯聚的V點，積成了沙洲，猴子計畫要在這座沙洲上搭建臨時城砦。其實信長也早有這樣的構想。

（可能嗎？）

因爲難度實在太高，所以始終沒有採取行動。畢竟，墨股屬於美濃國的境內，把大批士兵和民工送到敵人的沙洲上築城，這個想法實在太冒險了。

這是信長的顧慮。

但是眼前也只有這個辦法了。向來作風獨裁的信長，很罕見的和家臣商量這件事。

信長召集家臣到清洲城開會，參加會議的家臣們必須按照地位的等級坐在自己的位置上。例如，坐離信長最近的是織田家前代家老柴田勝家，然後是佐久間信盛、林道勝。

「我有個想法。」

信長提到要在墨股築城的計畫。只不過這個男人還是一如往常惜口如金，將領們根本不了解在墨股築城的戰略價值。

「這裡可以當橋頭堡。」

用後世的戰略術語來說，應該是這個意思。總之，信長很快就做了結論。

「不在這裡築城的話，就無法攻下美濃。攻不下美濃，就無法通過近江路，不能通過近江路，織田家就無法上洛（大名率軍進入京都宣示霸主地位的軍事行動）。」

現場鴉雀無聲。沒有一個人自告奮勇，願意負責築城的工程。

這時候，敬陪末座的猴子突然開口，嗓門大到彷佛滿室的紙門都跟著震動起來。大嗓門是猴子用來引起注意的特技。

（那隻臭猴子也來啦。）

在座的家臣個個皺著眉頭。的確，猴子現在有資格參加會議，可是這名最低階的小武士竟然不守分際的發表意見，這在織田家可說是前所未見。

「主公說的話非常有道理！」

猴子的嗓門之大，讓家臣們忍不住想摀住耳朵。過去參加開會，都不曾像這次這樣令人難以忍受。這個原本一無是處的猴子，因爲受到酒醉的信長的賞識，被拔擢到武士的階級。沒想到，他的位置都還沒坐熱，就迫不及待發表高見，完全不顧在場其他人的顏面。

（不識相的傢伙。）

大家心裡這麼想著，猴子也察覺到了。不過，就因爲猴子不是那種挨了白眼就屈服的男人，才能爬到現在的位置。若是害怕眾人的排擠就縮回去，搞不好他現在還過著挨餓受凍的苦日子。

「墨股築城計畫勢在必行，沒什麼好再議論。現在，就看有誰願意冒著生命危險到墨股築城了。織田家臣個個是英雄好漢，沒有任何一位是貪生怕死的懦夫。」

猴子這麼說。因爲他的發言實在太過無禮，在場眾人莫不氣得吹鬍子瞪眼。但是信長卻認同猴子的意見。

「說的沒錯。」

信長此言一出，風向立刻轉變，老臣們紛紛跳出來表態。

「臣願意去。」

現場的氣氛已經被猴子扭轉過來了。誰不自告奮勇，就等於承認自己是個貪生怕死的懦夫。

最後家老佐久間信盛被挑中了。信盛這個人沒什麼大腦，才能也普通，就是膽子大，做事認眞。

於是佐久間帶兵前往國境。

工程動員五千名民工，預定在二十天內完成。織田家也傾全力派出三千名兵馬擔任築城工人的護衛軍，抵擋敵人的攻擊。

就在出發的前一晚，猴子跑到佐久間的家裡拜訪。

「在下熟悉墨股的地理。」

他拿出自己畫的地圖，才開口要說明地形時，就聽到信盛嘲諷的說：

「我還需要靠你來教嗎？」

信盛拒絕了猴子。信盛對地形不了解，結果當然落得一敗塗地。

築城第二天美濃就得到了情報，第三天立即派出奇襲部隊集結在大垣城。兵力六千，主要的部將是長井飛驒守、長井隼人、槇村丑之助三人，美濃方面的戰術是長井飛驒守帶主力部隊從西邊展開夜襲。佐久間信盛率領三千名兵馬守在岸邊，擊退了長井飛驒守的部隊。信盛見敵軍敗逃，決定繼續追擊，其實這時候他已經掉進美濃軍的陷阱。美濃的機動小隊長井隼人隊和槇村丑之助隊，趁織田大軍出兵追擊之際潛入築城的工地攻擊民工。民工受到驚嚇，紛紛跳上竹筏逃命。一些來不及跳上船的，活生生的落水溺死，情況實在是慘不忍睹。辛苦建造的工程，也完全被拆光光扔進了河裡。

佐久間信盛因爲這次的失敗，嚷著要自殺謝罪，不過最後還是帶兵撤回清洲城。

（眞是的，那些人有沒有動腦筋啊。）

猴子不禁懷疑那些所謂的沙場老將究竟有沒有智商。不懂得判斷情勢，只想靠勇氣和運氣打仗。

相較之下，美濃國的武士比他們高明多了。

信長好像也發現問題所在，所以很早就著手研究美濃人的戰法。剛好織田家裡有幾名美濃人可以請教。當初信長迎娶齋藤道三的女兒濃姬時，福富平太郎和幾名部下也跟著從美濃陪嫁過來。另外，齋藤道三死後，幾名老臣棄官逃到尾張投靠織田家，其中就有一個名叫福富平左衛門的高級武士。信長從他們那裡知道了美濃武士的傳統戰法，以及道三精心鑽研的新工夫。不過，信長有自知之名，他瞭解自己的部將積習難改。

（尾張人不懂得用大腦來作戰。）

隔了一陣子，築城的任務改由柴田勝家擔任。護衛隊的兵力跟上次一樣。

收到情報的美濃主城稻葉山城，同樣在最短的時間內整軍待發，不過這回被軍師日根野備中守擋了下來。

「敵人有了上次的教訓後，這次肯定會另想新的計謀。先觀察動靜再說吧。」

經過十天按兵不動的觀察，發現織田軍的戰法和上一次並沒有多大的變化。唯一不同的是，柴田勝家把三千名護衛隊分成三部分，分開負責西方和北方的守備。他要求步卒要日夜輪守，不能讓敵人有機可乘。

「尾張人的戰法眞是呆板。」

反觀美濃這邊，戰法比上一次更爲靈活巧妙了。

一開始還是跟上次一樣兵分三路，同樣在夜間展開偷襲。柴田勝家記取上回的教訓，不莽撞行動，以防守爲重。可是過不了多久，後方卻傳來民工的哀嚎，後方工地似乎發生不小的騷動。勝家派人前去察看才知道，民工一聽說敵人夜襲，都急著想逃回尾張時，卻發現河上的竹筏全都不見了。原來美濃軍在進攻的同時，另外派了一支輕裝步兵，摸黑繞到敵人後方，把綁起來的竹筏全部鬆開，任水流飄走了。

民工的騷動影響了織田軍的士氣，築城的計畫再一次失敗。

就在戰敗的隔天，猴子離開清洲城，來到東海郡蜂須賀村尋求小六的協助。

蜂須賀村位於荒野的大地，分布著幾座樹林，還有處處可見、因爲河水氾濫造成的沙丘，這些都是這個小村莊的特色。在古代，人們把這種沙地和沙丘叫做「須賀」。尾張的村莊也有須賀，但沒開拓水田，大部分是旱田。

「猴子，你怎麼來啦？」

小六正要出門時遇到猴子來訪。猴子抓住小六的衣袖，把他拉到宅邸後頭的沙地，兩人竊竊私語。

「我是賭上性命跑來的，你是否也願意賭上性命答應我的請求？」

「說來聽聽。」

小六摘了一片矮松葉，放進嘴裡嚼了起來。從這個小動作就可以看出，小六是個有能耐、靠得住的漢子。他聽說猴子升爲武士的消息時，高興得不得了。

小六和猴子非常投緣，小六唯一不滿的，就是猴子說話沒分寸。猴子說話時，老喜歡抓住曾經是他恩人的小六的衣服，開口閉口就是「我呀你呀」。並不是猴子想要威風，其實猴子對小六相當依賴，幾乎到了令人厭煩的程度。小六要是長了膿包，猴子準會把嘴湊在疙瘩上，幫他把膿血吸出來。

小六很瞭解猴子的性情，所以儘管猴子口無遮攔，也沒對他生過氣。

「這個主意不錯。昨天我得到了主公的允許，他說願意收下你。」

「咦？收下我？」

小六不敢置信。因爲，過去小六侍奉的武士家都是信長的敵人，現在信長卻答應要收下他？這實在不太可能，令人質疑。但是眼前的猴子卻點頭如搗蒜。

「是眞的。我不是答應過你嗎？」

小六對猴子有收留之恩。來日自己若是能成功發達，一定會回來找小六一起享福，這是猴子出發前往遠洲求取功名之前，對小六許下的承諾。

「只是，我家主公討厭雞鳴狗盜的事。」

信長非常討厭盜賊。織田的領地內，竊盜的刑罰非常嚴重，哪怕是偷一文錢也會被判死刑。

「我懂了，我不再做就是了。」

「更重要的是，」

猴子繼續說：

「你必須立下戰功。我目前正在籌劃一件關係著一生命運的大事。我可是賭上了自己的性命呢。」

「什麼大事？」

猴子拿起一根小樹枝，在沙地上唰唰的畫出墨股川的地形，然後開始解釋給小六聽。

猴子說的大事，根本就是個只有野武士才能達成的計畫，正規武士不可能辦到。

「你擔任主將嗎？」

小六聽完猴子的說明後，不敢置信的看著他。以駿河今川家那種傳統的守護大名世家來打比方，從來沒有一個足輕能夠爬到武士的階級，更沒有一個武士能在這麼短的時間內被拔擢爲主將。

「織田家果然是開明的大名。」

小六大笑。也許是因爲織田的家臣都不是來自家門顯赫的貴族，所以才會有這麼前衛的風氣吧。當然，信長那與眾不同的性格也是原因之一。

「很有趣吧。」

小六咧嘴笑著說。如果織田家的家風這麼自由，那麼像他這種前科累累的社會底層的人，或許也有出頭天的機會。

「可是這次的計畫，織田家的武士我一個也不用。」

猴子語出驚人。

小六嚇了一跳。佐久間、柴田這些家臣不是都率領數千名兵馬出戰嗎？沒錯，猴子點頭回答。突然，他往自己臉上啪的甩了一掌，手心貼著一隻被打到見血的蚊子。

「你想想看。」

猴子說，自己和那兩人不同，他不是織田家的舊臣，只是領三十三貫俸祿的小武士，也沒分配僕役給他。儘管信長說好會派官兵隨行，但是那些人的身分都比自己高太多，猴子根本指揮不動。所以猴子決定不使用正規軍，跑來向蜂須賀小六商借人馬。猴子需要的是能夠配合他指揮的傭兵大將。

「我知道了。」

小六點頭同意，帶著猴子進屋裡面長談。沒多久，幾名跑腿的嘍囉就從蜂須賀家裡往四面八方飛奔而出。到了黃昏時刻，小六的家裡已經聚集了來自國內各地方的角頭老大。

有人騎著瘦馬前來、有人坐在板轎上由小嘍囉扛進來、也有只扛著一挺槍一身輕裝跑過來。

主要的指揮者有兩人，一個是小六，另外一個是小六的後輩稻田大炊助。在這裡稍微提一下這稻田家和小六之後的關係，多年後，阿波德島二十五萬七千石的蜂須賀家的首席家老就是稻田。稻田雖是家臣，卻擁有淡路一國一萬四千五百石的俸祿，代代爲淡路洲本的城主。明治之後還被授與男爵的爵位。

回到正題，當時在現場的還有松原內匠助、青山新七、加治田隼人、日比野六大夫、河口久助、長江半之丞。這些知名的江湖大哥，每個人臉上都帶著不可侵犯的肅殺之氣。

「我這裡有錢。」

小六命人搬出一箱沉重的櫃子。錢是信長給猴子的，目的就是要收買這些人。

小六打開蓋子給大家看。

（了不起，野武士就是有野武士的氣魄。）

猴子對小六佩服不已。先亮出金銀錢幣，軟化大家的心防，再來談正事。

（這招不止對野武士有效，對世上大多數人也行得通吧。）

蜂須賀小六的行事作風對猴子產生重大的影響，其中最實用的，就是讓他知道什麼叫做有錢能使鬼推磨的道理。猴子發現，這些江湖大哥一看到錢，臉上的表情彷彿在瞬間融化了。如果只是用嘴巴說服，恐怕說爛了嘴也收不到這麼好的效果。

猴子眞是個足智多謀的人——信長內心這麼想，尤其在這件事之後。

要在墨股進行的工程有：

長屋　十棟

瞭望樓　十座

城牆　二千間

木柵木樁五萬根

按照猴子的計畫，築城之前必須先把材料按照設計圖的指示製作成一塊一塊的零件，整理完畢運到上游集中之後，再利用水路運到下游工地組裝。

（以前曾經閃過這個點子呢。）

這是一個好像大家都想得到、卻沒人實地做過的新式建築法。根據猴子寫給信長的計畫書裡，建築的流程是這樣的：

七天的時間，收集建材。

八天的時間，整備、丈量。

九天的時間，組裝、搭建。

根據估算，城砦在二十天之內就可以組裝完成。

猴子採用的制敵戰法也和過去的野戰法不同，而是用先用木樁搭蓋出木柵圍起城區，木柵前方挖掘二丈深的壕溝。守備軍不出城迎戰，而是留在木柵裡打防禦戰。如此一來，就能保有堅固的防禦力，即使在戰鬥中也可以繼續進行工事。

信長把這個計畫拿給佐久間信盛、柴田勝家兩位家老參考時，他們還側著頭，滿腹質疑。

「根本是外行人的做法。」

勝家嘴裡喃喃的說。

（說的沒錯。）

信長也有同感。過去習慣打到哪裡就在哪裡築城的傳統武士，絕對想不出這種新戰法。沙場老將變不出新把戲，只有不熟悉前例、如同戰場菜鳥的人，才想得這樣大膽創新的奇招。

猴子沒日沒夜的埋首於築城的準備工程。

等到建材整備作業完成後，搬到河川上游。九月一日，建材送上竹筏，從上游運往下游。

同一時刻，猴子率領二千名野武士在墨股建造防衛線，花三天三夜插了五萬根木樁、挖好壕溝。

工程進行的這段期間，信長爲了掩護猴子的進度，在小牧山集結大軍，引開敵軍的注意力。

多虧信長此一假動作，猴子才能在開工後的最初三天不受敵人的攻擊騷擾，順利蓋好總長約二千間的圍牆，完成基礎的工事。

這就是俗稱的「墨股一夜城」。

築城的順序是先蓋好城寨的外牆，再來是瞭望樓，最後是士兵居住的長屋。不過，長屋要等開工之後三個月才完全蓋好。

外牆才剛蓋好，敵軍就打了過來。

那是由槇村丑之助率領的八千名大軍。當天中午，從稻葉山城的井之口出發，下午三點過後就抵達墨股，對城砦外圍的木柵發動猛烈攻擊。不過，猴子出奇的冷靜，還下令軍隊：

「不准出城。要是敵人靠近，就用火槍還擊。」

他騎著馬在陣營中來回巡視，確保後方的建築工程可以繼續作業。

雖然敵人不斷挑釁，但是都被結實的柵欄阻擋在外，無法靠近。雙方隔著木柵進行火槍射擊。不過射擊戰並沒有持續太久，因爲天黑之前，天空突然雷電交加，下起滂沱大雨。猴子似乎得到老天的庇佑，讓他的軍隊免受美濃軍的攻擊。

（這猴子眞是走運。）

小六心裡這麼想。生在這個時代的武人最需要的就是「運氣」，就算實力再堅強的武將，要是運氣不好，就會被歷史所淹沒。

（猴子似乎與眾不同。）

這場戰鬥是由猴子負責指揮。小六有直覺，猴子這個人鴻運當頭。

（以後就追隨這個男人吧。）

小六會這樣想也是理所當然的，生在這個時代的武人，誰不希望追隨到一位有前途的大將，功成名就。

在小六看來，猴子最大的優點就是樂觀、進取。就像現在，即使被敵軍重重包圍依然笑聲不絕，用各種方法激勵守軍和建築工人。

「要是士兵失去鬥志，戰爭就輸了。」

小六這麼說。猴子天生就懂得掌握這樣的奧妙，所以常常要求工人和守備部隊一起大聲唱歌。

「不過，有時也必須出擊才行。」

猴子也瞭解這個道理。他對小六說，老是守在城裡會讓人失去信心，逐漸消耗士氣。

「是否要出去打一場夜戰？」

小六彷彿已經把猴子當成首領一樣，等候他的答案。好，就這麼辦，猴子爽快的回答。

「不過，對方是美濃軍，守備一定非常堅固，而且可能有埋伏。」

猴子似乎頗爲享受這種以指揮官身分對話的感覺。如果只是打普通的夜戰，我軍極有可能會輸。

因此猴子這麼說：

「叫眾將士換上草鞋。」

由於木柵的前方是一大片水田，下雨過後更是寸步難行。趁此時偷襲敵軍的話，來不及準備的敵軍一定會在水田上滑跤。可是我方的步卒穿著草鞋，不會滑倒。在戰爭中像這樣的小小差別就足以決定勝負，猴子自信的笑了。

（這傢伙。）

小六苦笑，心裡卻對猴子佩服不已。這個人說的眞有道理。

猴子撥交二百名兵卒給小六，在天亮之前打開木柵出城。

就在出發之前。

「你們要靠自己的力量，爲自己爭取好運。我會視戰功的大小，把你們推薦給主公。只要砍下有頭盔的武士首級，立刻打賞二貫，普通步卒則是一貫。」

猴子一個一個拍著野武士的肩膀，這樣激勵他們。信長交給他的二千貫錢就是要用在這個時刻。

野武士們很快就來到敵營附近。實施這種隱密的任務，這些人果然比正規軍熟練多了。

野武士們趁著拂曉之前衝進敵營，就像在火場裡打劫一樣，見人就殺，割下首級後又迅速逃回木柵內躲起來。美濃軍被這場突襲打得措手不及，士兵想追上去，腳卻陷入水田裡，難以動彈。

猴子立刻派人把野武士割下來的敵人首級送回去獻給信長，之後又關起城門，繼續籠城據守。在這段期間，築城的工程一直都沒有停下，到了當天下午，城砦的外觀就幾乎完成了。

美濃軍簡直難以置信。

「實在是太驚人了。」

美濃軍明白大勢已去。城砦蓋起來了，戰術當然也要跟著調整。若是攻城，至少需要增加十倍的兵力，攀爬的工具也得準備。

當天過了中午，美濃軍就調頭撤回稻葉山城。

敵人的威脅消失了，城寨的工程持續進行。沒過多久，這座趕工興建的城寨，就變成美濃軍再也無法攻破的碉堡了。

「猴子，幹得好。」

信長對猴子讚賞有加，不但給他增加數百貫俸祿，墨股城完工後，還派他擔任城寨的守將。

信長也收編了蜂須賀小六，賜給他俸祿五十貫，命他爲猴子的與力（寄騎，附屬大將的武士）協助猴子駐守墨股。當年猴子對小六的承諾，到這時候總算兌現了。

墨股城位於美濃國的領地內，美濃大軍遲早會攻過來。不過信長倒也沒有對猴子的守城能力抱持太高的期待。

他感興趣的，是猴子異於常人的天賦。

（那個人，說不定可以不靠武力就說服西美濃投靠到我們這邊來。）

猴子做過商人，懂得利用做生意的手法分析利弊得失給對方聽。對敵人誘之以利，讓西美濃的土地變成織田家的囊中物。這是信長內心打的如意算盤。

隨著季節進入深秋，猴子幾乎很少留在墨股城裡，反倒像個流浪漢，在西美濃的大小村莊之間來回走動。

半兵衛

猴子的想法與眾不同。

他和織田家其他家臣似乎活在不同的思維之中，這從幾個例子就可以看出來。

首先是關於加薪。

猴子成爲墨股城的守將，不再是過去低賤的僕從，薪水也從一百貫一下子調到五百貫。以排名來說，大約是中階將官的等級。

「卑職受之有愧。」

猴子像是故意要說給別人聽一樣喃喃自語。家臣們覺得猴子是在裝模作樣。

「好爲難啊。」

也不知道這話是出自眞心還是裝模作樣。猴子從信長那裡接下俸祿後，退到廂房裡，盤腿皺眉，還不時抓頭搔臉，似乎非常懊惱。

「我讓主公破財了。這下子得幫主公賺回千貫才行。」

猴子大聲的自言自語。以武士的常識看來，這種想法非常可笑。一般的家臣都想藉著立下功名獲得主公的封賞，這是武士的名譽，也是一種主從關係。但猴子是商人，不是武士出身。他認爲自己得到賞賜，就等於是讓信長吃虧，既然讓主公吃了虧，當然得幫主人奪取敵人的土地來彌補。只要能奪取土地，獲利少說千貫以上，如此一來，不但可以彌補主公的虧損，還能讓他多賺五百貫。猴子習慣用商人的立場思考，這點和鎌倉、室町幕府傳承下來的武士常識有很大的不同。

但話說回來，他的這個想法也許是受到信長的影響吧。因爲信長本身就常站在金錢的立場思考事情，他認爲錢能刺激大腦想出各種了不起的戰術，而管理家臣也要採用商業模式。家世門第對信長而言毫無價值，他滿腦子只想著要怎麼給自己增加財富。所以，信長能想出許多出人意表的點子，與其說是聰明過人，倒不如說是眼界不同於傳統的武士。

腦筋靈光的猴子，很早就察覺到這一點。

當其他家臣還循規蹈矩的承襲室町時代流傳下來的老舊思想時，只有猴子看到信長的出發點。與其說猴子有天分，倒不如說是商人的靈魂有所感應。

墨股城外就是敵人的領地西美濃平原，茫茫霧靄中，隱約可見大垣城矗立在平原上。

「把那些土地搶過來吧。」

猴子這麼想。

拿下墨股城周邊的兩三個村子，應該有千貫的價值吧。於是，猴子命令蜂須賀小六出兵進攻，不過多久，收穫就超過千貫的領地。

「猴子，幹的好！」

聽到猴子傳回來的捷報，信長眞是滿心歡喜。這份喜悅，不完全是因爲猴子搶來的那點小土地，而是猴子的思考邏輯太令人驚喜了。只要猴子的腦袋永遠這麼靈光，信長就可以放心的把更重要的任務交給他。

「猴子簡直就像個商人。」

信長笑著說。他似乎沒發現自己也是同類人。

幾年之後，猴子當上筑前守。某天，他在安土城吹牛，張開雙臂手說：「卑職將取下山陽和山陰道，可是卑職不要主公的賞賜，只求讓卑職去攻打九州。九州一定很快就會被收服，這一切都是主公的功德所致，所以卑職不敢討賞。但是希望讓卑職去駐守九州一年，卑職會把徵收來的米糧當軍糧，要求他們只效忠主公您一人。若是主公派卑職去攻打朝鮮與大明，卑職必定能把大明的土地獻給主公您。到時候，只要讓卑職治理朝鮮就足夠了。」

治理朝鮮這個願望，有如現代人說想要統治火星，是個不著邊際的玩笑話，信長不會吃虧，財富也不會縮水。猴子把信長給的俸祿當做生財本金，不斷的替信長增加財富，可說是正中信長下懷。

猴子之所以會想到使用經濟手段巴結信長，主要是因爲他並不是出身於鎌倉室町體制下的武家，所以用商人那一套來討好信長也是無可厚非。總之，猴子是個奇才，而接受這個奇才，讓他有機會發揮專長的信長，則是個鬼才。

駐守墨股城的猴子，不向信長要求人員和物資的支援，只要求織田家的旗幟。織田家的旗幟是接近枯葉色的紅色長幡。

猴子一直很想要那面旗幟。

「請主公賜旗給卑職吧。」

織田把旗幟給了猴子，猴子把它插在剛收服的織田新領地的村砦裡。這個舉動讓信長產生一種錯覺，彷彿只要給猴子旗幟，他就會不斷的幫織田家增加土地。

「光靠那隻猴子，說不定眞能拿下美濃呢。」

信長側著頭認眞的這麼想，儘管這個想法離譜得讓人難以置信。

墨股城就矗立在西美濃一角，石牆穩穩的立在邊境的河裡。這一代的水域，即使在枯水期還是有潺潺的流水流過，水面就像桔梗花的顏色一樣藍藍的。

城砦前面的美濃平原遼闊而肥美，沒有比美濃更富庶的平原了。只要拿下這一大片平原，稱霸天下就不再是遙不可及的白日夢。西美濃的關原是集中天下主要幹道的交通要衝。東西向是通往京都的中山道、北連北國街道、南邊連接通往伊勢的牧田街道。

信長想稱霸天下就非得拿下西美濃不可，而西美濃就在墨股城的前方。

（只要拿下西美濃，美濃國就是囊中物了。）

猴子做著稱霸的夢想，彷彿自己就是信長。

雖然恪守傳統體制的美濃在齋藤道三的時代已經走向近代化，但是國內各地的國眾、國人、地侍（三者皆為地方武士）等鄉下貴族，在各個村莊依然擁有自己的城館，勢力較大的甚至擁有七、八千騎的兵力。這些鄉下望族以稻葉山城的齋藤家為盟主，換句話說，齋藤家只能算是地侍聯盟的代表，相較於織田家的體制，中世紀的色彩相當濃厚。

西美濃有所謂的三人眾（三大望族），也就是稻葉、氏家、安藤。

若是用武力強攻，對我方不利。

（只能用收買的手段了。）

猴子這麼想。因為西美濃的望族，算是美濃國的外圍勢力，自主性很高，相較之下，對齋藤家的忠誠度比較低。只要誘之以利，要他們投效尾張也不是不可能。

猴子首先叫蜂須賀小六這些野武士，幫忙調查西美濃望族之間的姻親關係、性格和彼此間的恩怨。還要他們四處宣傳，說尾張是一個國富兵強的國家，而美濃的國主齋藤龍興膽小好色，是個扶不起的阿斗。

小六命令手下的嘍囉假扮成商人、行腳僧，潛入西美濃散播謠言。

「美濃的盟主懦弱無能，齋藤家恐怕要垮台了。稻葉山城有可能變成織田家的領地。」

西美濃這裡有個叫鵜沼的村子。

鵜沼村是木曾川沿岸的村落，對岸就是犬山城。

茶師之間相傳，這個村子出產一種名爲鵜沼石的罕見黑石頭。

治理鵜沼村的地侍叫做大澤治郎左衛門，此人身材高大、紅光滿面，是遠近馳名的勇夫。有好幾次，尾張軍都敗在這個人手上，所以猴子決定先找他下手。

這個計畫成功的關鍵，就是蜂須賀小六的人脈。小六年輕時在美濃工作過，人脈豐富，而且和大澤的弟弟大澤主水是舊識。所以計畫的第一步就是拉攏主水，再由他去說服他的哥哥。不出幾天，大澤治郎左衛門果然趁著三更半夜偷偷來到墨股城。

猴子用利益引誘這名勇夫上鉤，他知道大澤這個人愛錢又貪心。

不過，大澤高估了自己，他一見到猴子就獅子大開口，要求鉅額的金錢。猴子無奈，只好答應。

過了幾天，猴子跑到信長面前，稟報大澤開出的條件時——

「殺了他。」

信長毫不猶豫的說。

猴子心知不妙。

（我太得意忘形了。）

猴子就像信長肚子裡的蛔蟲，非常瞭解信長的脾氣。他揣度信長的思考邏輯，打算在信長容忍限度內做出一番事業。但是不管怎麼揣度，就是少了信長那股狠勁。

信長對大澤治郎左衛門這個人的評價並不高。他認爲大澤只是個小武士，就算他投靠織田家也影響不了大局。

要讓信長估價的話，大澤的價值就剩下蠻勇了。可是，大澤竟然獅子大開口，要求一千貫以上的好處。信長非常厭惡貪婪——在這個時代，大概沒有人比信長更痛恨貪婪了。信長在日後趕走譜代家老佐久間信盛，就是因爲貪婪，說他「滿腦子只想著如何中飽私囊，甚至連招兵買馬兵力的錢都省了，簡直是貪心不足。」

「主公，請您聽聽卑職的淺見。」

猴子想替大澤辯解，說大澤雖然是無足輕重的地方武士，不過讓他下不了台階的話，之後要說服其他西美濃的豪族就不容易了。

信長這麼回答：

「猴子，你膽子變大啦。」

信長從座位上跳下來。猴子見狀做勢要逃，但是看到信長沒打算追，趕緊機靈的笑笑，舉起拳頭在自己的額頭上咚咚咚的敲著。

「是啊、是啊。」

猴子邊敲頭邊求饒，說自己僭越分寸，請信長饒恕。

「就饒你一次。」

「饒了大澤治郎左衛門嗎？」

「是饒了你。不過，你得殺了那個大澤。」

猴子回到墨股城後，派人到大澤治郎的地盤鵜沼打探消息。沒想到這個大澤還真是的沒大腦的粗漢，竟然把自己要投效織田家的秘密告訴了女人，連田野裡的農夫都知道這件事。

（這下子我也束手無策了。）

不需織田家動手，美濃齋藤家自然會派人來殺了這個大澤吧。但是猴子同情他，想留他活路。在這個年代，像猴子這樣討厭殺人的武士還真是少見。

猴子把大澤叫來墨股城，開門見山說出信長的決定。大澤大爲吃驚，認爲織田家沒有信用。

不過現在發怒也無濟於事，大澤在美濃已經失去容身之地，尾張也不接納他，只能放棄自己的領地，帶著單薄的家當遠走他鄉。

雖然拉攏大澤的工作失敗，但是猴子並沒有放棄拉攏西美濃的計畫，他要另外找出路。這次他看上的目標，是竹中半兵衛。

竹中半兵衛名叫重治，是西美濃的鄉下貴族。

猴子早就聽聞這個人的名字。永祿四年（一五六一）信長入侵美濃，掉進敵人的陷阱，兵敗撤退，當時敵軍的軍師就是竹中半兵衛。這是織田軍回到尾張後打聽到的消息，信長對這個讓自己碰了一鼻子灰的軍師似乎頗感興趣。

「那個人很有意思。」

結果，竹中半兵衛在尾張的知名度比在美濃國響亮得多。

半兵衛的領地是西美濃關之原東北方五公里處的岩手村。城館位於可以俯瞰村莊的菩提山上，佔地不大，卻位於當地要衝。

那是半兵衛的父親重元搶來的土地。重元來自是更北方的池田鄉大御堂，齋藤道三拿下美濃之後，便跑來投靠道三。道三告訴他「只要拿下岩手，就把那塊地賜給他」，當時，岩手村的領主岩手驛正信冬是道三的敵人。重元很快的攻下岩手，但是沒多久自己也病死了，由兒子半兵衛重治繼承他的領地。因為是岩手竹中家的第二代，所以還保有開疆拓土的野心和活力。

半兵衛的父親在打拚江山的時期，半兵衛還是個小孩，成長過程幾乎都在戰爭中度過。

——那孩子成不了氣候。

鄰近的豪族對小時候的半兵衛並不看好，因為他長得瘦小體弱，又不愛說話。甚至還有人說他是個呆瓜。

由於父親早逝，半兵衛年紀輕輕就繼承家業，當了菩提城城主。以他的領地換算成德川家康時代的價值，大約是二千石左右，只能算是鄉下的豪族。

要說半兵衛有什麼過人之處，就是他通曉文字。半兵衛從小熟讀兵書，他和一般武士不同，不是藉由實地參戰累積作戰的經驗，而是在腦子裡構想。半兵衛的軍事頭腦就是這樣訓練來的。

到了十五、六歲，半兵衛逐漸打開知名度。每次織田軍攻過來，他都會出兵迎戰，有時打前鋒、有時殿後，揮兵自如，連織田軍都對他佩服不已。

——半兵衛眞是了不起的人才。

半兵衛出征時習慣穿著輕便的裝束。他喜歡個性沉穩安靜的馬，上戰場也只穿用黃綠色木棉線縫製的馬皮革甲冑，頭上戴一之谷的頭盔，腰間掛著虎御前的細刀。

不過，猴子之所以挑上半兵衛，並不是因爲他的軍事長才，而是猴子曾經仔細調查過西美濃望族，發現三人眾之間彼此有姻親關係。半兵衛娶了安藤伊賀守守就的女兒，所以只要能拉攏半兵衛，就不難說服三人眾。這是猴子的計畫。

猴子假裝成浪人潛入美濃國內，再從中山道垂井之宿進入小徑，沿途跋山涉水，好不容易來到竹中半兵衛所在的菩提山上。

「在下是近江的浪人。」

猴子這麼自我介紹，他不敢冒險說自己是織田家墨股城的守將木下藤吉郎。

半兵衛在書院接見他時，猴子一見到本尊，大爲吃驚。

（是個年輕小伙子？）

站在他面前的半兵衛，是個皮膚白皙、臉上稚氣未脫的年輕人，聽說才剛娶親一年。

半兵衛一眼就識破了猴子的來歷。

「你是墨股城的木下大人吧？」半兵衛臉上毫無表情的問道。

「正是在下。」猴子也坦然回答。因爲猴子的長相太特殊，半兵衛沒有半點遲疑，就認出眼前的浪人是織田家橋頭堡的守將。

「大人膽識過人。您以爲來到這裡，還可以活著離開嗎？」半兵衛瞇起眼睛問。猴子裝出一臉驚恐，說自己「沒有想過生死的問題」。

「在下一心想見半兵衛大人，深入西美濃。在下眞是太不小心啦。」

「的確是很不小心。」

半兵衛被猴子天眞的舉止惹得發笑，心裡卻想著：

（此人不是等閒之輩。）

「閣下來此，有什麼要事？」

「也沒什麼事，只是想親眼拜見日本第一。」

猴子誇張的說——在下滿心仰慕日本第一的兵法家，一直夢想著看看他的尊容，今天總算是如願啦。

「在下沒有你說的那麼偉大。」

半兵衛這麼回答。猴子大動作的揮揮手說：

「不不不，在美濃怎麼樣我是不知道，但是閣下在鄰國織田家的家臣中可是赫赫有名啊，尤其是上總介大人對閣下更是讚譽有加。」

半兵衛不喜歡信長。信長爲人寡情殘酷，還是敵國的國主，半兵衛實在無法認同。

「但是話說回來，眞是不可思議。」

半兵衛這麼說。美濃的家臣也想功成名就，卻沒有人願意爲自家主人出生入死。但是織田家卻不乏這樣的家臣，其中一位現在就坐在他面前。想必信長一定是建立了不同於其他國家的家風吧，否則怎麼可能有人願意替一名古怪殘暴的國君出生入死？這點讓半兵衛百思不得其解。

「這眞是個好問題啊。的確，上總介大人每次只要家臣完成一件事，就會給予讚賞，他就是那樣的人。」

猴子也不知道信長算不算是英雄，不過信長這個人一旦決定做一件事，就一定要做到好。所以，只要家臣能把事情辦好，就會給與賞賜。他不是那種會聽信讒言、寵信佞臣的主公。他愛賢才的程度，絕不亞於愛馬，在下藤吉郎就是最好的例子。連在下這種卑賤的小民都能受到主公的重用，應該就能看出織田家的作風了。猴子帶著爽朗的笑容說。

半兵衛冷靜的聆聽猴子的舌燦蓮花。其實，看到猴子的第一眼，他就知道猴子是來說服他投效織田家。只要自己倒戈，以妻子娘家安藤家爲首的西美濃三大勢力，也會轉而投效織田陣營吧。這是猴子的計謀，錯不了。

不過，這個人還眞是了不起的說客，不但口才好，表情更是眞誠。那種熱情的程度，彷彿要他把心臟掏出來送給半兵衛都在所不惜。

「連我都可以混到這個地位啊。」

這句話猴子重複說了好幾次——言外之音當然是，若是半兵衛閣下這樣出色的人才加入織田家，肯定會受到重用。

「恕我直言。」

聽到這裡，半兵衛不得不坦白的表明心意了。

「我討厭上總介大人。閣下剛才說，上總介大人愛才，可是從他的作風看來，與其說是愛才，倒不如說是利用人才吧。」

「這話不像是閣下這等尊貴的人說的呢。所謂的愛才，不就是重用人才嗎？」

（說的有理啊。）

半兵衛受到不小的衝擊。猴子的話沒錯，所謂的受賞識，絕不是像受寵的小童般備受呵護，或是當一名跟著主人酒池肉林的佞臣，而是讓自己的實力有發揮的空間。因爲能力好而受到主人的差遣，即使鞠躬盡瘁，也是一大樂事。

（但是，現在的美濃卻不是這樣。）

說到這點，半兵衛忍不住羨慕起尾張。儘管如此，半兵衛還是不想投效信長那個性乖張的主子。

「抱歉打擾閣下了。終有一天，我們會在戰場上相見吧。」

猴子一派爽朗的向半兵衛告辭離開。

半兵衛雖然拒絕了猴子的招攬，但是猴子說的話卻讓他內心大受震撼，甚至刺激了半兵衛在幾個月後，策動一件驚天動地的大事。

現在的美濃齋藤家由第三代掌權。齋藤家的開山祖師道三原本是京都的賣油郎，之後輾轉到美濃當武士。幾年之後，道三赤手空拳佔領美濃，自己還當上領主。可是晚年卻遭到養子義龍的反叛，戰死在長良川河畔。至於義龍，奪權不過五年，自己也病死，由其子龍興繼承家世。可是龍興是個昏庸之輩，鎮日沉迷酒色，荒廢政務。

永祿六年（一五六三）夏天——也就是猴子開始遊說竹中半兵衛那時候，信長把居城從清洲搬到北方十公里的小牧城，當做是出兵美濃的基地。

照理說，這個舉動對美濃人而言是個非常嚴重的警訊，可是龍興收到這個情報時卻沒有半點反應。

龍興還喜歡嘲弄半兵衛，每次只要半兵衛進城參加宴會，龍興總是以各種理由羞辱他，他身邊的家臣也從沒把半兵衛放在眼裡。

原因之一是，龍興身邊的近臣多半是山岳地區來的東美濃人，在情感上就是厭惡住在平地的西美濃人。這種對立關係是美濃國的風土傳統，半兵衛也看不慣「東濃眾」的粗鄙。

永祿七年（一五六四）正月，美濃國的家臣按照慣例，前來稻葉山城向龍興拜年。西美濃的首領安藤伊賀守守就也帶著女婿半兵衛一同出席。

龍興接受臣子的祝賀之後，也按照禮俗設宴款待諸家臣。

酒席間，安藤伊賀守突然向龍興大聲諫言：

「請屋形大人潔身自愛，謹言慎行。」

接著又說，信長已經進駐小牧山，對美濃虎視眈眈，而龍興竟然還沉迷於酒色，荒廢國政，再這樣下去美濃恐會亡國云云。

安藤的這番話惹怒了龍興。龍興不顧滿堂群臣在列，拿起酒杯和扇子就往安藤扔了過去。他還站起來走向伊賀守，作勢要痛打他一頓，不過被近臣阻止。伊賀守因為這次的諫言事件，被下令禁足反省。

伊賀守不得已，退回本巢郡北方芝原的城館閉關反省，但是半兵衛繼續留在稻葉山城。為了救岳父，半兵衛四處求援，還拜託了齋藤飛驒。不過飛驒恃寵而驕，反過來怒罵半兵衛。半兵衛無奈回到西美濃，但是這口氣卻怎麼也嚥不下去。

他在菩提山的城館裡閉關數天，不吃不喝，讓自己潛心思考。半兵衛並不是想賣弄自己的才能，但是他實在無法忍受龍興和他的親信的羞辱。

——我要讓他們瞧瞧我半兵衛的實力。

這個年輕人終於開竅了。當然，這樣的轉變和藤吉郎前幾天跟他說的話絕對有關係。敵國的織田家對他的才能賞識有加，但是他在自己國家卻是百般受辱。

（那些人明明就是睜著眼睛的瞎子。我要佔領稻葉山城，給那幫人一點教訓。不這樣的話，他們永遠不會清醒。）

半兵衛下定決心。他不是想奪取美濃，也不是想當這個領國的主公，純粹想讓龍興那幫人看看自己有多大的能耐。

這就是半兵衛異於常人之處。他心裡只想著要如何展現自己的長才，城主的位置和領土並不是他想追求的目標。

某天，半兵衛前去岳父家裡稟報這個計畫。

「佔領稻葉山城？」

安藤伊賀守大為吃驚。稻葉山城是道三時代興建的美濃主城，鄰國的織田家早對它虎視眈眈。但是這座城堅固得有如銅牆鐵壁，織田家從信秀的時代開始就多次出兵進攻，但是每次都鎩羽而歸。

「國內沒有人會懷疑的，大家都相信這座城固若金湯。不管是主公還是他的親信，都因為迷信城池堅固而醉生夢死。現在不攻，更待何時。」

「那麼，你需要多少兵馬？」

「十七、八人就綽綽有餘了。」

伊賀守聽了非但沒有嘲笑半兵衛，反而很感興趣。伊賀守這個人也算是有識之士，但是他的性格卻讓自己晚年吃了不少虧。

「你有什麼辦法嗎？」

「請聽我道來。」

半兵衛把自己的計畫詳細的解釋給岳父聽。

「若是計畫失敗呢？」

「不管成功或是失敗，我都會先逃去近江避風頭。岳父大人是大領主，無法逃走，所以您就去投靠織田家吧。」

半兵衛知道墨股的藤吉郎也曾經來遊說過安藤家。

（岳父一定也被那個人的三寸不爛之舌說動了吧。）

半兵衛這麼想。

「投靠織田家是嗎？」

伊賀守這麼咕噥。其實就算半兵衛不提，這個老人也早就對織田家的招攬心動了。畢竟是見過世面的老人，他已經預料到，邊防薄弱的西美濃平原，遲早會落入織田家的手中。

「就放手一搏吧。」

伊賀守低聲說。奪城的行動由半兵衛負責，他會在奪城之後派兵駐守。雖然能提供的援助不多，但至少讓半兵衛無後顧之憂。

半兵衛的弟弟也住在稻葉山城裡。

久作年僅七歲，表面上是齋藤龍興的兒小姓，實際上是在那裡當人質。這個時期的齋藤家，還維持中世紀的保守作風。但是尾張的織田家不同，信長把武士集中到城下，由織田家的代官管理，並代為收取領地的稅金，武士家也不需提供人質。美濃的做法則是低階武士、小官散居在各地，沒事的話不需要進稻葉山城。但是為了避免這些大小勢力反叛，所以會要求他們交出人質。

以竹中家來說，久作就是人質。齋藤家認為只要手上有久作這名人質，半兵衛只能乖乖聽話，不會謀反。

兵法的原則之一，就是要從敵人鬆懈的地方著手。所以半兵衛打算利用久作，進行他的計畫。

半兵衛私下派人和久作聯繫，要他裝病。久作雖然只是個七歲小童，演起病人來卻是入木三分。

竹中家理所當然的派了大夫和僕人前去照料久作。從正月中旬之後，大約有十五、六天的時間，那些人每天都會去稻葉山城探視久作，唯獨半兵衛卻從沒去看過一次。

「身為哥哥的都沒來探視，眞是無情無義。」

齋藤飛驒毫不客氣的當著竹中家的僕役面前這麼說。

到了二月，半兵衛終於來到稻葉山城的城下。他領著從京城帶回來的藥品、棉被還有換洗衣物等行李，由十七名家丁扛進城裡。

半兵衛坐在久作的枕邊，等待點燈的時刻。此時城裡的重量級人物只有齋藤飛驒和他的六名黨羽，半兵衛指揮手下分頭對付他們，不動聲色的監視每一個人。

太陽逐漸下山了。

坐在久作枕邊的半兵衛見時機成熟，向手下使個眼色，示意他爬上城內的太鼓樓，半兵衛自己也離開久作的房間。

沒多久，太鼓樓傳出鼓聲。隨著鼓聲響遍整座稻葉山城，齋藤飛驒和黨羽們也從城裡消失。

齋藤飛驒這時正和龍興在宴會上開心的喝酒，他聽到外頭的走廊傳出騷動，站起來走去開門，發現半兵衛就站在外面。

瞬間，一陣刀光劃過，飛驒的身體應聲倒下。

半兵衛重新回到久作的房裡，在他的枕邊坐下。這個房間就是此次行動的臨時指揮中心。半兵衛命令手下去擊五聲太鼓。

這是傳給城外等候的援軍的暗號。城門的門閂早已打開，安藤伊賀守率領千名手下聽到鼓聲，迅速衝入城裡。

半兵衛也戴起一之谷頭盔，身穿黃綠色護甲，離開久作的房間。

城內的騷動，引來人心惶惶。半兵衛派數名手下在城裡四處奔走，安撫人心。他們一邊走一邊大喊——半兵衛因爲受辱心有不甘，於是討伐齋藤，這是私人恩怨，不想受池魚之殃的民眾速速從正門逃出，若是不走，將視爲飛驒的同黨，一併消滅，即使是主公也一樣。

龍興嚇得魂不附體，丟下酒杯，拿了件女人的外掛披在身上，混在女人堆裡從正門逃出城外，直奔本巢郡祐向山躲了起來。

半兵衛輕鬆拿下稻葉山城後，駐軍也順利進城。除了自己岳父的兵力之外，三人眾的稻葉與氏家兩氏也基於道義出兵相助，加起來有兩千多兵馬。稻葉山城本就固若金湯，現在又有這麼多軍隊駐守，即使是美濃國人率兵攻打，也是難如登天。

經過這場戲劇化的政變後，半兵衛就像個大名一樣，管理城下井之口的市政、發布不准進入寺廟搜刮的禁令，可以說他已經實質佔領了整座城。

「稻葉山城好像被攻陷了。」

信長聽到這件不可思議的傳聞，是在政變過了好幾天之後。

「眞是令人難以置信。」

信長這麼想。他派間諜去實地查探，確定了傳聞不假。

人在墨股前線基地的藤吉郎，也在同一個時間得到這個情報。爲了愼重起見，他還親自前去確認。

（半兵衛這個人眞有意思。）

猴子這麼想。不過他眞正想知道的是西美濃三人眾的動向。半兵衛戲劇性的奪下稻葉山城的行動，包括半兵衛岳父的伊賀守守就在內、稻葉、氏家這三人眾，都有出兵相助。

雖然這次的行動還不到叛變的程度，但是三大家族（還可細分爲十八將）舉行合議的行動，證明了西美濃已經擺脫齋藤家的控制，處於半獨立狀態。

（任誰都會這麼想吧。）

三人眾會興起獨立的念頭，最主要的近因應該就是藤吉郎鍥而不捨的遊說。這次的佔領稻葉山城行動，可以說是猴子的努力發揮了效果。

猴子很快就派遣蜂須賀小六前去拜訪三人眾，並且許下這樣的承諾：

「織田家會當他們的後盾，需要多少人兵馬和糧草儘管開口。」

不過三人眾並沒有給予小六肯定的答覆，只請他吃了湯泡飯後就請他回去。小六回到墨股城後，還跟猴子說了一則情報：

「淺井家也有派使者前去。」

淺井家是北近江的新興大名，擁有西美濃邊境對面的領地，兵強國富，鄰國都對他畏懼三分。過去，每次只要美濃國內發生內鬥，淺井家都會派兵到關原附近待命。不過，淺井家不像美濃南方的織田家那樣雄才大略。

（這是競爭。）

猴子心裡這麼想。西美濃三人眾現在一定在盤算著，投效織田家還是淺井家哪邊比較有利吧。

（美濃人喜歡作風溫和的大將，他們可能討厭織田家，而比較喜歡淺井家。）

善於洞察人心的猴子看出了這一點，於是積極的展開遊說。

可是，小牧城裡的信長卻無視於猴子的用心良苦，決定採用單刀直入的外交手段。他派遣僧人擔任使者，前去稻葉山城和半兵衛交涉。

「把稻葉山城賣給我們吧。」

還說信長同意拿半個美濃交換。但這些都只是口頭的承諾。

猴子聽到這件消息時，心裡不禁捏了把冷汗。

（主公認爲所有的人都有貪念，但是他似乎還不瞭解半兵衛是個怪人。）
想說服像半兵衛這樣的人，必須用不一樣的方式才行。
猴子暗自祈禱，希望半兵衛不要接受賣城條件。一旦答應了，別說可以拿到半個美濃，到時候信長可能因爲厭惡半兵衛的貪心，在取得稻葉山城之後就把他殺了。猴子認爲這個可能性相當高，因爲他非常瞭解人性。
信長的使者被帶到稻葉山城的大廳，安藤伊賀守也在場。安藤本想接受半個美濃國的條件，半兵衛卻使眼色制止他。城是半兵衛搶到手的，決定權在他手中。
「恕難從命。」
半兵衛毫不客氣的拒絕了。這個沉默寡言的年輕人，一出口就讓人瞠目結舌。
「這只是一場小孩間的遊戲而已。」
意思是，這是他和龍興之間的遊戲，不希望織田家介入。可是織田家僧人使者卻聽不懂半兵衛話裡的含意，向來討厭說大道理的半兵衛，這次不得已，只好耐著性子解釋給使者聽。
「我之所以搶下這座城，是爲了勸諫我家主公戒除荒淫、專心治理國家。明白說，出發點是義而不是貪。我打算過一陣子就把城池還給主公。」
僧人聽懂半兵衛的意思後，便離開了美濃。不過安藤伊賀守卻對半兵衛的決定極爲不滿。雖然這座城是靠半兵衛的計謀奪下來的，但是安藤有出兵支援，稻葉和氏家也是，他認爲自己有權利參與決定。
就這樣，安藤回到西美濃之後，便去找稻葉、氏家進行長談。這裡說的稻葉，指的是伊予守貞通。
較爲世人熟知的是之後剃了光頭、改名爲一鐵的稻葉，西美濃安八郡曾根的城主。據說，一鐵這個人剛愎自用、唯利是圖，不過學問豐富，善於計謀，還是出了名的老頑固，一鐵這個名字就是這樣來的。

「半兵衛打起仗來就像下棋一樣得心應手，不過畢竟年輕不懂事，竟然不願把稻葉山城賣給信長。我們好歹也是冒著身家的危險提供兵力支援。既然計畫都成功了，我們想拿點好處，也是人之常情不是嗎？」

一鐵繼續說。

「幸好，墨股的藤吉郎也常派使者來我家裡坐坐，如果大家不反對的話，不如由我前去交涉吧。」

三大家族沒有人反對。

於是，一鐵派了自己年輕的女婿、也是家老的齋藤內藏助利三前往墨股輸誠。在這裡先打個岔，這個利三後來和一鐵關係決裂，轉而投靠明智光秀，本能寺之變後兵敗身亡，而德川三代將軍家光的奶媽春日局，就是利三的么女。

話說，藤吉郎對此喜出望外，立刻親自趕往小牧城，把這個消息上報給信長。

「……嗯？」

信長側著頭，不發一語的聽猴子報告。

其實這個消息信長早就從使者那裡聽說了。雖然半兵衛拒絕了買賣的交易，但是信長並沒有生氣；相反的，他很高興這世上還有像半兵衛這等有骨氣的年輕人。而現在，西美濃三人眾卻想透過猴子來跟他談賣城的交易。

「這件事，半兵衛有參與嗎？」

「沒有。聽說他被排除在外了。」

「只有那三個人做決定嗎？」

（眞是貪心。）

信長臉上露出嫌惡的表情。對照之前半兵衛說的話，信長對三人眾的印象更是惡劣。

猴子看懂信長的表情，心知不妙。

（跟大澤那時候一樣。難道，這次還是要求太多了嗎？）

猴子內心忐忑不安。他明白信長是個挑剔又善變的主子，不過交易都已經進行到這個地步，猴子也只能硬著頭皮繼續向信長進言。三人眾就算不是來賣城，也已經決定要投效信長。猴子費盡唇舌，終於得到信長的首肯。

「叫他們三個送人質過來。」

送人質的意思是一種表示臣服的誓約。

「那麼，半個美濃國呢？」

「等我接收稻葉山城之後再說。」

信長沒有給猴子明確的回答。

猴子心裡一陣冷汗。信長的外交手段向來詭譎多變，不能相信。

（我該不會害那三個人掉進陷阱裡吧？）

猴子先回到墨股換上便服，再去美濃見稻葉一鐵，向他說信長已經爽快承諾。

「信長眞的答應要把半個美濃送給我們嗎？」

猴子笑嘻嘻的看著一鐵，不停的點頭。

「當然是眞的了。」

他就是這樣的人。

其實，猴子此刻的心情可說是如坐針氈，心臟跳得像小蒼蠅拍翅膀一樣快。不過，他還是可以堆著笑臉厚著臉皮繼續說下去。接下來，就得看一鐵和自己的造化了。運氣好的話，一鐵他們三人眾可以獲得半個美濃國，自己也免於背上騙子的臭名。要是運氣差，一鐵會被殺死，自己只能等待未知的命運。人生眞是如履薄冰啊，猴子終於學到了這樣的人生哲學。

有趣的是，情況往意料之外的方向發展。

那個竹中半兵衛，突然從稻葉山城消失了。

事情的發展就是這麼戲劇化。半兵衛派人送信給逃亡到本巢郡祐向山的龍興，還有以日根野備中守爲首的國內各個大將，信的內容和他寫給龍興的信一模一樣。他還要求這些大將回去接管稻葉山城。

就這樣，半兵衛把城內打掃乾淨後，連夜離開了。

半兵衛大概是聽說了三人眾和議的決定後，擔心稻葉山城眞的會被變賣，所以想出了這一招反制。

（不把城還給主公的話，老人家們定會鬼迷心竅，陷入萬劫不復的地獄。）

第二次被半兵衛耍弄，人在墨股城的猴子心裡卻很開心，因爲他和半兵衛想的一樣，再不想辦法的話，三人眾會步入無可挽回的命運。

（我可以說服半兵衛。）

猴子覺得，他在這世上找到了一個性格和自己非常相似的知己。瞭解人性、設想周到、想要讓自己的才華受到世人的肯定。還有就是，不讓物慾蒙蔽自己的眼睛。

不同的是，半兵衛不像猴子那樣喜歡和大家打成一片，也不像猴子那樣面對主公時，像個奴才一樣唯唯諾諾。其實，那應該不是猴子的天性，而是窮苦人家的孩子在力爭上游過程中養成的習慣吧。這塊非理性的部分，正是推動猴子的人生不斷往上爬的動力，而這也正是半兵衛這位貴族少爺所缺少的。但是，除了這部分之外，兩人的相似之處太多了。

（我一定要拉攏他。）

猴子內心有股強烈的慾望。當然，從出身背景來看，猴子不敢將他收爲家臣，但是如果能一起在織田家共事，應該很有意思。

（耐心等等看，也許半兵衛會自己跑來找我。）

猴子抱著這樣的期待，但是半兵衛始終沒有出現。猴子只好轉而委託小六尋找半兵衛的下落。得到的結果是，他人已經不在美濃。因爲留在美濃，龍興和齋藤飛驒一干人絕不會善罷甘休。

（原來是跑去躲起來了，眞是時運不濟的男人。）

猴子心裡這麼想。

西美濃三人眾在這次事件之後，立場變得非常尷尬。半兵衛半途而廢的遊戲心態，使他們無法繼續在美濃立足，「半個美濃國」的交易也無疾而終。爲了自保，只能投效織田家。他們把人質送到織田家，幾近哀求的請求庇護。

信長答應了他們的請求。

（主公又佔便宜了。）

猴子這麼想。照理說，西美濃三人眾倒戈，應該可以獲得豐厚的賞賜，最後卻是半點好處也沒撈到。

這樣的結果，完全出乎三人眾的意料。當初他們顧不得自己的立場，計算著自己的反叛可以爲織田家帶來多大的利益。

「幫我們討點賞賜吧。」

安藤伊賀守對猴子這麼說，猴子只好硬著頭皮跑去拜託信長。

信長還是沒答應要給他們什麼保證，卻也明白對方的處境尷尬。

——讓你們能繼續留在原來的領地，就是給你們最大的恩賜了。

信長心裡這麼想。他對這三人眾始終抱著提防的態度，甚至是厭惡。

三人眾自然對信長懷恨在心，信長也心知肚明，雙方的關係就是這麼曖昧不明。

數年之後，也就是永祿十年（一五六七）八月，三人眾密謀叛變，風聲傳到信長耳裡。信長並沒有派兵攻打，因爲這時的織田家四面受敵，無力分兵，他決定用謀殺的手段。

信長命令稻葉一鐵進城，一鐵抱著覺悟赴約。他一進城就被帶到一間包廂裡。身經百戰的一鐵，馬上就知道紙門後頭有殺手埋伏。

他準備了一個保命符，就是韓愈的詩。一鐵開始在房間裡吟頌這首詩：

一封朝奏九重天，夕貶潮州路八千。
欲為聖明除弊事，肯將衰宿惜才年。
雲橫秦嶺家何在，雪擁藍關馬不前。

吟頌的聲音慨然淒切，感動了門外的刺客。在廊下聆聽的信長，對一鐵的懷疑終於煙消雲散，命令刺客退下。信長在收服三人眾後的第三年，才眞正瞭解一鐵的爲人。

氏家卜全也在同時期得到赦免。沒過多久，氏家參與攻打伊勢長島的戰爭，戰場的土地泥濘不堪，氏家滑倒陣亡。安藤伊賀守過了幾年平安無事的歲月之後，於天正八年（一五八〇）領地遭到沒收。

當然，這些事件都和猴子沒有關係。

永祿七年這時候，猴子關心的是從美濃消失的半兵衛。因爲只要能收服半兵衛，就能瞭解稻葉山城的弱點和攻略法。拉攏美濃地侍的計策也會進展得更爲順利。

信長自己也清楚這點。他對猴子的外交手腕和諜報工作的能力讚譽有加，還把美濃方面的任務交給墨股城的猴子全權處理。當然，猴子能夠運用的金錢和糧食也越來越充裕。

猴子可以說是當時有紀錄可資證明極爲活躍的情報頭子，他收容了從敵國美濃來的流浪武士，壯大自己的情報網路。猴子從這些人口中獲取許多重要的情報，其中包括竹中半兵衛回到美濃的消息。

當然，半兵衛不可能回岩手。

他在關原東邊、南宮山南邊栗原山丘陵下面的松林裡，過著隱居的生活。

半兵衛智取稻葉山城一夕成名之後，就流浪到北近江，在老友淺井家臣那裡躲了三個月。

猴子知道半兵衛的下落後，即刻啓程前往栗原山下，這段路程少說也有十二、三公里，沿途經過的西美濃大小村莊，早已在猴子的奔走下歸順了織田家，所以這一路上猴子走得順順利利，生命也沒受到威脅。他假裝自己是流浪武士，也沒有隨從在側。一路上，跟猴子擦身而過的美濃人都沒想到，這名長相奇特的男子竟然是織田家的情報頭子。

半兵衛住在一座古庵裡。

（年紀輕輕的，脾氣這麼古怪。）

站在庵門口的猴子這麼想。一個曾經奪下東國首屈一指的稻葉山城、當過幾天代理城主的男人，竟然像丟棄破草鞋一樣捨棄了城堡，跑到這間破庵隱居。

（無慾的男人最難應付了。）

再優渥的俸祿，恐怕也打動不了這個人的心。

但，猴子還是敲門了。

這一次的訪問並不順利，半兵衛沒有招待猴子就草草將他打發走。

猴子沒有死心。之後，他還是多次從墨股城走三小時前往栗原山，使出渾身解術想說服半兵衛。

「拜託你了。」

到最後，猴子也只剩拜託這個詞可以說了。

（只要能得到這個男人，美濃就等於是囊中物了。）

這個想法鞭策猴子堅持下去。

半兵衛拒絕猴子是有原因的。他不想背叛美濃，也不想投靠脾氣乖張的信長。

「一切都是爲了稱霸天下。」

猴子的這句話，讓半兵衛大感意外。織田家勢力微薄，卻妄想取得天下。在別人看來，這簡直就是痴人說夢。

但是半兵衛非但沒有嘲笑，相反的，猴子的這句話正中半兵衛的下懷。織田眞的想要稱霸天下嗎？他這麼問猴子。

一想到自己的才智有施展的機會，而且是稱霸天下這麼大的夢想，這讓半兵衛非常心動。舞台越大，越能點燃他的鬥志。

半兵衛終於答應投效織田家。但是他拒絕直接服侍信長，他想當猴子的與力。

（不知道主公會不會答應這個請求。）

猴子回到小牧城向信長稟報這件事，還向信長磕頭請願，懇求信長成全他的一片赤誠。

「說吧，你想要什麼？」

信長知道只要給猴子好處，他一定會想法讓織田家越來越壯大。

猴子低著頭，小聲的說了。

沒想到信長爽快的答應了猴子的請求。猴子喜出望外，拚命磕頭感謝。在猴子籠絡美濃人的工作中，信長唯一答應過他的請求，就是讓半兵衛當猴子的與力這件事。

（這樣，我就可以拿下稻葉山城了。）

猴子這麼想。

謀略

到了這個季節，美濃本巢郡的農民會戴著斗笠，扛著從田裡收成的甜瓜到鎮上叫賣。

瓜呀、瓜呀，
好吃的瓜呀，
快快來吃喔。

這是美濃的鄉土歌謠。甜瓜的名字其實叫眞桑瓜，是美濃本巢郡眞桑村生產。據說，眞桑瓜原產於非洲，經印度傳入中國後變成西域的名產。之後又傳到朝鮮，大約在日本應神帝時期，朝鮮的歸化人把種子帶進了日本。美濃本巢郡眞桑村屬砂質土，非常適合這種瓜的生長。久而久之，甜瓜就成了眞桑村的特產。織田信長在佔領美濃之後，曾經把眞桑瓜進獻給朝廷。

由歷代天皇身邊的女官所傳寫的《御湯殿上日記》中，在天正三年（一五七五）六月二十九日這一項裡面寫道：

信長進獻兩顆由美濃國真桑村生產的甜瓜。

雖然信長是個小氣的男人，不過只進貢兩顆瓜，含意實在令人匪夷所思。

但由此可以看出，美濃的眞桑瓜在當時有多麼貴重。猴子──藤吉郎──年輕時，曾經把美濃眞桑瓜運到尾張販賣。後來，秀吉派兵進攻朝鮮時，在肥前名護屋成立大本營。在那段時期的文祿三年（一五九四）六月二十八日，他召集許多大將和女官一起參加扮裝大會。猴子本來就喜歡舉辦活動，會場就選在城裡的空地。參加者喬裝成各行各業，玩起辦家家酒的遊戲。德川家康扮成賣竹簍的商人、織田常眞扮演行腳僧、前田利家是高野聖、蒲生氏鄉賣茶、前田玄以飾演身材肥胖的比丘尼、秀吉自己則是扮演賣眞桑瓜的商人。他戴著黑色小頭巾、穿柿子色的粗麻衫、背上掛著斗笠、腰纏短蓑挑著擔子，嘴裡喊著「瓜呀、瓜呀，好吃的瓜呀，快快來吃喔」。參加大會的大名和女官看到他的變裝都大吃一驚，因爲實在是模仿得維妙維肖。

不過那是好幾年後發生的事了。

「這個男人吃瓜的模樣眞是有趣。」

竹中半兵衛這麼想。這時是猴子還在尾張織田家擔任墨股城守將的永祿七年（一五六四）夏天。

猴子──木下藤吉郎──不曾或忘要奪取美濃國的主城稻葉山城的計畫。

這個人遲早會向我開口吧。

這正是半兵衛害怕的。個性堅毅的半兵衛，在藤吉郎鍥而不捨的懇求下離棄了美濃齋藤家，轉而投靠鄰國的織田家，但是他不願意擔當信長身邊的家臣。猴子讓半兵衛帶著妻子住進墨股城，擔任他的軍師。半兵衛心裡明白，猴子遲早會問他進攻稻葉山城的秘訣，但是他不希望這一天眞的到來。再怎麼說，稻葉山城都是他祖父以來所侍奉的美濃盟主的主城。

（就算我投靠織田，也不想背叛美濃。）

半兵衛就是這麼一個重情重義的人。猴子也瞭解半兵衛的心情，所以他什麼也沒問，就這樣連續找他吃了三天的甜瓜。

「吃瓜吧。」

猴子只說吃瓜，其他什麼都沒問。也不知道他是打哪裡弄來這些瓜，瓜皮青中透黑，剝了皮後放進嘴裡咬一口，汁甜味美，果肉的香氣充滿整個鼻腔。

「能夠吃到當令的鮮果，眞是人生一大享受啊。」

猴子每吃一口瓜就會發出滿足的笑聲，連吃瓜的模樣都是那麼天眞可愛。

（眞是不簡單的人。）

竹中半兵衛不得不佩服。猴子只和半兵衛一起吃瓜，完全不提進攻稻葉山城的計畫。

猴子重情義，這是他的魅力，也是他的特色，半兵衛這麼想。猴子以前曾經對半兵衛這麼說過：

「我不背叛人也不折磨人，這兩件事是我的優點。」

這就是爲什麼猴子會成謀略名人的原因。猴子若是無情無義，那麼他就只是一個陰險狡詐的騙徒。猴子有成爲惡人的聰明腦袋，但是他的樂觀和重情重義的天性，把那個惡的部分轉換成了美德。

說到重情重義，猴子把墨股城交給竹中半兵衛管理，自己幾乎不住在城裡，就是最好的例子。

（只要我有二心，這座城就是我的了。）

半兵衛這麼想。所謂人心隔肚皮，雖然現在他投靠了織田家，但是爲時並不長，要奪下這座城對他來說並非難事，畢竟不久之前他還是敵國的臣子。但是猴子卻把墨股城交給半兵衛，自己在外四處奔波。說猴子膽子大也好，重信重義也行，總之，猴子就是與眾不同。

（那就是藤吉郎的魅力，他絕非凡夫俗子。）

比方說，猴子擅於運用謀略奪城這一點，就和其他武士不同。一般來說，武士靠的是武力，那是武士的作風。可是當過商人的猴子對奪城這件事卻有他獨特的做法。他的出發點和日本國內的武士完全不同，好幾年後，大家都這麼形容猴子：

「空前絕後的奪城奇人。」

猴子奪城的手法，簡直可以說是一門藝術了。

半兵衛不插嘴，只是觀察猴子的動靜。對半兵衛來說，看猴子辦事，就像是在欣賞一場精彩好戲。眞桑瓜這件事也是如此。半兵衛明白，猴子的用意當然不是來找他分享瓜的美味。

（這瓜，是引子。）

他這麼想。爲了證明，半兵衛試探性的這麼問：

「您在賣瓜嗎？」

他知道猴子不是買瓜來給他吃，而是要他買瓜。

猴子機靈，一聽就知道是什麼意思。

「我在賣瓜沒錯。再過不久，瓜就要成熟，從藤蔓上掉下來了。」

猴子說了自己在賣瓜，又說瓜就要成熟兩件事。猴子雖然粗鄙，卻是個奇才。

半兵衛聽得出來「瓜從藤蔓掉下來」是個隱喻。因爲不久前，他才從丈人安藤伊賀守那裡聽到了一件事。

安藤伊賀守是西美濃三人眾安藤、稻葉、氏家的領頭老大。猴子用計收買了他們，要他們當織田家的內應。這件事是機密，稻葉山城被蒙在鼓裡。

三人眾向稻葉山城的「主公」齋藤龍興進言：

「織田家遲早會進攻美濃，站在防守的立場，軍隊集結同一處非常不利。」

意思是，軍隊集中在稻葉山城，難以在短時間內趕到各地支援，不如分散兵力，駐守在不同據點才是上策。其實他們眞正的用意，是要削弱稻葉山城的防禦力。

「有道理，也許這樣比較好。」

愚昧的齋藤龍興採納了這個建議。這一切都是猴子在背地裡下指導棋，他運用分化的計謀，佔領了一座又一座的敵城。這就是他的手段。

之後，猴子又召集西美濃三人眾，要他們繼續向齋藤龍興進言：

「爲了預防尾張攻過來，應該先把城下的町人和財富全部聚集到城裡。」

城下町人的財富就是主公您的財富。萬一落入敵人手裡，豈不是讓敵人更加富有？應該把町人和財富集中到城裡，進行籠城防衛戰才對。

這又是猴子的另一招神妙戰術。就是把平民百姓送進城裡，消耗米糧。幾年之後，猴子又用同樣的手段奪下鳥取城。

（這些戰術，都不是傳統的武士能夠想到的。）

在竹中半兵衛看來，猴子想出來的戰術，實在是妙不可言。

猴子的主子織田信長決定進攻美濃的稻葉山城。

永祿十年（一五六七）八月一日的黎明，信長率領大隊兵馬，在大風大雨中從小牧城出發。

「眾將士聽令！勝負在此一役！」

信長在出發前，大聲吶喊著激勵軍心的口號。信長有個習慣，就是在出征前會喊一些即興的口號。例如，在桶狹間之役，這個無神論者突然把大串佛珠繞在脖子上，高舉長槍大喊「各位！今天請大家把性命交給我吧！」——現在，永祿十年，也就是這次攻打美濃的戰役中，信長已經有了破釜沉舟的心理準備。過去，信長攻打美濃的歷史，可說是一頁頁慘痛的教訓，至今已經過了十年，如果從他父親那一代算起，就是二十年。歷經這麼漫長的歲月，信長卻從沒放棄過攻打美濃的野心，光從這點就可以知道，信長的意志力絕非常人能及。

信長有信心，這次的作戰勝券在握，因爲他在這場戰役中加入了不曾使用過的新要素。過去的二十年，織田家向來都是直接以武力攻打，但是這次，猴子使用的手段，讓情況出現了轉機。

用當時的話來說，就是「謀略」。

信長在幾年之後平定天下。爲了穩定政權，他斷然剷除了手下幾名無能的部將。例如，在彈劾譜代老將佐久間信盛的無能和怠慢的文章裡，他是這麼說的：

「你在石山城（本願寺）之役沒有盡力。即使無法靠武力攻取，也該對敵人進行謀略。就算不懂謀略，也該來請示我，可是你什麼都沒有做。」

可見此時的信長是多麼的重視謀略。但是，儘管日後信長是個擅長謀略的高手，也是在永祿十年攻打美濃之役時，才開始大規模使用謀略手段，差不多就是重用藤吉郎的那個時期。此時的信長，對藤吉郎的建言可說是言聽計從。

說起來，這兩人的關係實在微妙。信長得到藤吉郎的協助，才開始重視新式的戰略思想，並且實地運用於戰場上。藤吉郎則是因爲遇到信長這位史無前例的指揮官，才有機會施展抱負。總之，多虧這對主僕搭檔，才能創造出新式的戰略思想。

「勝負在此一役。」

信長之所以突然對美濃發動攻擊，是因爲他確信，這次的突襲作戰絕對可以成功，也就是藤吉郎所說的「瓜已成熟」。

進攻美濃的一萬兩千名織田軍，是信長所能動員的極限。大軍頂著暴風雨抵達邊境，渡河到對岸。和過去不同的是，這次沿途經過的大小村莊都沒有人出來反抗，相反的，部分美濃的地侍還加入織田軍的陣容。而這一切都是猴子辛苦進行諜報工作的成果。靠著猴子的謀略手段，信長這次總算順利的攻下稻葉山城。

（藤吉郎眞是了不起。）

信長非常佩服猴子的奇才。猴子這回也不再只是留在後方當參謀，他跑到前線衝鋒，因爲他必須有實際的戰功才行。

（光是當一名謀略高手是得不到功名的。）

儘管猴子也想衝鋒陷陣，立下汗馬功勞，可是他在沙場上的表現並不起眼，原因出在猴子沒騎馬衝殺敵人的力氣。

織田軍放火焚燒城下，任何有可能變成敵軍據點的建築物，例如寺院、武士宅邸全都燒毀，稻葉山城頓時變成一座四面楚歌的孤島。信長在城外築起兩三層的木柵刺樁，將山城層層封鎖。另外，他還佔領了連接稻葉山的瑞龍寺山，在那裡設立織田軍的指揮本陣，和敵方主城對峙。

「要在一夜之內攻下。」

信長喊出這樣的口號，不過，稻葉山城畢竟是東國第一堅固的銅牆鐵壁，光靠武力實在難以攻破。信長開始心生焦慮，因爲織田家的根據地尾張現在處於空巢的狀態，信長不能被牽制在這裡。

「猴子，把半兵衛找來。」

信長這麼下令。這是理所當然了，過去半兵衛曾經靠著十幾名手下輕鬆佔領稻葉山城，過程就像在變魔術。

「有攻城的秘訣嗎？」

信長開門見山的問。沒有。從墨股城風塵僕僕趕來的半兵衛不願出賣前家主，只好這麼回答。半兵衛幫不上忙，只能打道回府，猴子也跟著回去。

「我瞭解你的心情，你不需要透露攻城的秘訣，沒關係。」

猴子一如往常，在墨股城裡和半兵衛促膝長談。猴子當然想知道有沒有通往山城的小徑，如果有的話又該從哪裡進去。

不過他沒開口問，只是笑著閒話家常。如果半兵衛有心，應該知道猴子在想什麼才對。半兵衛不是笨蛋，當然明白猴子的用心。

（這個男人眞是可愛。）

半兵衛這麼想。猴子出身貧苦人家，既無體力也沒家世，他唯一的財富就是可愛。就因爲他很可愛，才能得到信長的賞識，爬到現在的位置。半兵衛當然也被猴子的可愛深深吸引。

（我一定要讓這個男人立下戰功。）

「有一條長良道。」半兵衛終於脫口而出。

那是沿著長良川的懸崖爬上稻葉山的野徑，可以通到稻葉山城的二之丸東北方。但沿途沒有道路可走，只有巨石和斷崖，連鹿和野豬都難以通過。

「老實說，我自己也不曾親眼看過，只是聽人家說過而已。」

半兵衛慎重的說。

「那是白費力氣。」

言下之意就是不可能帶著大隊人馬爬上那麼危險的懸崖，而且沿途曲折分歧，在戰術上沒有利用價值可言。

「不過，如果只帶少數幾人倒是可以試試。萬一被發現，頂多就死幾個人而已。你認爲呢？」

（我都說得這麼明白了，這個人還是堅持要爬嗎？）

半兵衛看著藤吉郎。

藤吉郎的臉上還是保持一貫開朗的笑容。

「我去爬。」

猴子神情輕鬆的回答。此行可是九死一生，驚險的程度，絕不亞於義經的鵯越奇襲。

「走那條路是會出人命的。」

半兵衛再一次慎重的提醒猴子。武士不都是要活著才能享受功名嗎？若是死了，什麼都沒有。萬一藤吉郎死了，沒有生育的寧寧就會變成孤單的寡婦。如果猴子有留下子嗣，寧寧還有個依靠，但是沒夫沒子的寡婦，日子要怎麼過下去啊。

「即使是這樣，你還是要去爬嗎？」

「本來就該如此。」

藤吉郎的眼神閃爍著犀利的光芒，彷彿在說，我已經將生死置之度外。猴子並不想說什麼深奧的哲理，他本來就是從危險邊緣活過來的人。比起小時候爲了混一口飯吃，過著水深火熱的非人生活，現在爲了求功名所冒的險，實在算不了什麼。他那句「本來就該如此」就是這個意思。

（這個男人是條好漢。）

半兵衛震驚不已。他開始認眞的思考，也許他可以把自己和妻小的未來託付給這個矮小的男人。

事實上，日後半兵衛眞的把自己的孩子重門交給猴子。重門長大之後，還替這個矮小的男人寫傳記。

藤吉郎的家臣越來越多了。像竹中半兵衛、蜂須賀小六這些人，都是猴子引薦給信長，讓他們可以用「木下藤吉郎與力」的身分留在尾張。另外，藤吉郎也會用自己的俸祿雇用自己的人馬，例如異父兄弟的木下小一郎秀長（日後的大和大納言豐臣秀長），和寧寧的哥哥淺野彌兵衛。

（想要立下戰功，一定得從外面招攬人才。）

猴子隨時都在留意，哪裡可以找到有用的人才。

堀尾茂助這名少年就是一例。他原本是信長在尾張山區打獵時收留的獵人，茂助年紀雖輕，個性卻成熟穩重，他的父親是岩倉織田氏的浪人，由於這層關係，藤吉郎於是向信長請求，讓茂助當他的手下。茂助就是日後成爲出雲二十四萬石大名的堀尾帶刀先生吉晴。

猴子在挑選攀登「長良道」的敢死隊時，堀尾茂助是第一個被挑中的。茂助是獵人出身，對山區的情況一定非常瞭解。

「你願意參加嗎？」

藤吉郎愼重的再問一次，茂助點頭答應。在山林裡長大的茂助爲人沉默寡言，這是他一輩子的特色。就算和一大群人同座，也極少開口交談。到了晚年，鮮少對自己的子孫輩聊到自己的經歷和戰功。秀吉在制訂豐臣家家規時，茂助被選爲中老（可參與政事的職位）。大老是政治職位，奉行是行政職位，而位於兩者之間的中老則是監察職位。儘管茂助惜口如金，卻能洞悉事物和人性，這是他被授予這個職位的原因。

敢死隊的成員，除了帶路的茂助，還有六名野武士：蜂須賀小六、蜂須賀又十郎、稻田大炊助、加治田隼人、青山小助、日比野六大夫。這批人就是世人眼中雞鳴狗盜、不學無術之徒，最適合執行這個任務。

留在木下的陣營內負責統籌作戰的，是猴子的弟弟小一郎和淺野彌兵衛。

「計畫是這樣的。」

猴子和大家一起研討作戰計畫。猴子登頂成功之後，會把葫蘆倒過來掛在竹竿上面揮動。手下的步卒看到信號之後就沿著瑞龍寺山的尾根道，前往二之丸城門前等待。等城門的門閂打開，大家就一齊衝進城裡。

「千萬不能走漏風聲。」

猴子叮嚀再三。這次，他要立下偷襲的戰功。

「這個計畫可行嗎？」

淺野彌兵衛側著頭，有點懷疑。這名年輕人是個思慮嚴謹的務實派，有時不免拘泥小節。

「這是一場豪賭。」

猴子這麼說。他回想起信長揮兵桶狹間的心情，那次戰役能夠獲勝，可以說是百分之一的僥倖。但也因為贏得太漂亮，反而讓信長感到害怕，之後再也不願意做這樣的賭博。可是對猴子來說，這是他往後人生的轉捩點，他必須放手一搏。這次的偷襲行動，等同於信長的桶狹間之役。

「要是失敗，是會沒命的。」

「如果那樣就麻煩了。」

異父弟弟小一郎皺起眉頭。小一郎是猴子的母親和竹阿彌所生，個性敦厚聰慧，是猴子的好輔佐。他活到豐臣政權的末期才去世，得年五十一歲。他生前是豐臣家中最受人敬愛的老家臣，要是他能多活幾年，也許豐臣家就不會步上滅亡之路了。

「由我代替兄長前往吧。」

小一這麼說，猴子聽了忍不住大笑。

「小一郎，你想想看，既然是我要立戰功，怎麼能讓別人代替我出馬呢？」

猴子把話一丟就出發了。事實上，這個任務別人的確無法代勞。年少的時期，猴子曾經跟著一群不學無術的野賊，在山林之間奔走討生活，爬山是他的拿手功夫。

猴子一輩子都不會忘記這次的夜間行動。包括他自己在內，一行八人趁著黑夜，跑到長良川的河灘，把船推進河裡，在月光之下渡河，然後把船駛進斷崖的裂縫中。月光照不進那個死角，漆黑的岩洞裡瀰漫著嗆鼻的苔蘚味。

「岩洞肚腸臭味飄。」

猴子在像在吟詩般的唸著。猴子的機智，帶有江戶時代談林派俳諧（帶滑稽趣味的一種和歌）的低俗趣味。他很喜歡這種詼諧的幽默，晚年時經常召集家臣到他住的地方，要大家聽他吟歌頌詩，家臣都感到不勝其擾。

終於要開始攀岩了。同行的蜂須賀隊員之一的加治田隼人家信是攀岩高手。

「由我帶頭先爬吧。」

他腰間繫著繩子，抓住岩縫間的雜草，一挺身就開始往上爬。

加治田隼人在戰亂中失去了主公，變成浪人。後來加入蜂須賀小六的組織，當跑腿的小嘍囉。儘管做的不是什麼光彩的工作，但他並不是無家可歸的流浪漢，他的宗家在尾張國春日井郡篠木村。這位攀岩高手要是沒有遇到藤吉郎，也許一輩子只能留在尾張當個地痞流氓吧。秀吉把小姓（戰國時代武將身邊的隨侍）福島正則拔擢爲大名時，曾經對他說：

「你把加治田隼人收爲家老吧，他這個人懂得察言觀色。」

加治田隼人在福島家領有二千三百二石六斗的俸祿，人稱加治田出雲。他的兒子是七之助家忠，父子倆都參加了後來的關原會戰。

猴子跟著加治田往崖頂上爬。一行人費足了勁爬上頂端，潛入山林。接著由茂助憑著他靈敏的嗅覺，帶領大家在黑暗中繼續前進。

「茂助不會弄錯嗎？」

蜂須賀小六對茂助的能力感到懷疑，卻被藤吉郎制止。

「放心的交給茂助吧。」

旁人的七嘴八舌只會擾亂茂助的直覺。

「可是茂助對這座山並不熟，光靠一名孩子帶路，萬一有個閃失，我們有可能墜谷啊。」

「大不了一死。」

猴子把這次的行動當成一場豪賭，與其議論紛紛，不如相信孩子的直覺，還有自己的運氣。

茂助像田螺般小心翼翼的循路前進，偶爾他會停下腳步仰望星空，像是在確認方位。

當一行人跨過無數溝豁，爬上最後一道懸崖時，天色已經微微發亮。

眼下的霧靄中，可以看到幾棟炊煮軍糧的伙房突出於其間。

猴子把青山小助叫了過來。

「青山兄，聽說你擅長忍術。」

青山小助原本是個盜賊，是猴子年輕時，在蜂須賀家吃大鍋飯的時代認識的。

「大哥一展長才的機會來了。」

猴子這樣暗示青山。能被猴子喊一聲大哥，青山開心得不得了，馬上就消失在晨霧中。沒過多久，青山又跑了回來，捧著焦黑的飯菜分給兄弟享用。米粒上沾了血跡，這是小助殺死伙夫的證明吧。猴子把沾血的米粒撥到一邊，用手抓起飯吃。

猴子有個奇妙的習慣，就是討厭殺人。雖然晚年時作風有所改變，但是在奪取天下之前，討厭殺人是猴子的一大特徵，這點一直深受世人稱頌。當時，有不少敵國就是衝著猴子討厭殺人這點，對他卸下心防，選擇站在他這邊。現在，猴子爲了唆使青山去殺伙夫搶米飯，故意稱他爲大哥，原因就是他不想讓自己的雙手染血。

過沒多久，煮飯的伙房突然燒了起來。原來青山在離開之前，在伙房內動了點手腳。這種偷雞摸狗的伎倆，是猴子和蜂須賀這幫打家劫舍的混混才有的智慧，有身分的武家是不屑這種行爲的。猴子他們還從伙夫的屍體上扯下袖章，綁在自己身上，假裝成運糧的士兵潛入二之丸。

城裡的士兵聽到山上的伙房燒得嗶啵作響，立刻陷入一陣恐慌。猴子等人趕緊趁亂混進二之丸城門內，打開門閂，撐起綁著葫蘆的長竿，打信號給在外面等候的盟軍。計畫進行得非常順利。

率先衝進城裡的是藤吉郎的手下小一郎和彌兵衛率領的士兵，柴田勝家的軍隊緊跟在後。很快的，二之丸就陷落了。

二之丸位於稻葉山的主峰。山城被攻陷時，城主齋藤龍興不在山頂的本丸，而是在山下的宅邸。龍興聽到敵人已經攻進城來，嚇得趕緊棄城，逃到近江躲了起來。

就這樣，信長的勢力一下子從尾張延伸到美濃。

這漂亮的一役，讓猴子在織田家的地位和勢力更爲穩固，不過猴子的俸祿並沒有因此增加，因爲猴子拒絕了。

「猴子，我給你增加封賞吧。」

信長這麼問。但是猴子看得出來，信長有口無心。他瞭解信長這個人非常精打細算，不隨便提高家臣的封賞。

「不不不，只是小小的戰功，不需要增加封賞。猴子的那份，就請主公先幫猴子保留吧。」

既然猴子自己都這麼說，信長也不堅持，繼續讓猴子領五百貫的俸祿。不過其他的家臣都有按照軍功的大小，給予少許的封賞。

信長不像其他大名，會賞賜家臣豐厚的俸祿，這是織田家的特色。

一般傳統的大名，會遵守室町時代流傳下來的社會規範，執行完全的封建制度。小名（土地支配者）負責管理領地內的土地和百姓。數個小名聯合起來，推出一位盟主爲大名。遇到戰事爆發時，各地的小名會率領家臣集結於城下，結爲軍團。美濃就是這種情況。

可是，信長並不甩這一套。他命令家臣搬到城下町定居，由織田家派遣奉行管理他們的領地和收稅，不讓家臣插手領地內的行政事務。也就是說，所有的土地和百姓，都是由織田家直接管理。織田家的家臣也不像其他大名，旗下有數名小名，大家清一色都是隸屬於信長的公務員，或是因應信長的需要才出動的軍事人員。所以，這不是封建制度，而是中央集權。

比方說，柴田和丹羽這些歷代老臣，他們擁有的封地和旗下家臣就少得令人難以置信。

開戰的時候，柴田家率領的三、四千名兵馬，也都是由信長撥給的。而這些軍隊有個名稱，叫做「與力」。

以藤吉郎爲例，之前提到的竹中半兵衛、蜂須賀小六也算是與力，就連堀尾茂助這名少年，都是信長的直屬家臣。這種不同於傳統、由中央集權管理的軍事體制，讓織田家在戰爭時動員的速度比別國快了許多，而且信長的號令可以直接傳達到最低階的小兵。

——不要增加封賞。

猴子會說這句話，是基於織田軍特殊的軍事背景。因爲，就算沒有增加兵員，只要信長沒有被蒙在鼓裡，他一定會撥給足夠的與力，有時候還會提供大軍給手下的大將指揮。

「猴子，做得很好。」

一句話就是賞賜。這是信長的作風。有時信長在論功行賞時還會說：

「這個給你。」

然後拿起兩三顆柿子送給對方，這樣就算是封賞了。信長的目標是當天下的霸主，想奪天下就需要儲備大量的士兵，這也是他給家臣的封賞會那麼小氣的原因。幸好家臣都共體時艱，他們的心裡都抱著這樣的期待：

（有朝一日，等主公成爲天下的霸主，我們就能加官晉爵了。）

稱霸天下是信長不斷灌輸給家臣的夢想。在拿下稻葉山城之後，信長製作了——

「天下布武」

的金印，讓官員在公文書信中使用。包括猴子在內，所有家臣看到金印，全都忘記自己的微薄俸祿，每個人都因爲稱霸天下夢想而興奮不已。

信長把稻葉山城和它的城下井之口，改名爲「岐阜」。從這個時期開始，猴子在家臣之間的地位大爲提升。不過，那不全然是因爲猴子立下戰功的緣故——，而是信長看到了猴子驚人的天分。

謀略的才能。

（猴子謀略的能力，一定要好好重用才行。）

信長這麼想。打從父親信秀的時代開始，織田家就一直想佔領美濃，但是歷經多次全力猛攻，始終無法攻陷稻葉山城。如今，靠著猴子深入敵境蒐集情報，用謀略的手段，竟然順利的把美濃納入織田家的版圖。

（眞是奇妙的男人。）

這一戰，讓信長對猴子徹底的刮目相看，他自己的戰術觀念也從這時候產生了重大改變。在這個時期之前，信長的戰術是以迅速、猛攻的方式爲主。當然，他也懂得使用謀略。岳父齋藤道三教了他不少謀略之術，信長會把他所能想到的謀略使用在戰場上。只不過，他和武田信玄、上杉謙信一樣，只是把謀略當成是附屬的戰術。

但是猴子的做法恰恰相反。從戰爭開始到結束，都是以謀略爲主軸。士兵之間的廝殺，反而是戰爭中的一小部分。

（眞是不可思議的傢伙。）

這就是信長最佩服猴子的一點。因爲猴子運用新的思維，讓過去難攻不破的美濃輕易的成爲囊中物。信長明白，織田家想要壯大，就必須使用猴子的方式。於是從這個時期開始，信長積極的展開謀略外交的工作。

（這都是從猴子身上學來的。）

信長心裡這麼想，但是沒有說出口。猴子也沒想到，自己是改變信長的思維的關鍵人物。相反的，他認爲自己遇到了一個有新腦袋、新思想的主公，而他必須拚了命才能達到這位主公的需求。總之，這兩人的關係就是這麼微妙。

（眞是奇怪的武士。）

猴子的老婆寧寧心想。身爲淺野家養女的寧寧，非常清楚正常的武士應該是什麼樣子。可是，猴子和她印象中的武士有很大的不同。首先，她和猴子住的房子，一點也沒有武家該有的閒適寧靜。

一年到頭，幾乎每天都有來路不明的陌生人上門來找猴子。有行腳僧、生意人、浪人、修行者、傀儡師、甚至修繕寺廟的工人等等。這些人總是突然來訪，開口就問：

「藤大人在家嗎？」

聽他們的語氣，好像都跟夫君熟識。剛開始時，寧寧還會因爲害怕，像趕狗一樣的把他們攆走。等猴子回來立刻質問他：

「那些人到底是怎麼回事？」

「他們都是讓我將來可以出人頭地的助力。」藤吉郎這麼說。

「是夫君的老朋友嗎？」

「有些是舊識，有些是剛認識的新朋友，有些是仰慕我的名氣，遠從千里來投靠的人。妳絕不可以怠慢喔，要請他們進屋，還要準備飯菜招待。」

猴子這樣交代寧寧。

寧寧覺得莫名其妙，心裡非常不高興。因爲看到那些人，會讓她不由得開始想像，夫君在發達之前過著什麼樣的生活。

（鄰家的妻子會怎麼笑看我們家呢。）

這裡說的鄰家，指的是織田家的譜代前田家。現任前田家的當主是遠近馳名的武士犬千代，也就是前田又左衛門利家。

木下藤吉郎和前田利家有著非常奇妙的緣分，不管是在清洲、小牧還是岐阜，兩家始終都是住隔壁的鄰居。

「我們兩家好像很有緣呢。」

連前田利家都這麼對猴子說。因爲住得近，自然成了好朋友。猴子還幫這個比自己小兩歲的利家二少爺討了個漂亮的老婆。

猴子和利家兩人很投緣，利家從不嫌棄藤吉郎出身低，藤吉郎也對利家的印象非常好。

「我們就像親兄弟一樣要好。」

利家要不是當了藤吉郎的鄰居，說不定就沒機會成爲加賀前田家的開山祖師了。

利家的妻子名叫阿松，也就是後世熟知的「加賀芳春院」。阿松是名賢慧又伶俐的女子，家裡人丁單薄的藤吉郎把阿松當成自己的妹妹般疼愛。猴子成爲豐臣秀吉後，曾經這麼說：

「我沒有什麼能夠給阿松，但至少要讓她買得起唐國來的口紅。」

於是賜給她二千石，給她當做購買化妝品的材料費。

阿松晚年時，常常談起這段令她懷念的時光：

「我年輕時和太閤家是鄰居。我們之間沒有圍牆，一道木槿樹籬是唯一的界線。我和北政所夫人常常隔著樹籬聊天呢。」

現在，前田家的阿松就隔著那道木槿樹籬和寧寧有說有笑的。

「寧寧夫人，妳家的客人還眞是五花八門啊。」

每次聽到阿松這麼說，寧寧就對丈夫的過去感到丟臉。

「爲什麼夫君現在還和那些人混在一起呢？」

寧寧爲了這件事，好幾次和猴子鬧彆扭。但猴子總是笑笑，沒回答爲什麼，甚至還這麼叮囑她：「如果客人沒地方住宿，就算我人在墨股，妳也要讓他們留宿。」

但是，猴子的家實在不適合留宿客人。武士的家宅簡陋狹小，是織田家的特色之一。不過，儘管寧寧感到爲難，還是會讓前來拜訪的客人住下。

久而久之，寧寧也瞭解了丈夫的工作性質。猴子必須靠這些來自不同領國的販夫走卒，獲取各國的最新情報。尤其關於甲斐武田家的情報，更是猴子迫切想要知道的。

說起來，猴子就像是織田家的情報頭子一樣。

——幫我蒐集情報。

信長其實沒有這樣指示過猴子，而是猴子發現織田家的部將幾乎不蒐集情報，所以他只好用自己的方法蒐集了。除了運用過去的人脈，他還有另一套獨特的情報蒐集法。

在進攻美濃之前，猴子除了蒐集美濃的情報，同時也積極探聽有關甲州的訊息。

（織田家最大的敵人，是甲州的武田信玄。）

這點，猴子早就看出來了。信玄擁有三萬兵馬的動員能力，而且用兵如神，他麾下的甲州兵個個驍勇善戰，決不是弱小的尾張織田軍能夠匹敵的。信玄懷抱著西行上京的野心，只是目前受到北邊上杉謙信的牽制而無法成行。一旦和謙信的關係塵埃落定，信玄一定會率軍通過東海道，前往京都。

（位於上京路線上的織田家，到時候會變成什麼樣子呢？）

不是被消滅，就是投降信玄，只有這兩條路。

在猴子看來，織田家萬萬不能與信玄軍開戰，必須討好信玄，這是唯一的選擇。

外交嗅覺比猴子更敏銳的信長，當然也是這麼想。

（信玄若是叫我跪地舔鞋，我就趴在地上舔鞋。）

信長這個人有強烈的自尊心，但是爲了長遠的計畫，他可以將自尊心暫時拋到腦後，等到時機成熟，再把武田家摧毀殆盡。就是因爲這股強烈的信念，讓信長願意忍受任何的屈辱。

「猴子，你知道甲州的情況嗎？」

某天，信長突然這麼問起。卑職不知。猴子故意裝傻。這種天生裝傻的才能不知救了猴子多少次。

猴子畢竟是情報官，從事這種陰險的謀略、諜報的工作，一方面得學會壓抑自己的情緒、不讓人格因此扭曲，另一方面又要努力讓自己看起來好像很達觀又樂天的模樣。他明白，不這麼做的話，自己很可能會被信長殺死。信長這個人雖然也是玩弄策略的高手，但是他喜歡那種胸無城府、會光明正大的和敵人對決的鐵漢。每次和這樣的家臣聊天時，平日不苟言笑的信長，總是能開懷的縱聲大笑。

猴子擅長蒐集情報和玩弄策略，他也懂得如何隱藏自己陰暗、狡猾的那一面，不讓信長和同僚發現。所以猴子在信長面前，總是表現出一副傻楞楞的樣子。

「卑職不知道，只知道四郎勝賴大人尚未娶親。」

「他幾歲了？」

信長的眼睛突然一亮。

「今年二十二了。」

對信長的問題，猴子也總是有問必答。他對武田家瞭解的程度，彷彿他自己就是武田家的一份子，對信玄軍的戰略位置和弱點也是瞭若指掌。所以，信長不需派人實地調查，只要問問猴子，就能瞭解甲州的現況。

——趁這個機會和武田家聯姻吧。

猴子心裡這麼想，但是沒有說出口，他可不想因爲自己多嘴觸怒了信長。因爲信長只想從猴子那裡聽到情報，至於該怎麼做，信長比猴子聰明，他心裡自然有個底。

（就用那招吧。）

信長心生一計。他需要一個女兒，而且要馬上採取行動。由於信長沒有和勝賴年齡匹配的女兒，只好私下命人去城裡尋找。

——誰家的女兒長得夠漂亮呢？

最後，美濃苗木領主遠山左衛門尉（勘太郎）的女兒阿雪被挑上了。阿雪是位麗質賢慧的名門閨秀。左衛門尉的妻子是信長的伯母，阿雪是比他年輕的妹妹。信長將她偷偷接進家裡，當成織田家的女兒扶養。

家裡的僕役都稱她「阿雪公主」。

阿雪公主喜歡四處遊山玩水，每次出遊身邊都有大批僕役隨侍在側，阿雪的名字很快就在城下傳了開來。

這段時期，織田家多次向武田家進貢珍貴的禮物，想要討好信玄。剛開始，信玄還懷疑過織田的誠意。

「不知道這小子有何居心。」

信玄總是將禮物收下，卻不回禮。儘管如此，信長還是繼續向他進貢。

次數多了，信玄也逐漸卸下防備。信長打鐵趁熱，派遣自家人織田掃部助信正爲使者，前去甲府說媒。

「什麼？想要聯姻嗎？」

這下信玄更加放心了。像這種政治聯姻，新娘就等於是人質。之前進貢了那麼多珍貴的禮物，現在又要把女兒嫁過來當人質，這就表示織田家想要得到信玄的庇護。信玄對信長的印象越來越好，甚至覺得他這個人很有誠意。不過，當信玄開始這麼想時，就注定他要輸了。

「就娶過來吧。」

信玄同意了婚事。武田家是傳承自源平時期以來的世家，又是足利體制下的守護大名。論家世，和一夜發跡的大名織田家可以說是門不當戶不對。

「上總介信長對我武田家如此忠誠，就賞他面子吧。」

武田信玄對門第懸殊的問題並不太計較。不過，要是信玄知道阿雪公主其實是美濃地侍的女兒，不知道會有多生氣啊。

信玄對這門親事非常滿意，不但引見織田家的使者，還主動訂下迎娶的日期。甚至還派使者到織田家登門拜訪。這是信玄第一次派使者到「尾張小子」的國家。

（主公的手腕眞是高明啊。）

猴子對信長的謀略能力佩服不已。如此高明的騙術，恐怕連猴子也學不來吧。

岐阜城整修完工之後，信長把主城從尾張移到美濃，藤吉郎當然也舉家搬進配給的房子。一如過去，猴子又和前田利家當了鄰居。

沒過幾天，家臣之間傳出這樣的風聲。

「聽說，信長大人要挑選幾名黑母衣武者和紅母衣武者。」

母衣武者，是指可以穿盔甲護具上戰場的騎士，任務是傳令和護衛。信長挑選這些人的目的，主要是爲了保護自己的人身安全。上戰場時，信長會視當時的需要，分配他們擔任重要任務的斥侯或是傳令兵。當然，必須是武藝高強和精通戰術的武士，才有可能獲選爲母衣武者。過去，織田軍並沒有這樣的組織，信長是趁這次移居到岐阜，才決定挑選黑母衣十人、紅母衣十人擔任戰場上的護衛。

獲選的人不僅是榮耀而已。

「有朝一日，等主公成爲天下的霸主之後，這些母衣武者有可能被封爲大名。」

「夫君，你有機會嗎？」

寧寧半開玩笑的這麼問猴子。猴子聽了幾乎快要笑翻過去。大笑只是一種掩飾，其實猴子心裡多少有點期待。

信長是個脾氣古怪、挑剔又刻薄的男人，要被他挑上並不容易。原本要挑二十名的母衣武者，最後只選出十九人。

「請問主公，爲什麼會少一個？」

老臣林通勝這麼問。信長回答「因爲找不到剩下的那一個。」

沒過多久，十九名母衣武者的名單公布了。猴子並沒有入選，不過佐佐成政、生駒勝介、福富平左衛門等武功老練的武者都列名在內，前田利家也獲選爲紅母衣。

「又左，眞是恭喜你啊。」

儘管猴子感到失落，還是開心的跳過籬笆，跑去向利家道賀。

由於墨股城已經失去戰略價值而被拆掉，猴子的守將職位也裁撤了。這個時期的猴子，可以說連個可以表現的職務都沒了。

（眞是無奈啊。）

但是猴子沒有氣餒，他還是一如往常，把心力集中在蒐集情報上。大約就是這個時候開始，遠從近江來拜訪猴子的浪人越來越多了。

這次，猴子把目標對準近江。因爲信長想要上京，一定得取道近江。

（我一定要想出個萬全之計。）

猴子非常積極的進行這個新計畫。沒過多久，信長果然很快就需要猴子在這方面的情報了。

利家

「那隻臭猴子實在太傲慢啦。」

不知從何時起，家臣之間開始流傳有關於猴子的壞話。看到木下藤吉郎大搖大擺的在岐阜城殿內走動，一副目中無人的態度，老臣忍不住說了他兩句，

「是啊，大人說的很對。」

猴子用帶著戲謔的語氣回答。大概是仗著信長的寵愛，連老臣都不放在眼裡了，家臣私下這麼議論著，但是對猴子的傲慢卻都敢怒不敢言。

「這個黑塊！」

背地裡這樣罵猴子的人越來越多了。「黑塊」這個詞，據說是當時尾張、美濃一帶罵人的方言。猴子取得天下成爲秀吉之後，被他拔擢爲隨身親信的石田三成，也曾被世人咒罵是黑塊。

不過，猴子似乎沒發現自己臭名遠播，原因之一就在於大家其實也害怕這隻猴子。信長三不五時就召猴子到他的住所內夜談，而且一談就好幾個小時。由此可見，猴子現在是信長商量機密計畫的心腹了。

俗話說，防人之心不可無。眾臣也會擔心，要是得罪了猴子，難保猴子不會在主人面前參奏自己一

筆。

——沒有人比那傢伙更卑鄙了。

儘管心裡恨得牙癢癢，也不敢當著猴子的面撕破臉。

「藤吉郎，你還不知道嗎？你現在成了大家的眼中釘啦。」

猴子的鄰居前田利家這麼提醒猴子，他把別人在背後怎麼中傷他、在信長面前如何告狀等等，全說給猴子聽。猴子裝傻，哭喪著臉說道：

「真是丟人現眼啊。」

猴子這個人很少說人壞話、也不打小報告，這是他的優點。會被猴子參奏一筆的，絕對都是毫無疑問的奸佞小人。

猴子是有成爲佞臣的條件。不但懂得察言觀色，對主子也是極盡逢迎諂媚，若是他眞有那個意思，絕對會成爲舉世無雙的佞臣。

這點猴子心裡當然再清楚不過了。

（我這個人有當佞臣的天分。）

偶爾，他也會對自己過於靈光的腦袋和深沉莫測的城府感到不安。

（像我這樣的人，要是走錯一步，就會掉進身敗名裂的地獄。）

鄰國有太多這樣的例子了。例如，一名馴鷹的少年被某國君主看上，當了入幕之賓，國君從此沉迷荒淫逸樂，國家因此步上滅亡的命運。或是，出身卑賤的小妾得到主公的寵愛，日夜服侍君側，小妾的家人跟著雞犬升天，權力更甚於國家的重臣。這種奸佞禍國的例子實在是不勝枚舉，信長的岳父齋藤道三就是很好的例子。這個從京城來的賣油郎，抓住主君好色的弱點，用盡各種手段令他沉迷酒色，無心治國，最後把美濃這個國家弄到手。

（我好不容易爬到今天的地位，別人要用什麼眼光看我，就隨他們去吧。）

的確，猴子擁有當佞臣的本事。

（老實說，我跟佞臣也沒差多少。）

所以，猴子始終很自律，爲了避免走錯一步棋，還給自己立下規矩，就是絕不說家臣的壞話。雖然猴子日後爬到至尊的地位之後就拋開了束縛，搖身變成一個嚴厲刻薄的批判家，不過這時期的猴子可是拚了命的壓抑內心的火氣呢。

越壓抑越是痛苦，越忍越是一肚子火。

——但要是開口，肯定就要罵人了。

所以，猴子還是嚥了下去。他告誡自己，絕不在信長面前說長道短。也因爲猴子忍得好，所以信長始終不認爲他是佞臣，反而是個心胸開闊、又肯吃苦耐勞的忠僕。

（我吃了多少苦，外人知道個啥！）

猴子眞想這樣大喊。

「我是個有智慧的人。」

猴子才正要開口解釋，就被利家打斷。他苦笑著說：「你就是嘴硬，才會讓人討厭。」

「聽我說，有智慧的人會時時提醒自己，要保持開朗無慾的心情。讓人家看看，我這個人是不帶心機的。」

智者一旦懷有心機，就跟壞人沒啥兩樣。猴子這麼解釋。他就是爲了隱藏心機，才那麼努力裝出爽朗、無所計較的樣子。就算是盜賊，只要懂得裝出豪爽的氣魄，也會受到人們的喜愛。猴子似乎非常瞭解箇中奧妙。

「不管怎麼說，受到家臣的排擠是事實。你還是謹愼些好。」

「這我會注意的。」

猴子熱淚盈眶的感謝利家的友誼。

利家也感激猴子對他的坦白。他握住猴子的手，發現他的手眞是非常瘦小。

「小老弟，你應該建立戰功。」

在織田家算是數一數二的母衣武者前田又左衛門利家，給了猴子這樣的忠告。只要立下漂亮的戰功，家臣就會對你另眼相看。

——猴子那個異類天不怕地不怕，難怪能夠出人頭地。

只要立下軍功，大家對你的印象就會改觀啦，與論就是這麼回事，利家說。

聊了這麼多，怎麼利家還是不了解我呢，猴子不禁感到失望。過去他靠著謀略的工作，為信長帶來莫大的利益。這麼了不起的功勳，豈是拿著刀槍、騎在馬背上打打殺殺所能比擬的。織田家能快速崛起，除了靠信長的天才，猴子我的才能和行動力也是功不可沒啊，怎麼就是沒人看到這點呢。

家臣之中，沒有人瞭解猴子。

全國之中只有一個人例外，就是信長。信長是猴子的伯樂，不，豈止如此，他還是啓發猴子才能的那雙推手。

「寧寧，我太開心啦！」

聽到利家的忠告，猴子突然心情大好，一回家就大聲吆喝：

「去買酒回來，我要好好慶祝。」

他還找來蜂須賀、稻田等與力，還有淺野長政，一起到家裡共飲。

「來唱曲子吧！」

猴子跳起舞來。眾人問他要慶祝什麼，猴子沒回答，只是像隻野猴子般打著節拍，手腳亂揮一通。

王子御前的雜草
馬兒越吃越茂密
主人沒來的夜晚，閨房熱絡依舊
因為年輕啊

這首吟唱神社旁賣春婦的歌謠，被猴子拿來搭配下流的舞蹈。御前的雜草指的就是女陰，馬兒是陽具。

「馬兒吃了草，草卻長得越發茂密啦。」

猴子發出淫穢的笑聲，動作也猥褻不堪。坐在一旁的寧寧看了忍不住嗤嗤竊笑。接著猴子又唱了一首：

吾家太座無雜草
馬兒含水甘如飴
美御器啊美御器

寧寧嚇了一大跳。歌詞裡的御器就是碗，暗指寧寧的私處有如御器般光滑。寧寧一聽歌詞裡說的是自己，覺得難為情。

「胡鬧！」

寧寧羞赧的喝阻猴子，要他別再唱下去。看到寧寧生氣的模樣，讓蜂須賀小六諸人笑得更大聲，連受邀的賓客利家也拿著杯子爬向寧寧，色瞇瞇的獻殷勤。

「獻杯！」

利家很喜歡這種意料之外的餘興。說起來，以前利家還是犬千代的時候，對淺野家的寧寧頗有好感，但是寧寧討厭利家的怪脾氣而婉拒了說媒。所以，利家比小六他們多了一份感慨。

「御器啊。」

利家想要偷看寧寧的裙內風光，卻把寧寧嚇得直往後退。

「無禮！你這樣叫松夫人該如何是好！」

「松？妳說阿松啊。」

利家也開始站起來跳舞了：

蓬萊山上千歲松
萬歲千秋猶如是
綠松茂密鶴巢食
堤上有龜樂嬉戲

歌的意思是，我的老婆阿松一如其名，私處終年茂密，美妙得讓人銷魂，言下之意是，吾家美眷更勝一籌。唱完曲子，利家邊跳舞邊走回自己的位置。

利家和小六眾人喝得酩酊大醉，卻還是不知道猴子今天在慶祝什麼。

宴席結束後，利家問猴子原因。——因爲你給我的忠告啊，猴子這麼回答。

「左思右想，我這個原本連根蔥都不是的無名小卒，如今已經爬到令眾臣討厭的地位啦。這證明我是個男子漢，還不值得慶祝嗎？」

「言之有理。」

「値得慶祝吧。」

說完，又再度舞弄手腳。猴子雖然不善喝酒，卻也沒醉到腦袋不清。

單純的利家更加欣賞猴子的坦白了，還到處替猴子說好話。——他是那麼可愛的男人啊，討厭他的話，吃虧的是自己。聽到利家這麼說，大家都啞口無言，漸漸的也不再談論猴子的缺失。猴子的伎倆奏效了。信長是個猜疑心很重的人，俗話說眾口鑠金，要是聽到太多有關猴子的壞話，說不定他也會動搖吧。

（也許眞的會這樣。）

這是猴子擔心的。

好不容易風聲稍歇，老臣佐久間信盛又因細故向信長告猴子的狀。信長立即回他：

「我自己有長眼睛。」

言下之意是，若是猴子不安分，我會看得出來，到時候我自會拿石頭敲打他那顆光禿禿的頭，所以，別再拿猴子的事來告狀了。

這話傳到猴子的耳裡，猴子相當開心，他知道自己的策略奏效了。那一番話證明信長對自己的器重。除非萬不得已非殺不可，否則，只要我還有利用價值，主公一定會留我一命，讓我過著衣食無虞的安穩生活。猴子心裡這麼想。他就是這麼奇妙的人，不管什麼事都往正面思考。

（接下來，我得想想該怎麼建立功勳了。）

猴子沒有忘記利家給他的忠告。他靜靜的等待機會到來。

這段期間，信長依然馬不停蹄的四處活動。以岐阜爲根據地攻打伊勢和伊賀，還有計畫要以外交手段奪取近江。

（我要去京都。）

這是信長的野望。

永祿十一年（一五六八）七月二十七日這天，扭轉信長一生命運的貴客臨門了。

（主公這下撿到寶啦。）

看到主公的未來一片光明，猴子卻感到有些擔心。因爲那位貴客不是別人，而是四處流浪的室町將軍家的繼承人選足利義昭。

義昭原本是奈良一乘院門跡的門主，是名僧人。當知道親哥哥義輝被京都的統治者三好、松永等人殺死時，自己也是將軍繼任人選的義昭，立刻從寺院逃走。他蓄髮還俗，遊走各國，希望能找到願意擁立他爲將軍，協助他上京的贊助者。

他先跑去投靠南近江的佐佐木（六角）承禎，但他覺得成禎不牢靠，又轉往越前，尋求朝倉氏的庇護。無奈朝倉無意逐鹿天下，義昭失望之餘只好留在越前敦賀。

——您要不要去投靠新興的織田家？

義昭的部屬這麼建議他。織田家不是足利體制下的大名，而是靠著祖先用下剋上的手段，一夕翻身的武士家。在義昭眼中，織田家跟庶民人家沒什麼兩樣。不過近幾年信長突然野心勃勃，肆無忌憚的佔領鄰近諸國，這些事義昭也都看在眼裡。

（去投靠織田家好啦。出身卑微的他們一定會感到蓬篳生輝，開心的招待我。）

義昭決定採納部屬的建議，不過這也注定了他的悲慘命運。幫義昭居中牽線的是幕臣細川藤孝（幽齋）、甲賀望族和田惟政，還有從事幕府復興活動的浪人（嚴格說是越前朝倉家的食客）明智光秀。

信長爽快的答應，並且從越前迎來義昭。當義昭一行人進入美濃時，信長還穿著室町傳統的禮服，親自到岐阜城外三里處恭迎。

（主公何時變得這麼恭順啦？）

猴子看得一頭霧水。

信長將義昭安頓在岐阜西郊的立政寺。義昭才剛入住，信長立刻在立政寺的書院進行拜謁之禮。

垂簾捲起，信長向義昭跪伏——這個人從未向任何人行跪伏之禮，今天卻乖乖的照著幕府臣屬細川藤孝的指導，行禮如儀。

放在信長背後的是要獻給義昭的千貫銅錢，還有鎧甲、太刀，堆得像小山一樣高。這些見面禮都是實物，而且沒有登錄在贈禮簿上。

信長退下後，在包廂裡設宴招待幕臣。酒過三巡，幕臣之一突然開口說：

「這立政寺雖然不錯，但做爲將軍大人的住所似乎小了些。」

言下之意，義昭雖是逃亡中的將軍繼任者，不過南近江好歹也蓋了一棟豪宅，越前也提供一座城給將軍住，而織田家卻只騰出一間小寺院，這待遇未免也寒酸了。

（織田這個鄉巴佬，好像不懂應該給將軍住什麼房子。）

信長瞪著那位叫上野中務少輔的幕臣說：

「眞是悠閒啊。」

信長像在吐果核般的說道：「你們這些京城來的公子哥兒成天就只知道享受。我上總介要南征北討，忙得很，沒閒工夫在美濃蓋房子給將軍住，那是浪費錢。」

當時猴子負責招待，所以也聽到了信長的話。

（主公這番話眞是大快人心。）

猴子覺得非常痛快。不過其他的織田家臣，卻認爲信長的話太失禮而捏把冷汗。沒閒工夫、浪費，連這種話都說出口，實在是太不給將軍面子了。在座的幕臣也聽得臉色大變。信長又繼續說：

「之所以說浪費錢，是因爲我計畫在兩三個月內佔領京都，到時候要在那裡蓋將軍的御所。所以，現在在這種鄉下大興土木是沒有意義的。」

幕臣和織田家的老臣聽了，個個瞠目結舌。在京都豎旗是天下豪傑的大夢。上衫謙信、武田信玄、長曾我部元親都曾經立下這樣的誓言，但是沒有一個實現。現在織田卻把它說得像是上廁所般的輕鬆。

（不會吧。）

眾人嗤之以鼻。唯獨猴子心裡明白，信長不是憑空說大話。

原因就在北近江。

從地理位置來解釋就比較容易了解。從美濃到京都，必須經過近江琵琶湖畔這條走廊。但是，北近江有淺井氏、南近江有佐佐木氏這些勢力強大的大名坐鎮，想要突破少說得花兩三年的時間。

不過，信長不想用武力進攻這招，而是採用猴子的獻策。也就是把妹妹阿市嫁給淺井長政。

如此，信長的軍隊便可以順利通過北近江。猴子多次造訪淺井家的小谷城，和北近江的重臣達成協議，他們同意讓信長通過。說到這裡有個題外話，就是猴子每次出使小谷城，都會去向阿市夫人請安。久而久之，內心不禁泛起愛慕之意。

（假使能夠和阿市夫人一夜纏綿，不知會多銷魂啊！）

即使現在猴子正在招待客人，內心卻還惦念著阿市夫人。猴子打從春天到初夏的這段期間，往返於岐阜和小谷之間的次數實在太多了，也難怪對阿市夫人產生非份之想。

——織田大人上京時，我們會派員給大人壯大聲勢。

淺井家終於給了這樣的承諾。淺井家的家風以紀律和誠信爲宗旨，絕對不會食言。

（主公的願望，絕非痴人說夢。）

這件事只有猴子心裡明白。

§

信長開始施展奇蹟了。

同年的九月七日，率領三萬大軍通過近江路，沒幾天功夫就攻下南近江十八座城池。同月的二十八日入京。距離足利義昭投靠岐阜，只花了短短兩個月的時間。

信長遵照約定，擁立足利家的流浪繼承人義昭爲將軍。隔年永祿十二年（一五六九），在京都爲義昭興建住所，四個月後竣工，十四日義昭遷入。

信長並沒有在京都爲自己蓋行館，平常也很少住在京都，只在發生事件時才會率著大軍像風一樣的突然出現，等事件平定後，又帶著軍隊回根據地岐阜。

「我會害怕啊。」

義昭要求信長常駐京都，但信長露出他的招牌酒窩，笑而不答。過去治理京都的阿波三好家，就曾經爲了搶回京都，在市區內四處作亂。信長接獲消息就立刻率領軍隊，在兩天之內從岐阜冒著大雪趕到京都，驅逐亂軍。

雖然信長保證「一有情況發生會立刻趕來」，但是義昭看到將軍御所接近完工，內心卻越來越不安。

「至少，派個可靠的京都守護吧。」

朝廷方面也派遣久我大納言來拜託信長。

（該派誰來呢？）

信長陷入苦思。這個人除了要能代表信長保護朝廷和將軍，維護京都的治安之外，還得向鄰近的國家宣揚織田家的軍功。也就是說，那個人選必須是個文武兼備的人才，這實在太難以抉擇了。雖然義昭暗示希望由那個和自己交情不錯的明智光秀進駐，但是信長並未答應。

（那傢伙靠不住。）

信長的顧慮不是沒有原因。倒不是光秀的人格有什麼缺點，而是光秀是新來的家臣，而且和將軍交情匪淺，信長不放心他，擔心織田家的機密會外洩。

朝廷方面則是希望織田家的家老柴田、佐久間、丹羽、林的其中一人，能夠留下來駐守京都。因爲他們是織田家的譜代家老，名望足以服眾，京都百姓聽到這些人的名字，心裡也比較踏實。

但是，信長認爲這些人都是武將，外交手腕不夠洗鍊，不適合駐守京都。

（看來，只剩下猴子了。）

信長這麼想。雖然猴子名不見經傳，在織田家的地位又低，可是只有他最瞭解信長眞正的想法。舉個例來說吧，信長表面上尊奉義昭爲將軍，事實上只是把他當成稱霸天下的傀儡。對他而言，將軍不過是個道具，一旦失去利用的價值，甚至成爲絆腳石的話，就會毫不留情的拔除。但是，信長的這些想法外人絕對看不出來，包括柴田、佐久間、丹羽等老臣在內，都認爲信長尊重義昭就如同尊重神明一樣，是出自一片赤誠。

（只有猴子知道我內心眞正的想法。）

他是統領這個複雜的京都的不二人選。

離京前三天，信長把猴子叫到他下榻的清水寺房間裡。

「猴子，聽好了。」

意思是要他繃緊神經。每次信長要委託重任時，都會說這個口頭禪。

「是。」

猴子一臉嚴肅的抬起頭。脾氣古怪又愛挑剔的信長，很喜歡看猴子那副像口含苦藥，卻又有幾分得意的滑稽表情。越是嚴肅，那張臉皺得越可愛，讓人忍不住想捏一把。

「由你來當京都守護吧。」

這職位相當於鎌倉幕府時代的六波羅探題（即鎌倉幕府在西日本的代表，位高權重）啊。猴子大爲吃驚。這麼重要的職位，理應由重臣擔任才是，而自己十年前還是個小小的僕役、足輕，實在不夠資格。

（這下子可不得了啦。）

猴子緊張得直冒汗。但是他很快就想通了，爲什麼信長會把這個重責大任交付給他。猴子就是這麼精明，所以要是他心懷鬼胎，應該會變成絕世大惡棍吧。

「請主公收回成命。」

猴子這麼回答，這一刻他已經知道，自己該用什麼態度和信長相處了。

「主公恕罪，就算卑職會受到分屍的處分，也不能接受任命。」

信長大爲意外。我現在是要你這個小武士當日本最重要的官職啊。這是大喜事，你應該高興啊！他大聲說。

「猴子，你是被嚇呆了嗎？」

「不，卑職沒有被嚇呆，而是主公您要殺了小的。」

猴子心中有一計，所以故意這麼大喊。看著猴子忸怩作態的模樣，信長實在想不透原因。

「說。」

就這麼簡單一個字。意思是，你無需顧忌，有話儘管說，我想聽你的解釋。信長說話的習慣就是精簡，而猴子就是信長語言的最佳分析師。

「那卑職就說了。」

主公命令我當京都守護這件事，家臣一定無法接受，甚至會嫉妒卑職，京都裡的達官顯貴也不會把我看在眼裡。這對主公您的顏面是何等的重大傷害，到時候猴子我恐怕得切腹才能贖罪。與其變成這樣，還不如放棄這個大好機會。這就是猴子不能接受任命的原因。

（這種事你以爲我不懂嗎！）

信長非常不悅。這種事他也不是沒有考慮過，但他就是討厭把話說得這麼明白。所以剛才猴子大叫時，信長就把一旁的望遠鏡抓在手上了。

猴子心一驚，以爲信長就要把望遠鏡丟過來。不過他突然又轉念，信長向來喜歡收集稀奇古怪的工具，雖然猴子也是他喜愛的工具，但是他更珍惜南蠻人送的望遠鏡。猴子的頭那麼硬，用望遠鏡扔他的話，萬一打壞了多划不來。

（這樣太可惜了。）

信長臨時轉念，放下了望遠鏡。「算你走運！」這樣的瞪著猴子。

猴子就像一面鏡子，把信長心裡想的照得一清二楚。

（還得惹主公更加生氣才行。）

這也是猴子的計策。他跪伏著向信長請罪：「卑職抱著一死的覺悟，接受成命就是了。」明明嚇得全身發抖，但是從那滿口歪牙的嘴裡吐出來的聲音，卻是出奇的宏亮。

「得了便宜還賣乖。」

「卑職內心實在惶恐。卑職願意接下主公的任命，但是請主公體諒卑職的苦衷。」

「你是要我不要聽信讒言是嗎？」

「卑職只要爲官一天，心裡就只怕主公一人，其他人都不怕。不管是將軍大人還是關白殿下，他們在卑職心中根本不算什麼。但是，京都的閒言閒語，猶如荒田裡的雜草，長得又快又茂盛。卑職擔心有人會向家臣說卑職的壞話，家臣再向您告狀。卑職不怕流言蜚語中傷，就怕主公把流言當眞。」

「我知道了。」

信長平靜的回答。

有了信長的承諾，猴子非常開心，開始評論起新將軍義昭的人格。

「將軍那個人很會演戲啊。」

說穿了，就是耍心機。當初義昭是因爲得到信長的支持，才能坐上將軍的位置，可是那人竟不知好歹，傲慢了起來。現在居然還想號令各國的大名，但是礙於兵員稀少，只好耍弄手段。總之，義昭將來一定會妨礙織田家的霸業。

「說的很對。」

信長慶幸自己重用了猴子這個人。

「對付那匹馬，要用大早稻！」

信長這麼說，猴子一聽就瞭解信長的意思。信長非常愛馬，他總能把不聽話的野馬調教得百依百順。有一年，一匹來自奧州的馬桀傲不馴，誰都拿牠沒輒。信長於是給牠取了大早稻的名字，施以嚴格的調教，終於把牠訓練成一匹了不起的駿馬。信長決定用調教大早稻那招來對付義昭。

信長把事情交代完後就離開了京都。

猴子到栗田口給信長送行，之後回到宿舍換上新衣裳，前去拜訪將軍府。

……

義昭對信長的人事安排極度不滿。

——木下藤吉郎？那傢伙是誰？

全京都裡沒人聽過這個名字。他請人去探聽，才知道藤吉郎是織田家的小武士，年輕時當過生意人。派這等名不見經傳的無名小卒當京都守護，顯示信長根本沒把他放在眼裡。

「那傢伙長得跟猴子沒兩樣。」

義昭非常生氣。出身貧賤也就罷了，至少也得派個相貌堂堂的人來吧。

「禁裡（朝廷）也對那個人也頗有微詞呢。」

義昭對左右部屬這麼說。

就在信長離開京都的當天，木下藤吉郎帶著一把扇子來到將軍的住處，說是想拜見將軍。

「唉，眞是個鄉巴佬。」

義昭大受刺激。拜見將軍豈能如此隨便，按照禮數，應該先提出申請，然後在家乖乖等候，直到許可下來才能前來。

「他來了嗎？」

「已經進御所內了。」

「把他帶去馬房，好好教他禮數，讓他知道自己的份量。」

猴子當然沒被帶去馬房，而是在一間包廂裡等待。沒多久，義昭的寵臣上野中務少輔前來接見他。

「您是木下大人嗎？」

爲了羞辱猴子，中務少輔故意按照室町的武家禮儀走進房間、入座。等猴子點頭後，再依禮數回禮。

房間裡立了兩帖屏風，一帖是水墨畫、另一帖是彩繪。水墨畫那邊是尊位，彩色畫這邊是下位。猴子的位置被安排在彩色畫這邊。

「這是武家的規矩。」

中務少輔向猴子這麼解釋。這裡說的武家，是公家（特指朝廷文官）的對比，也就是足利將軍的自稱。

「常言道，不知者無罪。但是拜謁是需要遵守一定的禮節，像您這樣，跟麻雀一樣想飛進來就飛進來，這種行爲不叫拜謁。」

猴子噗嗤的笑了。看到穿著端正的禮服，神情嚴肅的中務少輔清信，讓他聯想起以前表演三河萬歲（三河地方的短劇）的自己，心裡不禁覺得好笑。上野家是從室町幕府的創始者足利尊氏那個時代傳承至今的譜代，不過現任的家主清信是個平庸之才，除了侍奉義昭，做不了什麼大事。義昭性喜男色，把他這個寵童收爲義子，讓他擔任從五位下大和守的位置。

「我懂了。」猴子點頭說道：「你的意思是，我見不到將軍對吧。」

「我沒這麼說，只是要大人在家裡候傳。」

「眞是可笑！」

猴子突然開口大笑。音量大到連馬廄理的馬兒都受到驚嚇而騷動起來。猴子的聲音就是那麼嚇人。

「在下是信長大人的代表，信長大人在離京之前，應該交代過義昭將軍，要像招待信長大人那樣招待我木下藤吉郎才對啊。」

說到這裡，猴子突然停下不語，轉頭看著院子裡的橘子樹。那是當時興建這座將軍府時，猴子親自從山科毘沙門堂的大門移植過來的，如今已枝繁葉茂，非常結實。這府裡的一草一木，都是靠著信長的庇蔭才能栽種在那裡。這位中務少輔能夠過著衣食無缺的好日子，也是拜信長大人之賜。

（俗話說，貴人多忘事，還眞是說對了。）

猴子久久不發一語。中務少輔看到眼前這個長相奇特的男人突如沉默不語，反而嚇壞了。他匆匆離席，回去請示義昭。最後，他們終於答應讓猴子謁見將軍。

「我來帶路。」

中務少輔這麼說。將軍的御殿在另一間屋子，必須換穿不同的草鞋進入。在進入御殿的玄關時，中務少輔的眼睛緊盯著猴子的一舉一動。

一般來說，如果房子主人的身分地位和自己等或是低下，訪客可以直接從玄關中間走上去。若是身分比自己高貴，就得從旁邊走上來。

（他會怎麼做呢？）

沒想到，猴子竟然大搖大擺的從玄關中間走過去。這舉動是對將軍的一種侮辱，必須給予斥責。中務少輔大喝一聲，拿起扇子做出阻止的動作。

「無禮。」

猴子就是愛裝模作樣，他當然知道這個禮數，是故意做給人看的。猴子一聽到喝阻，立刻「哇」的大叫。

中務少輔忍不住竊笑。這個鄉下來的野人，連這等禮數都不懂，邊哈腰道歉，卻還笑嘻嘻的直往裡走。

可是，當猴子來到將軍的御簾前面時，卻行禮如儀，這讓中務大爲吃驚，提防起來。

「得小心這個人。」

猴子畢恭畢敬的向將軍報告，自己被任命爲京都守護，要將軍不管大小事儘管吩咐。表面上看似討好，事實上卻是在施壓。義昭也深感危機。

（此人得罪不得。）

義昭趕緊吩咐下人備膳，而且要使用當時流行的漆器矮桌、陶器做的碗盤，不得用便宜的木碗。這次招待的菜單有雉雞、鯉魚、章魚、魷魚、鮑魚，還有梨子。猴子也遵照用餐的禮儀，先吃山產，再吃海產、最後才吃蔬果。這下已經明白了，猴子剛才從玄關中央進入殿內，並非不懂禮數，而是在給幕臣下馬威。

（這傢伙眞是令人難以捉摸。）

上野中務少輔只能這麼想了。

§

這段期間，信長積極的朝四方擴張勢力，連越前也成了他的目標。不過，信長在進攻越前時過於草率，不像在進攻美濃和近江時那樣計畫周延。

「我信長遲早要拿下越前。我將率大軍閃電進攻，給他們來個措手不及，瞬間將他們消滅。」

他私下把這個策略告訴人在京都的木下藤吉郎。信長向來不輕易對家臣洩漏他的秘密計畫，這次也只告訴三河的德川家康和京都的猴子。倒也不是猴子有多重要，而爲了開戰做準備，一定得告知京都的猴子。

信長對外佯稱「要去京都遊山玩水」。在元龜元年（一五七〇）二月二十五日這天，率領大批人馬從岐阜浩浩蕩蕩的出發，沿途經過近江時還留下來觀賞相撲比賽，看起來非常悠閒。事實上，這是爲了讓越前朝倉家放鬆防範的欺敵伎倆。

——三河大人，你也來吧，我們在京都會合。

於是，家康也說要上京遊覽，帶著大隊人馬悠哉悠哉的出發。

信長到了京都之後，邀集京都和堺地方的雅士名流同歡，還招待將軍和公卿欣賞能劇，完全看不出信長正準備發動一場閃電攻擊計畫。

從岐阜出發至今，信長已經在外面遊蕩了兩個月。四月二十日這天，他宣布要回岐阜，於是啓程離開京都。可是軍隊過了近江琵琶湖畔、彥根之北和鳥居本之後，突然往北轉，像勁風般掃過湖北山區，衝進越前的入口敦賀平野。

以一乘谷爲國都的越前朝倉家，在接獲這個情報時嚇得亂了陣腳，一時之間也想不出防禦的手段，只能靠敦賀平野的手筒山城和金崎城這兩座城頑抗到底。

這次進攻越前的行動，是由熟悉越前地理的明智光秀帶路，木下藤吉郎、德川家康打前鋒。

（謀略做得不夠。）

猴子以自己的戰術觀點來看這場戰役，對整個計畫的粗糙程度感到生氣和不安。他認爲至少要事先收買朝倉家的三、四名重臣，這場仗才有勝算。拿柿子來比喻，就是要等柿子成熟才能打下來吃。

信長和猴子一樣，都是思慮縝密的人。這次卻一反常態，決定用他熟悉的打獵技巧，也就是欺騙獵物、等讓獵物失去戒心時，再發動奇襲的方式來打這場仗。

越前人被突如其來的大軍壓境嚇呆了，尤其是看到織田家華麗的軍容，更是膽寒。尾張是富裕之地，信長平常就習慣穿著誇張華麗的服飾，尾張的將士也是個個穿著閃閃發亮的盔甲。

——簡直就像天降神兵。

只能穿破舊戰袍的越前士兵震驚不已。不只如此，越前的武器不夠犀利，火槍的數量也遠比不上織田軍。

敦賀平野的兩座城抵擋不住驚天動地的火槍攻擊，短短兩天就被攻陷了。

「接著就是一乘谷了。」

信長喝令全軍乘勝追擊，還命令德川家康的軍隊打前鋒，進攻木之芽峠天險。

可是就在這時候，戰局出現了不可思議的轉變。同盟的淺井軍忽然倒戈。淺井氏沒有參加這次攻打越前的行動，也沒被事先告知。所以，當淺井獲知通過自己領地的織田軍，突然往北攻打越前時極爲震驚。

當主淺井長政的立場十分爲難。因爲他娶了信長的妹妹阿市爲妻，和織田家結爲同盟。但是，淺井家和越前朝倉家是世交，關係非比尋常。當初，近江淺井家就是在越前朝倉家這個大國的庇護下才能自立成國。所以對淺井家而言，越前就像恩人一樣重要。而織田家只不過把阿市小姐嫁過來而已，論交情，實在比不上朝倉家。

追根究柢，都怪信長毀約。

當初信長想把阿市嫁進淺井家時，淺井家擔心將來織田家可能會和朝倉家發生衝突，因而婉拒親事。但是，信長卻說「我願意寫誓約書」。

誓約書的內容大概是這樣：將來不管發生什麼變化，織田家也不會和朝倉家發生戰爭。有了信長的保證，淺井家這才安心的把阿市娶進門。如今，織田家卻背信毀約，突然對朝倉家發動攻擊。站在淺井長政的立場，當然會選擇和世代同盟的朝倉家聯手，共同抵抗信長。

對淺井家而言，要抵制織田軍並非難事。因爲信長和他的三萬大軍現在的位置就在敦賀平野，北面是日本海，東西是險峻的高山，後方是淺井的地盤，宛如在布袋裡一樣。

只要淺井把南邊的開口堵住，織田軍的退路就被切斷了。然後和朝倉軍聯手夾擊，就像在包圍山谷裡的羊群一樣，易如反掌。

長政果眞下令，在江北山區佈軍，斷絕織田軍的後路。

一開始，信長並不相信這個消息。

——那個長政絕不可能背叛我的。

因爲信長在這位年輕的盟友身上不知下了多少功夫。長政到京都時，信長還拉著他的手，把他引見給將軍和朝廷的公卿。「這位是我的妹婿，請待他如同對待信長一樣」。每次京都的僧侶和富商到信長的住處請安時，他也告訴他們「你們應該去淺井大人的府邸拜訪」。信長拉拔淺井的用心可見一斑。淺井長政這個人身材挺拔，個性正直，深受信長的喜愛，還把他當成重要的政治伙伴。也因爲有這位近江大名的加入，信長上京的過程才能那麼順利。

「竟然有這種事！」

信長認爲自己如此厚愛長政，長政絕不可能出賣他。但是他卻沒想到，這次攻打越前的軍事行動，就碰上了自己以爲永不背叛的淺井長政。

（我對長政是那麼用心良苦。）

這是信長一廂情願的想法。他自認能夠看透人心，這回卻栽了跟頭。原因無它，不是信長遲鈍，而是算計太多。他滿腦子只想著如何爲自己增加利益，卻疏忽了盟友和家臣的感受和立場。

偵察兵的回報證明，信長這回是陰溝裡翻船了。

「返回京都！」

知道大勢已去的信長這麼大喊，隨即騎馬快速從戰場上消失旗本將士隨後追上。由於信長在策劃這次的作戰時，是以長政爲後盾設計的。如今長政高舉叛旗，信長當然是走爲上策，稍有遲疑，自己就會和三萬士兵一起葬身在這個地形猶如鍋子一樣的異域。不過信長逃跑時，居然沒有通知同盟的將領，所以當前線的德川家康獲知信長落跑的情報時，已經來不及撤離。信長丟下軍隊顧自逃命的速度之快，恐怕無人能及。

先在這裡說句題外話，猴子日後成爲豐臣秀吉之後，在城裡閒來無事，就會召集大臣，把這件歷史搬出來說大家聽。秀吉喜歡聊女人、茶道和茶具，也喜歡評論歷史人物，信長就是其中之一。秀吉對著圍坐的德川家康、宇喜多秀家、前田利家、蒲生氏鄉、毛利輝元這麼說：

「蒲生這個人很會打仗啊。」

秀吉對蒲生氏鄉讚不絕口。不只是讚美，在秀吉眼裡，壓根就沒有其他年輕人的軍事才能比得過氏鄉。氏鄉和秀吉、家康不同之處在於，他沒有可以大展身手的舞台。

「假設，已故右大臣（信長）和蒲生大人在這裡打起來，右大臣有五千，蒲生大人有一萬，你們要站在哪一邊呢？」

信長和蒲生的勇氣和戰術運用的能力在伯仲之間。但是在人數方面，蒲生這邊多了一倍，而且打勝仗的次數也比較多。

「怎麼樣？」

德川家側著頭，陷入苦思。宇喜多秀家、毛利輝元這兩個平庸之輩也不知該如何作答。於是，秀吉自己先說了答案：

「我會選右大臣這邊。」

「信長這邊的軍力的確比較吃虧，」秀吉這麼說：「可是，假設蒲生軍這邊有五名穿鎧甲的將士被殺，其中一人肯定是蒲生大人。」

的確，氏鄉這個人天不怕地不怕，習慣打前鋒，和敵人肉搏。

「再來看看織田大人這邊，就算他的五千兵馬中死了四千九百人，可是他一定是那存活的一百人之中的一個。俗話說，留得青山在不怕沒柴燒，只要右大臣活著，勝利遲早是他的。」

現在就是日後秀吉所說的那樣。信長決定走琵琶湖東岸，沿著馬匹都難以的行進的險峻山區逃走，因爲那裡不是淺井的主要地盤。

這時還留在信長的本陣之中的猴子，也只好跟著豁出去了。

——是死是活，只有孤注一擲了。

他決定繼續留在戰場上殿後，拖延敵兵的追擊，爭取時間讓大軍撤退。通常殿後部隊的命運都是全軍覆沒，存活機率連百分之一都不到。

「你！」

當猴子向信長提出這樣的計畫時，自己也緊張到原本就醜的臉變得更加赤紅，眼球也好像快要掉出來一樣。

「小的決定留在金崎城殿後，擋住敵人追擊。」

以猴子的立場，他一定要抓住這次機會立功。只有這樣，重臣對他的評價才能從一個巧言令色的小丑躍升爲政略家。前田又左衛門利家曾經給過他忠告。

——你一定要立下軍功！

現在機會來了。雖說是天賜良機，不過在這種情況下自告奮勇說要殿後，實在勇氣可嘉。在座其他人聽到猴子自願殿後，每個人都屏住呼吸，感動得都忘記吸氣了。殿後就是這麼悲壯的任務。

連向來自以爲是的信長都不發一語，不知如何回答。這是信長第一次想要緊緊抱住猴子，好好安慰他。

（猴子果然是有情有義的男子漢。）

信長對藤吉郎的看法從此確定不移。如果沒有這片赤誠丹心，如果不是這麼惹人憐愛，這隻猴子頂多就是個騙子，信長過去一直是這麼想的。可是現在猴子爲了報答他的十年照顧之情和提拔之恩，爲了保全織田軍免於全軍覆滅，竟然自願犧牲自己。

「猴子，我答應你。」

「是。」

猴子跪伏叩謝。這是此生最後一次叩別吧。「願大人平安無事，政躬康泰。」猴子激動的祝福信長。

信長也說不出話。他轉身跳上馬背，拭去臉上的淚水。這麼感傷的眼淚，只有在小時候流過。當時，一名服侍信長的師傅平手政秀老人，爲了糾正他脫序的行爲切腹死諫。信長因爲傷心欲絕，像個瘋子在城裡漫無目的走了好久。

「猴子，你自己多保重。」

信長只說了這一句話就騎著馬開了。目送信長離去後，猴子旋即帶著士兵，躲進金崎城進行籠城固守。這座城是從朝倉手中搶過來的，一座位於峽灣中的簡陋人工建築。與其說是城，倒不如說是像柵寨一樣的層層圍籬。朝倉家過不久一定會率領大軍把這座城搶回去吧。

猴子的惡評，在這個時候翻轉過來了。

「藤吉，你要保重。」

織田家的首席家老柴田勝家感動得緊握猴子的手，爲他過去把猴子視爲眼中釘的事向他道歉。

佐久間信盛、丹羽長秀這些織田家的重量級官員，也來到柵欄前面和猴子話別。

猴子還活著，大家卻好像在爲他弔唁了。猴子也有所覺悟，下令蜂須賀小六以下的士兵在額頭和頭盔貼上象徵亡者的三角白紙，豎起寫有「南無阿彌陀佛」幾個大字的旗幟。

「偏勞你了。」

「偏勞你了。」

騎馬的將士低著頭從猴子的面前經過。將領看猴子的人數實在少得可憐，紛紛留下兩至三名騎馬武士和幾名還有戰鬥力的武者加入猴子。

最後一個通過猴子面前的，是才二十幾歲的德川家康。因爲家康是前鋒，最早抵達木之芽峠山下，所以撤兵的時候是邊打邊退。

「偏勞你了。」

家康儀容端莊、說話有禮，特地下馬來和猴子道別。他還把撤退戰中非常重要的幾十挺火槍留給猴子。此刻的他也以爲織田家的矮個子會葬身在此吧。如果猴子眞的死在這裡，那麼家康日後的發展和日本歷史，恐怕就要改寫了。

猴子一如往常的開朗，他手下的士兵也個個精神抖擻。他們都非常清楚，自己的長官不是無謀的笨蛋，對他的指揮能力絲毫沒有懷疑。

「跟我搭同一條船的弟兄們儘管放心吧。離開這艘船，只會死無葬身之地。儘管把你們的命交到我手上，大家同舟共濟，照我的指揮行動！」

在猴子的號令下，儘管處在這麼孤立的情況下，士兵的臉上完全沒有哀傷的表情。因爲他們心裡明白，帶領他們的是一個瞭解人情世故的猴子。

「升火！在整座城裡升起柴火照明！」

猴子下令。

敵軍兵臨城下，城砦這邊也不斷發射火砲，不讓敵人越雷池一步。夕陽西下，周圍的光線逐漸變暗。猴子下令要更嚴加防衛。

斥候陸續回報，說朝倉的大軍已經抵達木之芽峠對面，從營火的數量看來，絕對不少於三萬。目前皆已紮營歇息，僅有兩千名先遣部隊繼續行軍。

猴子當機立斷。

「把城砦淨空。」

他下令集合所有人離開城砦，埋伏在森林裡。

越前先遣部隊的隊長叫毛屋七左衛門。他爲了能趕在翌日清晨進攻城砦，下令連夜在森林裡行軍。

猴子的軍隊立刻偷襲越前先遣部隊的側翼，先開槍，後肉搏，個個像午夜的猛獸一樣兇暴，敵軍見狀莫不心驚膽戰。尤其是蜂須賀這群擅長夜戰的鄉下武士，氣勢更是嚇人，越前兵見風轉舵，決定逃命。

猴子這邊也開始逃了。

他帶著士兵全速趕路，從城砦前面跑過，直到天亮前，就跑了七、八公里。——等到天亮後，毛屋七左衛門展開拂曉攻擊，對準城寨發射火槍，進城之後才發現裡面早已空無一人。

（我才不會死呢！）

猴子騎著馬拚了命的逃，但很快就被朝倉的部分軍隊追上。朝倉陣營的一向宗信徒也在半路伏擊，猴子的軍隊和敵軍展開激烈的廝殺，極其慘烈。

好不容易終於趕上撤軍中的德川軍。家康看到猴子悽慘的模樣，立刻率軍回頭，兩軍合流和追兵激戰。一旦擊退敵人，又繼續逃。就這樣且戰且逃，士兵的數量也越來越少。

猴子當上關白後，和家康交情甚篤。兩人一起上京時，猴子還拉著家康的手，爲昔日的救命之恩鄭重的向家康道謝。

——金崎撤軍時，多虧你來營救我，這份恩情我沒齒難忘。

從猴子的語氣可以知道，那是一場惡夢。儘管事過境遷，他還是常常夢到當時逃命的光景。

經過驚險的長途撤軍，猴子抵達京都時，武士的馬匹幾乎死光了，士兵只能徒步進京。身上的盔甲也破爛不堪，看起來就像乞丐一樣。

信長立刻召見猴子和家康二人。

「若非有兩位斷後，我們恐怕早就成了若狹、近江的曝屍了。」

信長罕見的以感傷語氣慰勞部屬的辛勞。

猴子這天實在是累壞了。不過隔天，他卻換上花俏的衣裳，臉上抹油，讓氣色顯得紅潤。他笑嘻嘻的走在街上，看到女人就上前調戲，心情似乎特別好。

眞是搞不清楚他這樣裝模作樣，究竟又在打什麼主意。

善祥房

琵琶湖水天一色，西岸山峰綿延直到若狹。東岸是市鎮和足以提供八十萬石米糧的良田。信長很早就覬覦近江這片土地了。

他把國色天香的妹妹阿市，許配給近江北部的大名淺井長政，結爲親家。從此之後，以岐阜爲根據地的信長，時常借道近江這條走廊自由來去京都。這也是爲什麼信長能夠順利控制京都的原因。——不過現在，淺井氏和織田家撕破臉，這條走廊也過不去了。

這樣的轉變，注定了淺井家覆亡的命運。信長從越前金崎狼狽敗逃之後不過兩個月，就再度揮軍進攻近江。在姉川附近屯兵，包圍淺井家支城橫山城。

元龜元年（一五七〇）六月二十四日這天，烈日當空，天氣熱得像天地都在燃燒一樣。

「藤吉郎在哪裡？」

信長在行軍椅坐下後，立刻命令隨從去把第三線的指揮官猴子找來。

猴子很快從山下跑到山上，眞是敏捷又勤快的好部下。信長想知道什麼，只要找猴子來問準不會失望。信長計畫進攻鄰近的美濃之前，猴子事先送了幾名策士到美濃臥底，收買美濃國內的武士，等萬事打點齊備之後，就像打落成熟的柿子一樣，輕輕鬆鬆就拿下美濃。這回，目標換成近江。猴子同樣送了一批人過去近江，收買湖北大小村莊的地侍。所以，織田家最瞭解近江人文和地理的，非猴子莫屬。信長現在開口閉口就是「猴子、猴子」，三番兩次的召他前來，就是想從他那裡得到近江的情報。

猴子飛快的趕到位於山丘上的信長指揮所。他撥開四周茂密的羊齒相物，滿身大汗的走進營帳內報到。

（哎呀呀，主公啊。）

猴子一看到穿著一襲怪異服裝的信長，嚇了一大跳。也許那就是信長式的貴公子打扮吧，頭上戴著一頂大概是他自己設計的黑色巨大斗笠、身上穿著白色小袖長袍、外面披著一件黑色麻布背心。

「你來啦。」

信長劈頭就問了三、四個有關敵人的情報，猴子都能應答如流。

猴子還沒說完，營帳外突然起了一陣騷動，原來是德川家康來了。

這個時期的信長，毫不客氣的把同盟的家康當成部下使喚。這次也不例外，信長從岐阜出發時，才派遣快使前去遠州濱松通知家康。

——速速趕來近江姉川，協助我軍討伐淺井。

年紀才二十初頭的家康，儘管面臨甲斐武田信玄的威脅，一聽到信長的號召令，還是立刻率領五千兵馬趕來。加上織田軍的二萬三千名兵力，這次出征動員人數逼近三萬。

家康把自己的坐騎留在山下，徒步爬上山。這時的家康，身材已經略顯發福。

木下藤吉郎聽說家康抵達的消息，趕緊來到營帳外面，跪在地上伏首迎接。

「木下大人，不敢當。」

社交經驗豐富的家康，對深受信長器重的猴子敬重有加。猴子抬起眼睛，正經八百的說：

「感謝大人上次的救命之恩。」

猴子是打從內心感謝家康。在越前金崎那場腥風血雨的撤退戰中，要不是家康不顧危險回去營救，猴子恐怕早就一命嗚呼了。當他們回到京都時，信長把這兩人喚到面前，非常愼重的表達感謝之意：

「沒有猴子，我信長早已不在人世。沒有三河大人（家康），猴子也不可能活著回來。」

家康昂首挺胸，站著回答他：

「在戰場上，本當互相照應。」

家康笑著走進營帳內。

「三河大人，你來啦。」

信長手拿扇子迎接家康的到來。他解開那頂黑色大斗笠的繩子，將斗笠取下，算是對家康致謝。不過並沒有從行軍椅上站起來。

「那麼，快過來，不要浪費時間了。」

信長像在打鐵一般，很快的把敵營和我軍的兵力部署說給家康聽，這是信長的作風。猴子看到家康還站著，於是趕緊到附近找來一張熊皮，鋪在地上。

「三河大人，請坐。」

對猴子的細心，家康愣了一下，但是很快就用眼神道謝後坐下。因爲兼程趕路的疲憊，坐在這張熊皮上感覺格外舒適。

戰鬥在二十八日上午四點過後展開。兩軍隔著姉川發生激烈槍戰。淺井軍有八千名，同盟的越前朝倉是一萬。

在開戰之前，信長擅自做了部署，還向家康提出相當失禮的要求：

「軍隊的配置和部署都已經決定好了。請三河大人領兵攻打敵人防禦最弱的部分就行了。」

當然，這並不是信長眞正的想法。尾張軍是美濃以東戰鬥力最弱的部隊，要不是靠著信長和幾名大將嚴厲的指揮，恐怕很難在戰場上有所表現。相對的，家康所率領的三河軍卻是訓練有素的勁旅，這讓信長羨慕得不得了。因爲和敵軍展開會戰時，需要一支帶頭往前衝鋒、像錐子一樣突破敵陣的軍隊，所以信長才會把家康找來。但是信長沒明講，反而說「請你攻打敵人防禦最弱的部分」，說穿了，是信長想當老大的心態在作祟。

「豈敢。」

家康豐潤的臉頰上，帶著嚴肅的表情畢恭畢敬的說：「信長大人的話，眞是令人意外？」其實，家康早就看出信長的心思。信長找他來的用意，就是希望由他去對付勇猛的越前朝倉軍。自古以來，越前軍就是出了名的剽悍英勇。而且這次越前朝倉軍的兵力有一萬，家康只有五千，從人數來看，德川軍遠遠屈於劣勢。

「我將率領部隊，進攻朝倉的軍隊。」

出乎意料的，家康竟然主動說要去對付朝倉軍。

年輕時的家康，就是這麼一個敢衝敢殺的年輕人，他看出信長內心的盤算，所以自告奮勇當前鋒。家康抱持的理由是：「我率領軍隊千里迢迢從濱松趕來，若只是爲了打一場沒有意思的小戰鬥，那是羞辱弓和矢。如果是這樣，倒不如現在就領兵回國。」

信長大爲讚賞家康的勇氣，很快就同意他的要求。根據信長的估算，家康這一役很可能損失慘重。但若是家康贏了，世人對他的評價又會過高。所以，織田軍必須撥出部分兵力給他。「我撥些兵馬給你吧，需要多少儘管說。」家康一開始拒絕了，但是拗不過信長的一再要求，知道再推辭下去只會招來反效果，於是答應接受稻葉良道的千人軍隊。

戰鬥在凌晨四點開始，雙方先互相射擊，五點開始肉搏。直到下午二點才暫時停火，激戰持續了幾近九個小時。

這段期間，淺井、朝倉軍的戰鬥力比預料中還要強大，不斷的來回衝殺，突破了織田軍的前鋒陣仗、以及第二道、第三道防線，差點就攻至信長的旗本。不過德川軍這邊打得很順利，他們繞了一大圈，從側面往朝倉軍隊攔腰衝去，雙方展開激戰。最後淺井軍敗逃，織田軍見機不可失乘勝追擊，終於轉敗爲勝。

而猴子率領第三陣的三千人部隊，在混亂中奮勇衝殺，無奈屢屢被戰敗的友軍拖累，只得一再重整佈軍，人差點就累垮了。說到底，這次的戰場不是猴子施展拿手戰術的舞台，他被夾在友軍和敵軍之中殺進殺出，在漫天的煙硝和沙塵中，差點和自己的軍隊走散。不過每次發生這種情況時，猴子就會高舉有金葫蘆圖案的馬印（在戰場上表徵大名或具有同等地位的軍事將領的大旗），大喊：

「我沒死！我沒死！」

用這種方式標示自己的位置，讓士兵重新集結，繼續擊鼓衝鋒。猴子是天生的大嗓門，戰場上就屬他聲音最大，連後方的信長聽了都忍不住失笑。

「到哪裡都聽得到猴子的大嗓門啊。」

下午兩點過後，織田軍開始追擊敗逃的敵軍，不過敵人逃進淺井家的主城小谷城躲避，所以沒能給予致命一擊。淺井、朝倉聯軍在這場會戰中損失了一千七百名士兵，儘管如此，小谷城的守城兵力還算充足，北近江依然掌握在他們手中。

——只要死守城池，信長應該會引兵撤退。

他們對這樣的推測很有信心，因爲信長的戰場還有南近江（佐佐木氏的殘黨）、攝津（本願寺）、河內（三好氏殘黨）、伊勢（長島一揆），還有武田信玄的威脅。信長在這些地方僅保留少量足以壓制敵人的兵力，自己率領三萬人的機動大部隊，在各地之間持續移動並且作戰。所以，織田軍不可能長期囤兵在北近江圍城。

信長決定從北近江撤兵，前往其他戰場，但得選一名值得信賴的部將負責北近江戰線的守備，掐住淺井家，讓小谷城慢慢窒息而死。照道理，這個人選應該由家老級的擔任，信長卻挑上了猴子。他還打算，等這次的戰事平定後，把淺井家的領地賞給猴子。

於是，猴子被選上了。

信長終於離開近江，臨行前任命猴子擔任北近江的守將，明智光秀爲南近江的守將。

猴子負責守備的這座城位於湖北，也就是：

橫山城。

這名字聽起來鄉土味十足。其實，橫山城的規模不大，頂多只能算是個山砦。目前的狀況是淺井、朝倉軍在躲進小谷城（標高四百公尺）籠城，而猴子鎮守的橫山城（標高三一二公尺）位於南邊，隔著姉川河原與小谷城遙遙相對。

橫山城山腳下就是北國脇街道。由於橫山城控制了這條道路，因此戰略意義格外重要。

猴子在敵人城砦裡可沒閒著，他得忙著拉攏北近江的地侍，還要防堵小谷城發動攻擊，體力幾乎透支殆盡。

「半兵衛大人，打仗的事就交給你了！」

猴子一開始就做了這樣的安排。這裡說的半兵衛，就是竹中半兵衛重治。以階級來說，他並不算是猴子的部屬，而是織田家的家臣，只是暫時附屬在猴子身邊擔任副將，這種情況在當時叫做「寄騎」，猴子就是半兵衛的「寄親」，所以並不是長官和部下，不能算是主從關係。

「請交給我吧。」

半兵衛點頭應允。雖然年紀輕輕，個性卻沉穩老練。

（眞想看看半兵衛施展身手的樣子。）

猴子私底下這麼期待著。某天，敵人的小谷城開了門，從裡面出來約七千兵馬。

「來啦！」

猴子站在城頭眺望，用力拍了膝蓋說。陣頭的旗幟，是敵將淺井長政的父親淺井下野守久政的家紋。應該是主力沒錯，猴子心想。不過，下野守久政的軍隊無視於橫山城，而是朝另一個方向走去。

（想聲東擊西嗎？）

猴子心裡這麼想，卻故意說反話，想試探半兵衛的反應。

「追上去吧。」

半兵衛沒有回答，而是繼續觀察敵軍的動靜。半兵衛討厭穿厚重的鎧甲，即使在作戰中也只穿有石餅定紋的淺黃色木棉長袍和背心。

——看起來一派輕鬆啊。

這就是這位跟半仙差不多的軍師帶給一般人的印象。

「不，那是故意做給我們看的。他們的軍容氣勢，透露著想背水一戰的軍魂。」

「喔，軍魂啊。」

背水一戰的軍魂，多麼文雅的表現啊，猴子佩服得五體投地。其實猴子的觀察力非常敏銳，他比半兵衛更早就看出這點，但就是缺乏半兵衛的修養和文學造詣。猴子喜歡聆聽半兵衛說話，當他聽到半兵衛這麼形容時，眼前的敵人動靜彷彿在瞬間被戲劇化，敵軍和我軍正在舞台上表演一齣精彩的戲碼。

「敵軍應該會調頭打過來吧？」

敵軍七千，我軍三千，正面會戰的話對我軍極其不利。幸好半兵衛事先已經想出一個欺敵的妙計，就是由猴子率領本隊二千兵馬，半兵衛率領前鋒一千兵馬，先在城外不遠一處可以俯瞰敵人動靜的斜坡「上之段」佈軍。果然，敵軍真的調兵回頭，朝橫山城這邊攻過來了。

「本隊在山坡上方待命即可，千萬不要亂動。戰鬥的事，交給我們就行了。」

半兵衛這樣交代猴子。

「我只要袖手旁觀就好嗎？」

「是，大人只要觀戰即可。」

半兵衛策馬往山下奔馳。這時的他已經換上戎裝，頭戴一之谷頭盔、身穿淺黃色絲線縫製的黑色馬皮護甲，馬匹嬌小而且個性安靜穩定。

（果然不出我所料。）

猴子看著眼下半兵衛所佈陣形，內心讚嘆不已。半兵衛隔著泥田，朝沿著小徑前進中的七千名敵軍發射火槍和弓箭。敵軍並沒有被半兵衛的薄弱兵力嚇退，繼續接近。半兵衛時而停止射擊，時而派出騎兵隊衝鋒、撤退。其實，這只是緩兵之計，目的是要拖到太陽下山，等天色轉黑，敵人就會撤離。

「我們要攻其不備。」

就是要「避開敵人的銳氣」，這是兵法的原則。「敵軍進攻時一定是充滿銳氣，撤退時戒備就會鬆懈。」半兵衛之前曾經這麼解釋過自己的戰術。

太陽下山後，敵人踏上歸途。不過半兵衛已在途中預先設下伏兵，沿路不間斷的竄出偷襲，發出斷吼聲，等對方開槍還擊又立刻躲起來。因爲這樣，淺井軍消耗了不少軍力，回城的路上受盡騷擾。

（就好像一頭被無數隻跳蚤螫咬的獅子。）

留在山頭觀戰的猴子，心裡有了這樣的聯想。等四周完全變黑之後，半兵衛再度率領幾名騎兵追擊敗走的敵軍，如秋風掃落葉般迅速的砍下二十幾顆敵人的首級，然後像風一樣的呼嘯撤退。

「哈哈哈哈哈。」

猴子在山上看得不亦樂乎。半兵衛對戰爭的看法，完全不同於他和信長。猴子隱約發現，他和信長在戰史上應該不能算是擅長打仗的將領，他們純粹只是想打贏戰爭而已。半兵衛卻不同，他能夠放下得失心，作戰對他而言就像是創作。如果把猴子和信長的戰爭比喻爲科學，那麼半兵衛的戰爭就是藝術。對猴子而言，這樣的差別非常有趣而且爽快。想到這裡，猴子忍不住大笑起來。

「這一仗打得眞是漂亮啊。」

猴子喜出望外的迎接半兵衛的歸來，用足以撼動整座城砦的嗓門，大讚半兵衛出色的表現。猴子擅長讚美，而且語調抑揚頓挫，頗爲激勵人心。他就是靠這種激昂的表演，激勵城砦裡長期和敵人對戰的官兵士氣，但究竟有多大功效就不得而知了。

「哪裡，只是小試牛刀而已。」

半兵衛重治低聲的說，一旁的人看了心裡不免覺得：

——好冷淡的反應啊。

半兵衛的音量小，而且透露著疲憊，聽起來像懶得理人，不過，這就是竹中半兵衛說話的態度。比起當一個統領大軍、受百萬人愛戴的將領，半兵衛似乎更適合當一個能夠表現自我的藝術家。

橫山城正在和敵軍進行要塞攻防戰的這段期間，還發生了幾件大事。

元龜三年（一五七二）正月，信長在岐阜城內爲自己的三個孩子元服。長男奇妙丸（之後的信忠）十六歲、次男茶筌丸（信雄）十五歲、三男三七（信孝）十五歲。

「三位少主同時元服，一定要趕快去祝賀。我要去岐阜一趟。」

猴子把城交給半兵衛，自己則帶著二百人趁著黑夜出城。他打算在一天之內趕回岐阜。

「猴子，你回來啦。」

信長大喜，把他召到身邊。信長在宴席中喝得酩酊大醉，從南近江坂本城趕回來的明智光秀，就是在這場宴會上被信長羞辱得幾乎體無完膚。

「猴子，今天要盡情的喝酒啊！」

信長把大酒杯推向不會喝酒的猴子，猴子知道，要是拒絕的話，恐怕會惹信長不高興，只好嘻皮笑臉的接下酒杯。

「今天是少主的賀喜之日，一定要痛快的吃喝！」

猴子說的像是肺腑之言。他拿起大酒杯假裝喝酒，其實一滴也沒喝。他自言自語的說「這種賀酒，應該留些給籠城中的弟兄們，讓大家一起分享」。說完，煞有介事似的把杯裡的酒注入葫蘆裡，自己只喝下最後一滴。

「啊，眞是好酒啊。」

恭敬的叩拜過之後，猴子把大酒杯遞給一旁的兒小姓。因爲他的動作實在滑稽可愛，信長忍不住笑了出來。如果換成是光秀做同樣的動作，恐怕早就身首異處了吧。

宴會結束之後，猴子向信長報告近江的戰況。其中有兩三個問題明明已經拿定主意了，卻還是搬出來請示信長。

「請主公裁決。」

信長覺得猴子的個性眞是討人喜愛。

「猴子，你平常那麼機靈，怎麼連這點小事都不知道呢？你就這樣做吧。」

信長明快的給了指點。猴子裝出一副打自內心歡喜的樣子，認眞的聽從指示。他明白，要服侍這位性情古怪的大將，不耍一點討喜的花樣是行不通的。

（這個人實在太難伺候啦。）

猴子已經對信長的個性研究得非常透徹。例如，信長討厭部下擅自做主，卻又希望他們能夠獨當一面，他就是這樣古怪又矛盾。所以，腦筋不夠靈光的人根本當不了信長的部下。有些問題不能請示信長，有些事情又必須畢恭畢敬的向他請示。一旦命令下來，就算再爲難的任務也得硬著頭皮執行。總之，分寸的拿捏可說非常困難，不過這些好像都難不倒猴子。

——臭猴子，就懂得拍馬屁。

重臣都嫉妒他。儘管如此，猴子倒也沒想要做什麼圖謀不軌的勾當，畢竟信長這個人疑心病重，不容易相信別人。歷史上，像信長這麼不容易上當的人實在非常少見，猴子可不打算欺騙這個眼神像火炬般令人畏懼的男人，他只想當個忠心的部下，別無貪念。猴子是在信長死後才燃起稱霸天下的野心。

宴會結束後的當天晚上，猴子回到岐阜的家裡，和多日未見的妻子寧寧同床。也許是白天累積了過大的壓力，猴子在閨房裡的表現特別驚人。

「哎呀！」

寧寧大感吃驚，拒絕了猴子的求歡，回頭卻又說「閨房之中，夫君怎麼還穿著禮服呢」。被耍得團團轉的猴子，彷彿變成了無法無天的無賴漢。寧寧推開他。

「夫君在近江也是這樣嗎？」

寧寧握住猴子的手，半正經的這麼問。

「好可怕。」

猴子摀著耳朵，急著想逃走，八成是被寧寧猜中了。寧寧更進一步質問，猴子卻已經躺成大字形，呼呼大睡了。猴子一旦睡著，就像死了一樣，寧寧也拿他沒辦法。

隔天一大早，猴子騎馬離開岐阜城。通過大垣時，遇到從近江風塵僕僕趕來的傳令兵。

「大人，橫山城有危險了。」

原來是淺井陣營得到猴子出城的情報，率領大軍進攻橫山城。

猴子一聽，立刻策馬飛馳，急急趕回橫山城，他的二百名部下也緊跟在後。敵人的數量應該有一萬吧，雖然可以回頭向信長討救兵，但是猴子沒有那麼做，他知道在這種時刻，若是不能靠自己化解危機，肯定會惹信長不高興。一行人快馬經過關原、美濃邊境後，終於來到近江。猴子領著手下從敵軍背後偷偷靠近，冷不防的展開射擊，士兵們吹螺又打鼓，淺井軍大受驚嚇，搞不清楚發生了什麼事。

——有半兵衛守著，城應該不會被攻陷。

眼尖的半兵衛一發現敵營出現異狀，趕緊打開城門出擊。真是了不起的戰術之眼啊。他和猴子就像隔空進行心電感應一樣，默契十足的前後夾擊敵軍。戰情瞬間逆轉，淺井大軍潰敗，因為損失太嚴重，只能倉皇逃回小谷城。

這個令人嫉妒的捷報，傳到了人在岐阜城的信長耳裡。
——那隻猴子。
大家都對猴子過人的機智和勇氣感到十分震驚。不過信長的親信之中，也有人這麼批評「猴子實在太亂來了。那個時候他不是才剛離開岐阜嗎，應該回頭請求支援才對啊」。信長只是笑笑，充耳不聞。
「如果會在中途跑回來討救兵，那就不是藤吉郎了。」

§

但是話說回來，就算猴子再怎麼勇猛，光靠單薄的二百名士兵從敵人背後偷襲，也不可能讓上萬大軍輕易的棄甲逃跑。
的確，猴子對敵人施展了一招妙計。
淺井軍會因爲猴子的出現而立刻潰不成軍，關鍵就出在宮部善祥房這個人所率領的軍隊。猴子從兩年前就開始遊說善祥房，想要拉攏他，但始終沒能得到確定的答案，不過雙方並不討厭彼此。善祥房在這場戰爭中陷入泥淖，於是率先調頭騎馬逃跑。
（糟了。）
善祥房一逃跑，馬上就後悔了。因爲淺井一定會懷疑到他身上，到時候就算他不願意，也只能投靠織田家了。
（這下該怎麼辦呢？）
善祥房陷入兩難。最後，他並沒有回去淺井家的小谷城，而是回到城外宮部村的家宅。這棟宅邸最外圍的石牆就蓋在姉川的北岸，閒暇時還可以坐在石牆上垂釣姉川的鮎魚。
善祥房這個名字是僧侶名。此人平常穿著俗世的服裝，卻剃了個大光頭，還用蓮葉打磨抛光。
宮部村善祥房的家和一般武士不太一樣，造型相當特殊。他以前是名僧兵，僧兵在源平時代曾經盛極一時，到了戰國時代卻銷聲匿跡，宮部家算是那個時代流傳下來的古董。另一個還活著的古董，是大和的筒井順慶。宮部家原本是叡山周邊北近江寺領地的管理者，之後趁著亂世擴張領地，成了地方一霸。淺井家崛起後，宮部家也被延攬為官，正確來說，是地位較低的同盟者。善祥房是重振宮部家的眞舜房的兒子，驍勇善戰，名聲更甚於父親，是淺井家的重要戰力。

（這下該如何是好。）

善祥房苦惱不已，遲遲想不出解決的辦法來。

這是地侍常有的煩惱。他們和猴子那種專門侍奉織田家的奉公人不同，對這些人來說，自己家系的傳承比對主公忠誠更重要。

（淺井家和織田家，哪一邊能得勝呢？）

說起來，織田家當初也是惡名昭彰的小霸主。信長靠著半個尾張起家，桶狹間之役結束後，只花了短短八年的時間就控制了京都，滿十年之後，成了八國的領主、二百五十萬石的大名。但是這樣快速的擴張，也引來周邊國家的圍剿，各國紛紛起兵與信長為敵，組成了反信長聯盟。而幕後的策動者，就是信長擁立的義昭將軍，這是天下人都知道的公開秘密。也許，信長不久就會消失了吧。

（信長會被打敗，被四方各國聯手擊潰吧。）

善祥房原本是這麼想的。所以這兩年來，不管木下藤吉郎派了多少次使者前來，他都沒有給予明確的答覆。原因之一是，善祥房從未見過藤吉郎本人，每次都是蜂須賀小六的家僕稻田大炊助這個尾張的野武士前來。

（絕不能貿然投靠織田家。）

另一個原因是，善祥房的身邊有不少淺井家的眼線，例如，善祥房的妻子就是淺井家的女兒。當初和妻子一同陪嫁過來的淺井家家臣，無時無刻都在監視善祥房，一旦發現他有二心，很可能會殺了他。

「我去宮部村看看。」

就在擊退淺井軍的當天晚上，猴子脫下戰袍丟到一邊，神情輕鬆的對竹中半兵衛這麼說。

「大人現在就要去嗎？」

半兵衛嚇了一大跳。今天才剛和敵人發生激戰，晚上竟然說他要獨自一人去敵人的家裡拜訪，而且身上不帶任何武器。半兵衛聽了當然很緊張，要猴子「三思再三思」。

「那個男人不知道會耍什麼陰謀啊。」

「我不是要去收買他，而是去辦點小事。」

「辦點小事？」

「回禮。」

「什麼？」

「我沒料到善祥房會從戰場上逃走，我得去向他道謝才行。」

「你會被殺死的。」

可能性是五五波。半兵衛認爲，善祥房很有可能會殺了猴子，拿他的首級獻給淺井氏邀功。

「一半一半吧。」

猴子和半兵衛一樣，心裡明白此行的風險極高。

「但是，作戰不就是這樣嗎？」猴子說道。在猴子看來，不管是用謀略或是開戰，都有五五波的風險。常言道，不入虎穴焉得虎子。

「那麼，派其他人去也行啊。」

「不行，派別人去的話，肯定談不成。」

言下之意，猴子非得親自出馬不可。

猴子換上平常的衣服，腰間插了把實用性不高的小刀，從城門匆匆離去，半兵衛怎麼樣也阻止不了。

距離宮部村約四公里的路程，猴子沒帶保鏢沒帶燈火，就這樣踏著露水前進。

村子的入口處有座城館，路旁矗立著四角門。守門的小衛兵過來詢問：

「你是什麼人？」

猴子把臉靠近篝火，讓對方個清楚。足輕一看，嚇得魂不附體。因爲火光中出現的是敵將的臉。猴子看到守衛慌亂成一團，忍不住笑了。

「別怕，你們大概不知道吧，我和你們家主人早就約好了。快帶我去找善祥房，快！」

猴子邊笑邊說，像在趕鴨子似的在後面揮手催促。

小隊長回過頭，看到猴子神態自若的模樣，心想，也許這個人眞的和主人約好了。「那麼，請您先在這裡等候。」小隊長說完，轉身就要進門去稟報。但是猴子不耐煩，跟在小隊長後面一起進去，嘴裡還直嚷著「快點、快點」。

聽到猴子找上門，善祥房大吃一驚，坐也不是站也不是。都還沒想出答案，走廊外面就傳來了猴子大嗓門的笑聲。

善祥房聽到笑聲，好奇的到走廊迎接。猴子像是要和善祥房擁抱似的，大大張開雙臂。

「太好啦，你還沒睡。」

「是啊。」

善祥房不知道該如何回答，只好說「這邊請」。畢竟是初次見面，猴子進屋內坐下後，原想禮貌性的客套一番，但又覺得尷尬，索性簡單的說：

「晚上沒事做，來找你聊聊天。」

善祥房雖然感到訝異，卻也被猴子的過人膽識吸引了。他從來就沒聽說過，兩軍交戰中，竟然有人在晚上單槍匹馬的跑到敵人家裡說要聊天。

善祥房爲了表示友善，特地叫自己的家人出來當招待。因爲妻子在小谷城當人質，所以由他妹妹茂代端上茶點。

「原來，令妹就是剛才那位啊，眞是個美人兒。」

猴子的話讓人感到意外。問了原因才知道，剛才猴子在走廊差點和茂代撞個正著，所以才發出大笑。都怪茂代小姐長得太漂亮了，害猴子我不由得失了分寸。生性好色的猴子，開始甜言蜜語了起來。

「茂代，妳就留下來吧。」

善祥房要茂代留下來招待猴子，他這麼做當然是別有居心。此刻的他已經決心要投靠織田家了。既然茂代被猴子大人看上，不如就送她去當人質吧。

猴子是出了名的愛聊天。他聊到信長平日的爲人，也知道他國對信長的評價很差。例如，信長像魔鬼一樣壓迫家臣、不允許他們犯半點錯誤，說他跟狂妄的瘋子沒兩樣等等。這些惡評當然嚴重影響了織田家的外交。所以，猴子今天特別強調信長愛才這個優點，希望能解除善祥房的疑慮。

「話說回來，我眞的被大人您嚇到了。」

聊天聊到一半，善祥房嘆了口氣，抬起頭對猴子說：「只要我想殺你，隨時都可以動手。說不定殺了你反而對我有好處。您明知道這點，卻還隻身前來，實在令人訝異。」

「難以置信嗎？」

「大人的膽量非比尋常人。」

「非也。」

猴子揮揮手：「這在織田家是很平常的事。我的靠山是彈正忠大人（信長）。要是我被殺，那位大人肯定不會善罷干休，應該會率領大軍替我報仇吧。」

「那太可怕了。」

一想到信長殘酷的手段，善祥房全身都起了雞皮疙瘩。那個人一定會這麼做。

「其實啊，」

猴子說：「前陣子我回岐阜時已經將大人您的事，稟報告我家主公彈正忠大人了。」

「已經說了嗎？」

「是的。有善祥房大人這麼有份量的賢德爲織田家效命，我家主公非常高興，還說將來想賜給你一個封國。」

（已經沒有退路了。）

這個消息已經從岐阜傳到近江了吧。再說，今日木下藤吉郎大搖大擺的進入城館，肯定會被說成是善祥房通敵。看來，淺井家是待不下去了，我得立刻投奔織田家才行。

（可是，還在小谷城的人質怎麼辦？）

雖然內心有所掛念，善祥房還是正襟危坐，向面前的猴子低頭輸誠。

「這是善祥房的榮幸。」

從語氣中聽得出來，善祥房這回是輸給猴子的伎倆了，而且還輸得心服口服。他很快的寫了誓約書交給猴子。猴子看過之後收了下來。

「在下發誓，一定會保證大人此生官運亨通。」

猴子感性的說。那種發自內心、充滿眞誠的溫暖，讓善祥房感到無以言喻的感動。也許，這就是這個矮子的人格魅力吧。

（我可以把未來交給這個男人。）

善祥房深深的這麼相信，而猴子在日後，也的確拔擢宮部善祥房繼潤成爲中務卿法印，讓他與豐臣家轄下的諸侯平起平坐，還封賞他爲因幡鳥取二十萬石的大名。善祥房晚年把家業傳給兒子長熙，長熙是協助豐臣家治理國政的重臣，不過宮部家在關原戰役後被德川家康所滅，長熙被貶到盛岡的南部家，客死異鄉。

「接下來，」

善祥房看著坐在旁邊的茂代：「請讓舍妹服侍大人您吧。在這個時期，交出人質是慣例。」

「不不，豈敢豈敢。」

猴子嘴巴上拒絕，卻不停嚥口水，臉也紅得像個靦腆少男。其實，茂代這種肉感十足的美女正是猴子最愛的那一型。

善祥房爲了該如何送猴子離開傷透腦筋。按照禮節，應該派武裝衛兵護送，但是他又擔心此舉會引起藤吉郎的不安。

（派這麼多人護送，該不會是想中途殺了我吧？）

爲了讓猴子放心，他請求猴子帶著茂代這個人質一起離開，當做是生命的保證。

「請您務必答應。」

善祥房這樣懇求猴子。猴子也頗爲滿意這樣的安排，開心的回答：「不好意思，那在下恭敬不如從命了。」

今晚發生的事情實在太奇怪也太匆促，連成爲人質的茂代也無法攜帶女侍隨行。服侍她的僕人得等到風聲平息之後，再陸續送去橫山城。善祥房卸下武裝，陪藤吉郎他們走出城館的東門，直到姉川的河灘。

「哇哈！搶到好女人啦！搶到好女人啦！」

猴子背著茂代涉水渡過姉川河灘時，忍不住開心大喊。在尾張的鄉下，自古以來就有搶新娘的習俗。猴子想像自己是村裡的壯丁，享受搶到美嬌娘的快樂。

「請放我下來，應該由小女子背大人您過河才對啊。」

猴子背上的茂代覺得尷尬不已。一來是因爲，被織田家的高官背在背上有失禮數，另一個原因是，猴子背著茂代的那雙手，不老實的在她的屁股肉上直搔癢。

——這樣多難爲情啊。

可是茂代不好意思說出口，只能繼續挽著猴子的脖子。其實，茂代並不討厭猴子。之前她聽到猴子和哥哥的對話時，就受到不小的感動，世上竟然有如此爽朗的男人。最後，茂代還是忍不住，在猴子耳邊悄聲的說：

「這樣有損大人您的身分。」

茂代偷偷按住猴子不老實的手指。猴子大笑。

「這是我的癖好，妳不要介意。」

「不，不只有損您的身分，也有損您的家紋。」

茂代認眞的勸阻。因爲猴子那時身上配戴著著高貴的桐紋家紋。桐紋是足利將軍的定紋（本紋），當初義昭把它當成謝禮賜給信長，信長卻又送給藤吉郎。這個桐紋後來還成了豐臣家的定紋。這個時期的信長和藤吉郎絕對想不到，這個家紋會變成日後大家口中的「太閤桐」。

藤吉郎——從現在開始，就用這個名字來稱呼猴子吧。藤吉郎腳踏月光，背著茂代回到橫山城後，先在城門旁稍做休息，還命人把城裡的侍衛總管找來。他吩咐侍衛長：「這位小姐是非常重要的客人，請準備睡房讓她歇息。」藤吉郎神情肅穆，一點都看不出剛才輕佻的模樣。

「大人。」

茂代不安的問。她不知藤吉郎接下來會如何安置她。

「不用擔心。」藤吉郎面無表情的回答：「進了這座城，妳就是織田家的人質，我藤吉郎不會對妳有放肆的舉動。之後，我會把妳送去岐阜。」

「岐阜？」

茂代更加不安了。因爲她早就做好要陪侍藤吉郎的心理準備，現在聽說要將她送往岐阜，內心免不了惶惶不安。

「小女子不能留在大人的城裡嗎？」

茂代羞澀的表情，透露了自己想和藤吉郎共度春宵的心意。但是藤吉郎還是扳著臉。

沒錯，藤吉郎這麼說。因爲人質是屬於主公家，不屬於藤吉郎。信長是出了名的蠻橫，藤吉郎若有非分之想，腦袋肯定會搬家。

「我也很痛苦啊。」

藤吉郎很快變回原來的表情。「都怪我沒出息。」

「我承認我很好色，可是還是得咬著牙忍耐。妳可知到這是何等痛苦啊，因爲妳是那麼美麗動人。」

藤吉郎看著一臉失望的茂代，忍不住流下眼淚。與其說這是出自迷戀茂代的心情，倒不如說，他對自己的慾望誠實得超乎常人。要壓抑這種異於常人的慾望所需要的意志力，絕非一般人所能辦到。

「我眞是不甘心啊。」

藤吉郎又哭又笑的大嚷著。他的內心是眞的這麼想。

「可是，妳是貢品。」

藤吉郎口出妙言。貢品是獻給神佛的，雖然祭拜之後還是會由凡人食用，但是在此之前，必須先忍耐。「知道嗎？」這個調皮的男人像是在說給自己聽一樣。

「妳能忍到那個時候嗎？」藤吉郎問茂代。

「這由不得我啊。」

「哎呀呀，我實在是忍不了啊。」

藤吉郎咬著牙，一本正經的看著茂代的臉。實在難以看出他究竟有幾分正經、幾分戲謔。茂代也覺得有趣，自己竟然一點也不覺得生氣。她從沒見像藤吉郎這麼好色又這麼爽朗的男人。那對好色——暫時找不到更合適的字眼了——的眼神中，還散發出炯炯有神的光彩。

（這是怎麼回事呢？）

眞是不可思議的男人。單槍匹馬勇闖宮部村的膽識、與兄長談話時的聰明機智、涉水渡過姉川時的好色模樣。回到城裡，在士兵面前又變成滿臉正經的主將，完全不像是同一個人扮演的角色。

「啊！」

茂代按住衣角，叫出聲音。藤吉郎的手不知道何時摸進了她的裙子裡。聽到茂代的叫聲，又趕緊把手收回來。他好色的嗅嗅手指，突然認眞的舔起了起來，然後滿意的大笑。

「這鹹味正合我意啊。」

藤吉郎轉過身，神態自若的擺出一派威嚴模樣，走出了房間。

收服善祥房之後，信長三天兩頭就率領機動部隊到近江附活動。拿下幾座小城、燒毀敵人的村莊後，又一陣風似的打道回府。雖然小谷城被孤立，卻始終沒有被攻陷。

藤吉郎這邊也是。以橫山城爲根據地，一步步把戰線往前推進，指揮軍隊包圍虎御前山。這裡距離小谷城的山麓只有短短一公里，甚至還可聽見敵軍的聲音。藤吉郎沒有發動攻擊，他的任務是等待神出鬼沒的信長軍隊。信長沒有出現時，他就守在城裡，監視敵軍。

——不要中了敵人的挑釁。

藤吉郎要求部下必須時時保持警戒。淺井軍的戰術就是持續的挑釁、引藤吉郎出兵，然後在野戰中收拾他，但是藤吉郎並沒有上鉤。

淺井家的年輕步卒三不五時就在小谷山上，對著虎御前山的方向又叫又跳，像是在嘲弄。

信長大人猶如橋下龜
探頭又龜縮
探頭又龜縮
下次再探頭，首級將落地

近江人因爲距離京都較近，擅長吟唱這種即興的今祿（流行歌）。藤吉郎覺得很有趣，也挑幾個人即興歌人，學著跳起舞來。

淺井城，迷你又窄小
可口的茶之子，早餐的茶之子。

通常，農民在吃早飯前會先下田工作，爲了提神所吃的小點心，就叫茶之子。這首即興歌謠的內容是「淺井小城，充其量只是早餐前的點心」，看得出來，尾張人似乎不擅長做這種即興的歌謠。

淺井軍聽到後又從山上跑下山，唱了另一首歌：

淺井城豈止是茶之子
吾等乃赤飯茶之子、剽悍的茶之子

在那個時候，赤飯又叫做強飯，有強悍的意思。歌謠唱的是淺井軍的紅色旗幟非常強悍。從這場歌謠競賽來看，近江人是略勝一籌。

這座城難攻不破的城，最後還是在天正元年（元龜四年，一五七三）八月二十八日陷落了。信長舉兵兩萬，由藤吉郎打前鋒，軍隊向噴火一樣的攻進城裡。信長先攻打在小谷城背後支援籠城防衛的越前朝倉軍。那場仗就像以石擊卵，輕而易舉的殲滅敵軍。朝倉軍之所以跟雞蛋一樣不堪一擊，主要是因爲守將之一淺見孝成（近江的地侍）也效法善祥房陣前倒戈。連帶的，有越前王之稱、威名遠播的朝倉義景也只好棄城北逃，躲進越前一乘谷避難。但是剽悍的信長依然窮追不捨。他把進攻小谷城的任務交給藤吉郎，自己指揮機動部隊，朝越前長驅直入。義景被逼自殺後，信長沒有歇息，而是揮軍返回，對小谷城展開猛烈的總攻擊，整座山幾乎要被踏平。打前鋒的藤吉郎，冒著槍林彈雨中上山，先攻下京極城郭。藤吉郎心裡明白，只要拿下這裡，就可以直搗小谷城的本丸。他帶領信長進入京極郭內，向他介紹眼下敵城的本丸、守備狀況和突破口，熟悉的程度就像在介紹自家後院一樣。

「猴子，做得好。多虧有你，才能拿下小谷城。」信長拿著青竹朝地上敲了幾下，對藤吉郎讚賞不已。信長對藤吉郎的寵信程度，在這個時期可說是到達最高峰。隔日，織田軍攻破內城，城主淺井長政自戕。經過四年的戰火蹂躪，小谷城最後在烈焰中灰飛湮滅了。

信長在現場進行戰後處置。眼前最重要的，就是該派誰來管理北近江淺井的領地。

信長並沒有封賞家臣，三百萬石的領地由他直接管轄。唯一的例外是，不久之前，他把南近江分封給明智光秀，封他爲坂本城的大名。倘若按照譜代重臣的尊卑順序，淺井的領地應該以柴田、林、佐久間、丹羽等大老爲優先，讓他們當一國或半國的領主，可是信長卻說：

「給猴子。」

信長毫不猶豫的這麼下令，群臣莫不吃驚。以猴子的位階，根本不夠資格。

「猴子，改姓吧。」

信長大概也猜到家老們內心的不滿。大家對藤吉郎的印象，就是個抱著葫蘆東奔西跑的小頭領罷了。現在要由他擔任近江半國的大名，大家一定會心生不滿，猴子自己心裡也不踏實吧。信長從泥濘中拉了猴子一把，爲了讓他出人頭地，把足利家的徽紋賜給他，現在又想要給他換一個姓。

「你給自己想個好姓氏，用新名字接受織田彈正忠的封賞。」

原本使用木下這個姓氏的猴子聽到信長這麼說，喜出望外的跑回自己的帳內，沒多久又跑回來。他向信長伏首叩拜說「請讓屬下想想」。其實，信長宣布時，猴子的腦海裡已經浮現一個姓氏，但是怕當場說出來會惹信長不高興，於是就在本陣和小營帳之間跑來跑去。

「想好了嗎？」

「是的，主公覺得羽柴這個姓氏可以嗎？」

才說出口，信長馬上大笑。眞是個缺乏創意的姓氏，不過就是從織田家的重臣柴田勝家和丹羽長秀這兩個人的姓中各取一字，拼湊起來而已。

「你想不出更好的姓嗎？」

信長非常喜歡這個矮個兒天眞又粗野的個性，於是問了猴子原因。沒想到答案非常有趣。猴子說：

「丹羽大人、柴田大人身爲織田家譜代，是第一武將，四方的敵軍都非常懼怕這兩位大人。小的希望能沾兩位大人的光，才想到要用這個姓。」

「已經決定了嗎？」

信長再問他一次，而且笑得比剛才更大聲。他知道猴子有過人的智慧，用羽柴這姓一定可以減少來自家臣的嫉妒。本來像這樣破格拔擢猴子，必定會引來不滿，但是猴子運用機智讓丹羽、柴田保住面子，化解他們不滿的情緒，甚至讓他們覺得猴子非常可愛。

秀吉這個名字被保留下來，所以藤吉郎的新名字就叫做羽柴藤吉郎秀吉。信長私下都叫他筑前守，隔年還奏請朝廷，讓這個官銜得到公家的認可。

信長要藤吉郎以小谷城爲居城，但藤吉郎內心不願意。

（山城落伍了。）

他這麼想。現在是以長射程（有效射程只有一百五十公尺）的槍砲爲主力武器的時代，過去以防禦性見長的山城已經沒有意義。現在應該在平地築城，而且地點要選在交通的要衝。就像過去信長率先建築城下町一樣，他想要仿效信長，從商業取得利益。對藤吉郎來說，信長不但是主人，更是他效法的師長。

琵琶湖東岸有一處叫今濱的湖港，是湖北岸的水路交通匯集之地，不但是北國大道的必經之地，也可以直通美濃的岐阜。藤吉郎前去拜謁信長，請求讓他在這裡築城。

「你就是愛模仿我。」

信長之所以這樣笑猴子，是因爲他曾經告訴過身邊的親信，說想把指揮統一大業用的主城，蓋在琵琶湖東岸的安土。

藤吉郎得到信長的許可之後，立刻進行今濱的城市規劃和築城。他把小谷城的石牆和燒黑的瞭望樓、城門運到今濱，打算用這些材料築城。在工程進行的這段期間，藤吉郎繼續以橫山城做爲據點，有必要時就到湖邊監工。

現在，藤吉郎已經是一城之主了。舊淺井城的領地原本包括江北六郡三十九萬石，信長把其中的十九萬石收爲己有，江北三郡的二十萬石封給藤吉郎，這樣的封賞可以說非常豐厚。

某天晚上，藤吉郎待在橫山城裡，想著要把封國主城今濱改名的事。因爲今濱這個名字聽起來總是不夠大器。

「怎麼了？」

茂代打斷了藤吉郎的思考。淺井被滅後，茂代已經從人質的身分變成藤吉郎的小妾，所以她也從岐阜搬進橫山城來服侍藤吉郎。

「爲了什麼事情在煩心呢？」

「我想給今濱取個新名字。」

改名這個念頭也是從信長那裡學來的。信長搬到美濃齋藤氏的稻葉山城後，就把城下的名字改爲岐阜。名字是由僧人取的，用的是少見的漢語發音。

「怎麼樣？長濱聽起來比較大器吧？」

我喜歡長或是大這些字，藤吉郎這麼說。之後，他把根據地移到大坂城時也是如法炮製。在此之前，大坂就叫做坂，連漢字都沒有，是藤吉郎這個男人給這裡取了大坂這名字。

「長濱這名字不錯。」

藤吉郎一面調戲茂代，一面說。

隔天，他找來幾名懂得吟詩作對的僧人，爲長濱這個新名字寫歌。僧人們寫了幾首，由這位長得像猴臉的新領主挑出一首。

「我買這首，我要把它當成我的歌。」

藤吉郎付了錢後，就叫僧人回去。其實那首歌是要獻給信長的。

主君的朝代萬世流長，
如長濱之砂無窮無盡。

現在，這位新領主燃起了新的野望。

女人。

他想要漂亮的女人，而且必須是名門閨秀。幸好，各方面都要求家臣嚴守紀律的信長，對女人方面卻是出奇的寬大。藤吉郎知道這點。

「到底要上哪找呢？」

他還很認眞的和茂代商量。茂代大爲吃驚，忍不住笑了出來。不過倒也有幾分吃味，她彆扭的說：

「大人已經厭煩鹹味了嗎？」

藤吉郎一臉納悶的看著茂代，原來他早已經忘了那件事了。

藤吉郎搖身一變，成了好色的登徒子。

（上哪找好人家的女兒啊。）

滿腦子淨想著褲襠那檔事，想到身體發燙，想到偏頭痛。這是一種病嗎？藤吉郎全身熱血騷動，不知如何是好。

不過，他可沒因此荒廢了正事。

這世上，應該找不到像藤吉郎在當長濱城城主那段時期那樣，日理萬機卻又每天充滿無限精力的男人了吧。好不容易被信長拔擢爲大名，擁有屬於自己的居城，卻還是四處奔波，鮮少留在自己的領地北近江。在外人看來，實在不像個一城之主。每當信長想出新戰略，部屬就得趕著到各國的戰場拚命，彷彿永遠有打不完仗似的。

藤吉郎三天兩頭就往信長的根據地岐阜跑，不是稟報最新消息，就是接受新命令。不過，也只有這個時候，藤吉郎才有機會回岐阜的家裡陪寧寧睡覺。

他通常只住一晚，頂多兩晚。而且一回到家裡，就跟寧寧聊起長濱城的興建進度和都市規劃，話匣子一開就停不下來，好像完全不知道什麼是累。這就是藤吉郎這個男人的魅力所在吧。一般的武士通常沉默寡言，很少會和家人聊到這些讓人熱血沸騰的事，但是曾經當過商人的矮個兒藤吉郎硬是與眾不同，不但樂在工作，而且很喜歡跟別人聊工作。

天正二年（一五七四）的初春時節，藤吉郎又收到信長十萬火急的催促令，於是又匆匆趕回岐阜城下。

「寧寧，妳再忍耐些時日吧。」

當天晚上藤吉郎對寧寧說，在長濱城竣工之前，只能委屈她留在岐阜。精力旺盛的藤吉郎邊哄著寧寧，邊攤開一張大紙，在上面畫了城堡的構圖，體貼的解釋細節給妻子聽，說哪裡已經蓋好，哪裡的設計又怎麼樣等等。

藤吉郎大聲說：

「聽著，瞭望樓蓋好之後，馬上就可以搬進去住啦。當然，妳也要一起住進去。到時候，妳要披著綾羅綢緞，領著一整隊的女眷進城去。」

「近江的長濱是個什麼樣的地方？」

「湖面往西拓展，跟大海一樣遼闊。」

這樣的場景藤吉郎不知道描述過多少次，每次都說得很開心。同樣是北近江的城堡，已經被滅的淺井氏小谷城地理位置太過險峻，冬天積雪深厚難行，不適合當主城。反觀長濱，氣候溫暖，又位於海陸的交通要衝。

「以前那裡就已經有座城了，是京極氏的支城。」

藤吉郎說到「京極」二字時還特別加重語氣。京極氏是室町幕府時代的大名，從鎌倉時代起就是近江地區的守護大名，在京畿一帶的武家貴族，就屬他們的地位最為崇高。但是後來被淺井氏取代，而淺井氏又被現在的織田軍所滅。

「京極氏是有淵源的名家，近江的百姓怕我這個新領主，內心卻把京極氏當成神一樣的崇拜。」

「就像尾張的斯波公那樣，對吧？」

寧寧聰明，很快就領會了。織田家的勢力尚未竄起之前，斯波氏一直以室町幕府的守護大名統領尾張地區。斯波氏沒落之後，依然受到尾張國百姓的愛戴，大家依然稱呼他「斯波公」，這些歷史寧寧都還記得。而織田信長家族家系的祖先只不過是斯波公家老的僕役，從這裡更就可以理解斯波氏地位的尊貴。京極氏在北近江也是一樣的地位。

「寧寧唷。」

床笫間，藤吉郎不安分的手指在寧寧的身上又彈又戳。他有事情想拜託寧寧。

「怎麼啦？」

「我有事想拜託妳。」

「我不是在問你嗎？」

「求求妳，我需要女人。」

藤吉郎在寧寧的身上搔癢，像個吵著要糖果吃的孩子在撒嬌。寧寧傻眼了。

「需要女人？」

這個厚臉皮的男人到處拈花惹草，女人睡過一個接一個，寧寧都還來不及吃醋，現在竟然又開口說想要女人。

「你都什麼身分了，還有臉說這種話。」

「不不，就因爲這樣，才更要女人啊。」

現在藤吉郎已經成爲近江長濱的二十萬石大名，不能再像過去那樣四處打野食了。身爲大名，至少也得納幾名小妾才算稱頭。說起來，這檔事寧寧也有責任。寧寧沒替藤吉郎生個一兒半女，照理說，她應該主動勸藤吉郎納妾才對。按照武家的傳統，側室的事全歸正室寧寧管理。

「我聽說，你在橫山城不是藏了一個叫茂代的女子了嗎？」

「是啊，她也是其中之一。」

「其中之一？意思是還有別的女人囉？」

「阿富、阿萬、愛香、母夜叉——哎呀呀，好疼啊。」

藤吉郎從床上跳了起來，手按住右大腿被擰到瘀血的地方，誇張的在地上打滾。總之，藤吉郎已經打好算盤了，既然貴爲長濱城城主，就要把過去睡過的女人都接過來當後宮，由寧寧來管理她們。唯獨這件事，不管會遭到寧寧什麼樣的責罵，都必須讓她點頭答應。這是非常重要的家務事，因爲長濱城竣工之後，寧寧得以「北之方」的大位，領著這些女眷一起跟著喬遷的隊伍入城才行。

「我求妳，我拜託妳。」

藤吉郎闔起手掌，像在向神明祈禱那樣跳起舞來，千方百計想討寧寧的歡心。

其實他還有一件事沒說出口，因爲說出來，寧寧肯定不會輕易罷休。

就是京極夫人。

藤吉郎在近江打探的結果，發現京極家還有後裔，其中還有個年輕的姑娘。

（一定長得貌美如花吧。）

這個男人雖然不是詩人，想像力卻無比豐富。光聽傳言，就彷彿自己親眼看到一樣。

不過，沒落的京極氏已經舉家搬離近江，定居京都了。

淺井家全盛時期，這個沒落的貴族曾經從家族中挑選一位姑娘送給淺井家，藉此換取生活費。現在淺井家被滅，家境肯定是更加落魄吧。

過去藤吉郎曾經向信長進言，請求給予近江舊國主京極氏生活上的贊助。

現在藤吉郎自己當上城主，對這件事就更爲積極了。當然，表面上他不明講是貪戀女色，只說這是拉攏近江百姓向心力最廉價、效果最好的方法。藤吉郎說話時表情誠懇認眞，信長於是答應了他的請求。

——你自己看著辦吧。

接到這個許可的當夜，藤吉郎向寧寧坦承了貪圖美色的事，不過並沒有說出京極這個名號。

藤吉郎回到近江，馬上派橋本甚助前往京都，尋找京極家的當主。

沒多久，甚助回稟，說京極家老當主高吉老爺目前住在京都的京極三條一帶，過著隱居的生活。

「子女呢？」

「是，長男高次大人今年十二歲，另外還有八歲和六歲的小女兒。」

（八歲和六歲？年紀那麼小，還不能嫁娶啊。）

藤吉郎大感洩氣。不過他不是輕言放棄的人，又問「有其他的旁系嗎？」回答高吉有個弟弟叫京極高藤，住在因幡堂的陋巷，忍受世態炎涼，生活和一般庶民無異。

「京極高藤這個人，過去曾經是足利義輝的近臣呀，還官拜大藏少輔呢。」

「主公聽說過嗎？」

「那位高藤大人，膝下有子？」

「沒有兒子，倒是聽說有位芳齡二十的女兒。不過因為家道中落，很難覓得好姻緣。」

（就是她了。）

藤吉郎這麼想。雖然不是本家，但是再怎麼說，京極就是京極。問了名字，她叫「緒舞」。光聽這名字就覺得可愛極了。

之後，藤吉郎參與進攻大坂本願寺的行動時，帶兵從近江出發。途中，趁天色還亮，就決定留在京都紮營。

當天，他迫不及待跑去拜訪京極家，會見老當主高吉。因為已經事先遣人通知，所以高吉開了家裡的大門等候貴客臨門。

（眞是破陋的房子啊。）

荒草叢生、屋葺傾圮，看起來就像鬧鬼的老屋。曾經當過從五位下長門守，如今卻披頭散髮、法號道安的京極高吉，虛弱無力的睜開下垂的眼皮打招呼。

高吉請藤吉郎坐上高位。

「豈敢豈敢。」

藤吉郎也不知道自己和眼前的這位長者到底誰的地位在上，畢竟，京極高吉在藤吉郎當城主之前，曾經是北近江的統治者。不過，在半世紀之前失去領地，目前經濟拮据，過著連吃飯都有問題的日子。但不管怎麼說，終究是深受世人敬重的室町體制下的舊貴族，官位又比藤吉郎高。從官位和血統來看，高吉應該坐在上位，但是話又說回來，以前是以前，如今信長已經把過去的威權和秩序全盤推翻。原本只是個提草鞋的小童藤吉郎，就是被這個破壞性十足的信長一路提拔，才有今天的地位。要是對舊貴族過度卑躬屈膝，恐有損信長的威嚴。

「哎呀呀。」

藤吉郎又露出一副出自內心的誠懇表情了。這方面的演技，應該無人能出其右吧。

「啊哈哈哈。」

他精力十足的大笑起來，音量之大，連對方也受到感染。

「還分什麼上下尊卑，咱們就在院子裡鋪塊毛毯席地而坐，一起欣賞長得比圍籬高的葉櫻吧。」不過鋪毛毯前總得先割除地上的雜草，藤吉郎飛跳到院子裡，拿出鐮刀彎下腰，一刀刀的把雜草割乾淨，然後對站在邊廊上的老貴族笑著說：

「我割草的功夫不錯吧。我小時候常供人使喚，這是我的拿手絕活。當年割草的小鬼，如今都爬到江北的大名了，有道是物換星移，世事難料啊。」

藤吉郎呵呵的笑著說。

內心平靜無波的高吉，多少也感覺到這個男人所散發出的神奇魅力。

談話很快的結束了。

他們談的是好事，就是織田家決定提供京極家生活上的贊助。高吉大概是對物質的感受性變遲鈍了吧，聽到這樣的好消息，只是面無表情的點頭。也許這樣就足以表示他內心喜悅了吧。

藤吉郎告別高吉後，心情開懷的在京都的路上大步走著，準備接著去拜訪因幡堂的京極高藤。藤吉郎推開竹籬門走了進去，不過似乎沒有人發現他的到來。

「哎呀！大藏少輔大人！」

藤吉郎也不客套，直接扯著喉嚨大喊。

「我從故鄉來啦。」

他被帶進一間包廂，但是裡面沒有可以讓人坐下休息的榻榻米，木板也腐朽不堪，到處是破洞，彷彿隨時會有鼬鼠從那裡探出頭來一樣，破屋景象實在慘不忍睹。儘管如此，高藤還是換上正式的禮服出來見客。

反觀藤吉郎卻只穿了簡單的禮裝就登門拜訪。藤吉郎叫僕役把要送給京極家的見面禮抬進來。

他還帶了廚師同行，連做菜的材料都準備好了。廚師借用京極家的廚房，開始做起大餐。

「感謝大人的盛情。」

主人高藤驚訝的不斷眨眼。高藤是初老的年紀，個頭矮小，不過眼神比他哥哥多了分銳氣。其實，藤吉郎是故意忽略室町傳統的繁瑣禮儀。因爲一看到這破房子就知道這裡不適合舉行隆重的招待儀式，這是藤吉郎的體貼，高藤內心也非常感謝他。

「這些隆重的貴禮是？」

高藤誠惶誠恐的問。

「算不上貴重，只是束脩（學費）而已。」

藤吉郎這麼說。——束脩？高藤詫異的看著藤吉郎在戰場上曬得又黑又亮的那張臉。

「我想拜閣下爲師。」

藤吉郎這麼解釋。他說，高藤公是繼右大臣公（賴朝）之後，統領近江的守護大名京極家的家系。如今，他被授予北近江這個新領地，所以特地前來向高藤公請教治理之道。

「不敢當不敢當。」

高藤並沒有感到不悅。

席間，藤吉郎只沾了幾滴酒就醉了。他靠著幾分醉意，高談闊論天下的情勢。

「再過不久，織田家就要取得天下了。」

藤吉郎一臉眞誠的說著，看起來就像個熱心又虔誠的信長教傳教士。他還說，他會去向信長求情，把部分領地分給舊大名京極的本家。這可不是輕易就能實現的承諾，藤吉郎卻輕輕鬆鬆的脫口而出。

（他在說什麼笑話，難道是醉了不成？）

京極高藤只是笑笑，沒有當眞。不過仔細想了想世人對藤吉郎的評價後，他的表情立刻轉爲認眞。眼前這位織田家的紅人，之前曾經當過京都守護，也和公家、室町將軍家有往來。雖然這個人樂天又愛說大話，卻是個一言九鼎的大丈夫，不管是好事或壞事，只要說出口就會達成。這是世人對他的評價。

「此事，我可以當眞嗎？」

「當然可以。如果我藤吉郎那麼不受信任，就表示做人太失敗了。我一言既出駟馬難追，請您記在心上。」

說完這話，突然又大笑起來：

「還請大爺爲我藤吉郎祈禱武運亨通啊。」

「這是當然的了。」

高藤正在說話的當下，紙門突然打開，廊下跪坐著一名年輕女子。

（哎呀！）

藤吉郎瞬間就被那美麗的光彩迷惑，心跳不斷加速。

「那是小女。」

高藤說。

終於現身啦。藤吉郎彬彬有禮的，把身體轉朝向那位姑娘，舉止比對高藤還要愼重。天底下大概沒有男人對待女人的態度，能像他這樣有紳士風度了。

「在下來自長濱的筑州。」

姑娘用小得幾乎聽不見的聲音，向藤吉郎表達贈與厚禮的感謝。藤吉郎並沒有疏忽，他準備了另一份專門要送給這位姑娘的大禮，就擺在壁龕上。

（不愧是大家閨秀啊，果然氣質出眾……。）

藤吉郎仔細的打量著她那光亮柔軟的黑髮和彈性十足的肩膀。當然，還有想像衣服內的美麗胴體。

（臉呢？）

正在好奇時，姑娘抬起了臉。一對濃眉長又黑，眼尾的部分皮膚白裡透紅，連微血管都隱約可見。這對崇拜高貴血統的藤吉郎而言，簡直就是莫大的感官刺激。

（就是她，我要定她了。）

一定要佔有她。若不是爲了佔有這樣的女人，自己出生入死的爬到這個位置，豈不是一點意義也沒有。貧賤的女人雖然也有女性的軀體，卻沒有高貴家系的血統。對出生貧窮人家的藤吉郎而言，名家的血統是不可思議的光環，那是他的審美觀，不允許他人置喙。能夠佔有那個女人的身體，就等於佔有了她的家族血統。他要把出生於尾張中村的自己的精液注入那個女人體內，和她的家系交媾。只有透過這個方式，藤吉郎才能對自己當前的富貴和地位有更踏實的感覺。

老實說，坐在藤吉郎對面的京極高藤，也很清楚眼前這個織田家的大紅人心裡在打什麼主意。因爲幾天之前，和高藤有私交的武士木村隼人佐來拜訪過他，當時高藤就聽說了藤吉郎的用意。

木村隼人佐就是之後的常陸介。大坂被攻陷時，爲豐臣秀賴戰死的部將木村長門守重成，就是這個隼人佐的兒子。

隼人佐是近江人，藤吉郎奉命管理近江後，大量雇用領地內的地方武士，隼人佐也是其中之一。木村家世代都是蒲生郡木村的領主，過去曾經在京極家爲官，因爲這層關係，藤吉郎才會指定他擔任使者。

——想納小女爲妾？

剛聽到這個消息時，高藤非常生氣。一個連姓氏、個性都讓人質疑的鄉下土包子，當了北方的大名之後，竟然肖想起他的女兒來了。若是迎爲正室還有話說，可是那傢伙竟然只是要把京極家的女兒納爲側室。高藤覺得受到冒犯，所以當時並沒有答應。

可是現在，這位民間聲望如日中天的藤吉郎親自登門拜訪，讓高藤前幾天的想法有了轉變。

（這個男人不是只會在戰場上拿刀砍殺的普通人。）

高藤這麼想。在和最受信長信賴的愛將面對面談話之後，他看出藤吉郎擁有絕頂的聰明和收服人心的魅力，而且比起信長應該有過之而無不及。

此一時期，一名和京極高藤毫無關係的人物，也對藤吉郎做出類似的評價。那個人就是毛利氏的外交僧侶安國寺惠瓊。惠瓊經常到京都出差，可以說是毛利家蒐集京都和其他國家情報的觸角。他拜謁過信長，和藤吉郎也有交情。他曾經寫了封信回故鄉，內容的大意是這樣的：

信長一代的霸權還能持續三年至五年。依照估算，明年左右就會被任命為公家。然而爬得越高，跌得越重，恐會遭遇不測。唯有藤吉郎此人有能力稱霸。

果不其然，十年後發生本能寺之變。十年前就觀察到這個結果的惠瓊，簡直就是料事如神的天才。而現在，京極高藤在和藤吉郎談話之間，也有同樣的看法。

——藤吉郎是不可等閒視之的將才。

他忍不住喃喃自語。想重振京極家，除了和藤吉郎攀親帶故之外別無他法了。

（當側室也無妨。）

他會這麼想，並非出於功利之心或是不經大腦思考。與其說這個決定是出於政治上的計算，不如說是藤吉郎純眞親切的心意感動了他。他相信這對京極家和女兒都是最好的安排。就這麼決定了吧。至於緒舞心裡怎麼想，那只是次要的。

聊了一會，藤吉郎就離開了京極家。

持續了兩個月的大坂戰務結束後，丹羽長秀前來接替藤吉郎，讓藤吉郎帶著兵馬回自己的領地近江休養生息。

從京都越過逢坂山來到琵琶湖畔時，秋風已經吹起。這一帶的山水屬於南近江，是明智光秀的領地。不過其中的商業重鎭和交通要地，例如大津、草津這些稅收豐富的繁華區還是由信長直接管轄。藤吉郎要回自己領地，都要經過這裡再往北走。

過了草津、守山後，就是安土。信長的安土城已經起造，正在進行建築工程。藤吉郎只參觀了一會兒，就啓程繼續往北走。過了大野川，湖畔的灘地越來越長，砂子的顏色也越來越白。

「回到家鄉啦！」

騎在馬背上的藤吉郎這麼說。他把自己的領地稱爲「故鄉」，目的是希望透過這樣的稱呼，拉近和這裡的百姓的距離，果然是心思縝密的男人。藤吉郎日後成了天下霸主，將居城移至大坂城後，只要有長濱的長者前來向他請安，他都會接見。

「鄉親來了嗎？」

他這麼說。也許就是這份親切和用心，讓他受到百姓的愛戴。

藤吉郎騎著馬繼續前行。

河岸邊有片松林，林子裡的一隅可以看見房子的屋頂。藤吉郎很快來到圍籬前，房子的門扉相當簡陋老舊，牆土有點濕。這裡是過去京極家在當守護大名時，爲了賞月所蓋的別墅，之後有段時間成爲尼姑庵，不過藤吉郎現在將它收回，命人重新整修。

來到房屋門前，藤吉郎從馬背一躍而下。

「小一郎，麻煩你了。」

他對弟弟羽柴秀長這麼交代，今天晚上他打算要在這裡過夜。

「是，主公。」

小一郎笑著回答，然後帶領軍隊繼續往近江前進。

藤吉郎進了門，木村隼人佐早已在院子的樹籬旁等候。

「哎呀，辛苦你啦。」

藤吉郎卸下配刀，交給隼人佐，然後迫不及待的踏上玄關。

一名年輕的侍女正在房裡低頭恭候。

「奴婢叫阿穗。」

她是跟著緒舞從京極家陪嫁過來的侍女。

「妳也是京都出生的嗎？父親是誰？」

藤吉郎開心的問。根據阿穗的說法，她是小妾所生，父親是公卿菊亭晴季。「原來如此，那麼妳也算是好人家出身的女兒呢。」藤吉郎抬起她的臉，用手指搔搔她的下巴。應該是對她有意思吧。

藤吉郎經過走廊來到大廳等候，用膳的地點是在庭院。從東邊的籬笆看出去就是琵琶湖。在夕陽的雲靄中，還可看到竹生島浮在湖面上。

（還沒好嗎？）

心裡這麼想。膳食已經備妥，藤吉郎只好獨自用餐。他刻意避開魷魚乾和蔥，因爲那些食物的腥味會殘留在嘴巴裡。

僕人端出一盤小梨。出於忌諱，在尾張的古語中，梨子稱做「有之實」。藤吉郎吃著小梨，不禁回想起自己還是十幾歲，四處流浪討生活的那段慘澹時期。有一回，他被帶去遠州濱松家，在眾人面前耍猴戲給人看。那是多麼羞辱、可憐的回憶啊。當時，豪邸的女主人和公主們，就像在餵食猴子一樣，拿起栗子就往他身上扔過來。藤吉郎撿起來後還得向夫人小姐磕頭感謝。他用門牙咬開栗子，逗那些看倌開心。他爲了活命，只能含著淚咬著牙討好別人。每次想到這裡，藤吉郎總忍不住懷疑，當年的自己和現在的自己是否爲同一個人？那間豪邸的夫人和小姐就像天上仙女一樣高不可攀。而今，現在要被自己佔有的公主，論身分，比當年遠州地侍的女人要尊貴得多了。

「啊，人來了嗎？」

藤吉郎看著左邊的木門。門扉慢慢的開啓，京極家的女兒就跪坐在那裡。

「靠過來吧，跪在那裡什麼也不能做，過來我這邊。」

女子順從的照做。她大概不討厭藤吉郎，所以並沒有疏遠的意思。

「這間別墅好像叫日沒庵。來，再靠過些，到我身邊邊來。從這裡可以看到浮在湖面上的竹生島，還有夕陽，瞧，多像畫裡的風景啊。」

藤吉郎叨叨的說著。

「這房子以前是京極家所建，就等於是妳的家。我已經把這一帶的村子送給妳的父親，添些沐浴費用。所以說，妳是在自己娘家的領地內，而我是客人。」

夕陽西沉了。

藤吉郎開始沐浴淨身，洗去一身旅行的塵土，頭髮梳理整齊。餐風露宿的征戰生涯，讓他的髮色變成褐色。隨著年齡增長，毛髮也日漸稀疏。

進了寢房，看到緒舞低著頭坐在屛風的後面等候。不知是否燈影的關係，她看起來似乎有點害怕。

「小舞，我是好男人啊。」

藤吉郎盤腿而坐，手在自己的膝蓋上用力一拍。

「我這人重情重義，不會害人。小舞，妳可是找到好男人啦。」

儘管臉上有幾道傷疤，五官也不俊美，卻透露著精悍的氣勢，就像羅漢一樣。

「妳也是因爲仰慕我才從京都搬來這裡吧。」

藤吉郎邊說，伸手想把緒舞拉到自己的膝上。緒舞不敢坐下，兩腿張了開來，因爲難爲情，急著想收攏雙腿。

「沒什麼好難爲情的，我也坐成這樣啦。」

藤吉郎豪不遮掩的露出陽具，這動作讓緒舞差點沒昏過去。藤吉郎吸口氣，把遠處的燭火吹熄。這傢伙個頭雖小，肺活量卻大得驚人。

這位北近江的大名知道急不得，於是暫時忍耐，沒伸手去摸緒舞的身體，只跟她在房間裡說故事。他說的故事既蹩腳又滑稽，緒舞聽得忍不住咯咯發笑，漸漸的放下心防，彷彿自己很久以前就認識這個男人似的。

（終於靠過來了。）

藤吉郎心想。這感覺就像在釣魚，要耐心操作等待，魚兒才會上鉤。藤吉郎非常享受這種垂釣的樂趣。

⋯⋯

他又繼續說了好一會兒。

兩人漸漸的聊開，對藤吉郎的問題緒舞也會回答了。藤吉郎在這裡施了點手腕。首先——

「我這裡好癢。」

他翻開自己的手腕，要緒舞用指甲幫他搔搔。藤吉郎像被搔癢一樣的又哭又笑。事實上，那裡一點也不癢。

「這邊不會痛喔。」

他還把手肘附近的鬆皮露出來，讓緒舞捏捏看。

「眞的不痛嗎？」

這是當天晚上緒舞第一次對藤吉郎表示關心。她像小貓一樣越來越調皮。然後輪到藤吉郎捏起緒舞的皮，不過並沒有弄痛她。

「眞的一點也不痛。」

緒舞像個小女孩發出驚呼。兩人之間的對話就是這麼單純、幼稚。也因爲這樣，緒舞總算完全放下心了。

所以，當她身體在接納藤吉郎的時候，一切是那麼的自然、愉悅，絲毫沒有排斥感。絹舞感受到藤吉郎對她的愛意傳遍全身，藤吉郎也滿足的大喊：

——爲我生下子嗣吧。

藤吉郎非常期待這件事。運氣好的話，這個女人會幫他生下後代。身上流著武家貴族京極家尊貴血液和羽柴氏血液的後代。絹舞彷彿也感受到藤吉郎殷切的期盼，瞬間，身體像電流通過般的起了一陣痙攣。

長濱城下町的都市規劃大約完成了八成，藤吉郎積極的鼓勵老百姓從小谷城的城下和江北的商業中心箕浦、平方、川道移居過來。他給每個重劃區訂了新名字，例如大手町、鍛冶屋町、鐵砲町、郡上町、伊部町、大谷市庭等等。

城的本丸是一棟三層樓建築，屋瓦的翼角朝天，石牆倒映在水面上。原本寂靜荒涼的琵琶湖東北岸一下子改頭換面，欣欣向榮的景象彷彿在昭告世人新世代的來臨。

寧寧爲了參加入城儀式，早已搬離岐阜，暫時住在被藤吉郎當做工程指揮中心的橫山城裡。過去，被藤吉郎安置在近江的女人們，從現在起都歸寧寧管理，這些女人會被賦予女官的職位。有些會成爲寧寧的貼身侍女，有些專門處理事務性工作。她們的地位，都是按照各人父親的階級來區分。其中有個女人的地位最高，僅次於寧寧，就是：

「南殿（南夫人）」。

她不單是女官，而且是被排在第二順位的側室。寧寧事前並不知道這件事，也不知道南夫人就是京極家的女兒。

對藤吉郎的好色寧寧早有心理準備，所以當她接觸到這群女眷時，倒也能相安無事，唯獨這位南夫人的存在讓她感到如坐針氈，內心極不舒服。

（眞是膚淺。）

她埋怨的是藤吉郎的想法。理性上，寧寧知道夫君出身卑微，抗拒不了出身良好的名門閨秀。可是在感情上，寧寧實在是難以忍受，她認爲自己的尊嚴遭到踐踏。雖然她貴爲正室，但是事實上，藤吉郎心裡卻嫌棄她出身不夠高貴，不是這樣嗎？

「不是我小心眼。」

當天晚上寧寧在橫山城裡，爲了南夫人的事找藤吉郎理論。

「若是長得貌美如花，我也就認了。」

因爲，如果南夫人是個沉魚落雁的美女，寧寧會認爲，夫君是被她的美貌所吸引，這點，寧寧勉強還能接受。可是如果對方長相普通，就表示夫君看上的是其他的條件，這可是嚴重傷害了寧寧的自尊心。

「長那副模樣，你也喜歡嗎？」

寧寧不客氣的說了。她見過南夫人，論容貌，南夫人根本比不上自己，除了皮膚白皙之外，那對圓圓的眼睛簡直就像河豚，五官也搭配得不對稱。

「夫人，請聽我說。」

藤吉郎想替南夫人的長相辯解。不過他也明白，跟寧寧爭辯肯定沒完沒了。

「這一切都是爲了治理近江的需要。」

藤吉郎把重點放在治理政務上，希望能用這點說服寧寧。藤吉郎說——近江不久前還在和織田家作戰，我們是用武力征服人家，誰知道這裡的百姓是不是打從內心服從。想要籠絡近江百姓的心，非得用特殊的手段不可，所以我就想到了京極氏。比起我羽柴秀吉，北近江的百姓更仰慕前朝的淺井氏，比起淺井氏，他們更尊敬古老的貴族京極氏，甚至把他們當成神一般的崇拜。所以，我要讓近江的百姓看見我藤吉郎在保護京極氏，如此一來，他們就會擁戴我這個新領主啦。我可是經過深思熟慮才把緒舞接到長濱城的。

「這樣，妳能諒解吧。」

——愚蠢。

寧寧聳起肩膀，痛罵藤吉郎。她並不是不懂得體諒夫君想庇護京極家的用心，可是也沒必要把那個女人納爲側室啊。寧寧是個直腸子，總是有話直說，心裡有話不說，憋著很不舒坦。

「妳怎麼還是不懂，重點不是納爲側室，而是要庇護京極家。」

「庇護到床上去啦。」

「寧寧，不准妳再擺臉色給我看。」

藤吉郎也硬起來了。如果京極家有年紀相仿的男子，我一樣會奏請信長大人收留，甚至還會想辦法把他拱到大名的位置。問題是，京極家適齡的後人就只有這個女人啊。

「收留女人有什麼用？」

「如果是男子當然沒話說，可是想要庇護女人，就只有納爲側室這個辦法。」

藤吉郎大聲說：「寧寧，妳是獨一無二的啊。就算我收了側室，可是我對寧寧的心意永遠不會改變，不管輪迴幾世都不會改變。我也不會允許其他小妾忤逆寧寧！」藤吉郎說話的語氣，就像在敲戰鼓一樣令人震撼。

「我聽不見！」

寧寧摀住耳朵抗拒著。

「給我聽好了！仔細聽！」

藤吉郎想扳開她的手，但寧寧不依，繼續摀著耳朵。兩個人終於打了起來，寧寧沒站穩，身體往後傾倒。

「不要！不要！我就是不要她參加明天的隊伍！」

藤吉郎跨坐在寧寧身上，想塞住她的嘴，不讓她嚷嚷。沒想到寧寧叫得更大聲了。

一旁的侍女看傻了，也不知道該不該勸架。藤吉郎回過頭對她們大喊：

「不要光站著看，快想想辦法啊！」

藤吉郎像在戰場上吆喝士兵一樣「快帶夫人回去寢房！大家合力把她抬進去！煮參湯給夫人喝，安安神。」

侍女們把寧寧團團圍住，將她抬起。雖然寧寧掙扎不從，不過抵不過人多勢眾，最後還是被擺平了。

「好啦，我們走！」

藤吉郎拿起扇子攤開，氣勢十足的吶喊。大夥人也跟著節拍唱和，齊力把寧寧抬回寢室。

翌日，終於要入城了。

隊伍從橫山城的大門出發，在山下的石田村稍作歇息。石田村是藤吉郎最近收留的兒小姓石田佐吉三成的家鄉，這座村子和位於湖畔的長濱城之間是一大片平坦的農田，路程約五公里。

走在前頭的是蜂須賀彥右衛門正勝（以前叫小六）率領的隊伍，殿後的是羽柴小一郎秀長。昨晚大發雷霆的寧寧，今天坐在一頂鮮豔華麗的轎子上，後面跟著的是南夫人坐的另一頂轎子。其他的女眷也是個個盛裝打扮，跟著隊伍徒步前進。

中軍的第一隊是參謀竹中半兵衛重治，第二隊是寧寧娘家的兄弟淺野彌兵衛長政。藤吉郎的母衣隊分為黃母衣隊和腰母衣隊，有一柳市助、尾張甚左衛門、中西彌五作、大鹽金右衛門、神子田半左衛門、小野木清二郎、一柳彌三左衛門，這些身穿盔甲的武者騎著馬，沿路護送藤吉郎進城。馬隊前面的黃金葫蘆馬印，在陽光下照射下閃閃發亮。

這段長約五公里的路程中，沿途擠滿了來自附近各大小村莊前來看熱鬧的民眾。大家都開心的跳著慶賀的舞蹈，歡迎新領主。生性愛熱鬧的藤吉郎，事前請人做了幾首歌，在近江國內四處歌頌，所以今天大家都敲著木桶，圍成大圈圈，跟著節奏又唱又跳。藤吉郎死後數百年，這些歌被當成祈雨歌，在某些鄉下地方流傳至今，例如在犬上郡栗栖村傳頌的歌詞是這樣的：

領主大軍，浩盛壯大
少壯武者，軍威顯赫
身披戰袍，紫光閃耀
將軍尊駕，雄威高昂
金絲紅布，鐵盔覆首
銀兜赤繩，裹身緊縛
旭日東升，照耀山河
馬前大旗，擎天比高
金光閃閃，葫蘆旗揚

藤吉郎一踏進新城的正門，立即在城下路口立出告示，上面寫著「長濱城町民免繳年貢、免服勞役」，百姓一看，開心不已。此外，藤吉郎還在城內舉辦猿樂（能樂）表演。

爲了避免觸怒信長，藤吉郎並沒有邀請京都的猿樂師，而是由近江一帶的鄉土猿樂戲班子進城來獻藝。例如長濱郊外山階村的孫太夫、千王太夫，還有淺井郡馬渡村的小德太夫、伊香郡森本村的舞舞太夫等都是受邀的藝人。

藤吉郎攜著寧寧一起欣賞表演。席間，藤吉郎好幾次偷看寧寧的臉，但是寧寧光看表演，卻不肯說一句話，心情似乎沒有好轉。藤吉郎每次去上廁所回來，都會故意大聲問：

「夫人啊，心情好些沒呀？」

因爲聲音實在過於宏亮震撼，連表演中的猿樂師都被嚇得愣在那裡，一旁的侍從都忍著不敢笑出聲音。不肯開口的寧寧，這下也被逗得迸出苦笑，但態度可沒有因此軟化。

「我是想到其他的事情才笑的，可不是因爲夫君而笑。」

她特別這麼強調。

寧寧心裡打定了主意。

（我要去向信長主公告狀。）

能夠控制藤吉郎這隻猴子的人只有信長主公了。我得去拜託信長主公教訓教訓夫君才行，再這樣放任他不管的話，不知道會放蕩到什麼程度。

入城後的第十天，寧寧領著隊伍前往美濃的岐阜城。表面上她不是告狀，而是有任務在身，寧寧得向信長和濃姬夫人報告長濱城的入城情況。

出發前，藤吉郎還特地這麼叮嚀：

「夫人辛苦了，有勞夫人跑一趟岐阜了。」

看到藤吉郎巴結的模樣，寧寧眞是哭笑不得。這男人嘴上討好，卻夜夜跑到南夫人的香閨裡相好。眞不知道那隻女河豚到底哪一點吸引人。

寧寧的隊伍很長，運送的行李大部分是要獻給信長的貢品。

——小小的土產，不成敬意。

說不成敬意，卻越堆越多，最後還得出動大陣仗的隊伍運送。藤吉郎夫妻的共通點之一就是，不管是上呈的貢品或施捨的物資，出手從不吝嗇，闊綽的程度遠遠超過一般人的認知。

寧寧的隊伍在途中休息過夜，到了隔天早上才進城去拜謁信長夫妻。

下午，寧寧見了服侍濃姬的後宮女官波野，向她訴說藤吉郎的荒誕行徑。

「眞是要不得，要不得。」

波野邊聽邊點頭，似乎頗能體會寧寧的痛苦。當然，寧寧是希望透過波野，讓藤吉郎的事傳進信長的耳裡。

「請主公務必責罰我家夫君。」

寧寧再三拜託波野。看到寧寧執拗的樣子，波野忍不住發笑。

「波野夫人，您怎麼笑成這樣，好像不當一回事。您會把我說的話轉告主公吧？」

「放心，我一定會照實稟報給主公知道的。」

波野保證會幫忙轉達。因爲藤吉郎這位老婆在織田家可是深受喜愛呢。

兩天後，波野女官趁信長到濃姬寢宮的機會，在廊下等候。

「主公，奴婢有事向主公稟報。」

她試探性的請求信長。信長停下腳步，轉頭看著波野。

「說吧。」

波野把寧寧告訴她的事一五一十的稟報信長。說到激動處，還學起了寧寧的口吻。

信長笑了出來。

「聽說，猴子新納的小妾是京極家的姑娘對吧？」

「主公，您已經聽說了嗎？」

信長連寧寧給那個女人取了「河豚」這個綽號的事都知道，讓女官波野吃了一驚。

「猴子就是愛那一型的女人。」

出生在大名家的信長，似乎還不了解猴子對名門閨秀有種近乎可悲的迷戀。

「主公怎麼會知道呢？」

「猴子寫了信給我。」

寧寧前腳剛離開，猴子就馬上派飛腳（信使、信差）從長濱兼程送信到岐阜。信的內容解釋了夫妻吵架的始末，還說那只是一場家庭鬧劇。「請主公可憐猴子，千萬別聽寧寧造謠生非」，信末，藤吉郎請求信長責罵寧寧心胸狹窄。

信長覺得，藤吉郎連夫妻吵架這等芝麻小事都向他稟報，覺得非常有趣。其實藤吉郎早就看出，信長這個性情古怪的主人，就愛看這種家庭鬧劇。

「好吧，我來當判官。」

「主公，您要責罵筑州大人（藤吉郎）嗎？」

「俗話說清官難斷家務事啊。」

信長進了濃姬的房間後，命人取來紙筆。

「請問，主公要怎麼判呢？」

濃姬這麼問。信長沒說內容，只簡單說了一句：

「當然是好好開導藤吉郎的女人啊（寧寧）。」

信長一口氣寫完書信。因爲是寫給女性，所以他還特地用平假名書寫。

信一開始，信長先是客套一番。

> 妳依照我的命令，第一次來到安土，令我非常高興。妳此番送來的禮物琳瑯滿目、美不勝收，實在筆墨難以形容。我反覆思量，該送什麼當做回禮。但是妳送的土產是那麼豐盛完美，所以我決定這次不回禮。等到下次妳再來時，必定會好好回禮。

接下來，他讚美寧寧的美貌，爲她受到的委屈打抱不平：

> 寧寧長得眉清目秀，這次見面，發現妳越發成熟嫵媚，比以前美麗十倍、二十倍。藤吉郎有幸娶到寧寧這樣的美嬌娘是他的福氣，他竟然還敢嫌棄妳，實在豈有此理。那隻禿毛鼠，就算尋遍芳蹤，也難再覓得像寧寧這般賢慧的美嬌娘。所以，寧寧要有自信。

信長話鋒一轉，開始對寧寧說教：

> 妳是如此美麗動人，應該時常保持開朗愉快的心情。夫妻間偶有爭吵，也要拿出為人妻子的風範，為夫君保留顏面，切不可心眼狹小，嫉妒執拗。……
>
> 給藤吉郎的夫人
>
> 信長

信長寫完這封信後，過了三天信件才送到已經返回長濱城的寧寧手上。

寧寧看完後捧腹大笑，馬上命侍女去叫藤吉郎到內室來。藤吉郎以爲有大事發生，匆忙跑來。

「禿毛鼠大人來啦。」

寧寧這樣叫喚藤吉郎，她覺得禿毛鼠這個字眼用得太傳神了。藤吉郎大概是長時間戴頭盔的緣故，天靈蓋的頭髮幾乎掉光了，看起來確實像隻禿毛鼠。

「好大膽。」

藤吉郎不高興的罵了寧寧。不過，待他看完信長的信後，卻是摸摸鼻子認了。

「怎麼樣？現在我可以叫你這名字嗎？」

「當然可以。」

令人意外，藤吉郎竟然開心的猛點頭。其實，他內心是爲別的事情高興。

（得到主公的諒解了。）

對納京極氏之女爲側室這件事，藤吉郎多少感到一些不安。雖然京極氏已是沒落的貴族，但再怎麼說也曾經統領近江數百年，系出名門，他擔心疑心病重的信長會懷疑自己想要拉攏和京極家的關係。藤吉郎還思考過有可能發生的最惡劣的情況。比方說：

——藤吉郎那隻臭猴子，是不是翅膀硬了，想要自己飛了？

要是被信長懷疑有二心，想要自立門戶的話，恐怕就大難臨頭了。所以，藤吉郎在寧寧從長濱出發之後，立刻寫信給信長，讓信長把他納妾的這件事想成只是單純的家庭糾紛。藤吉郎的用心果然奏效了，比起寧寧，藤吉郎更害怕信長。

藤吉郎中氣十足的大喊：

「寧寧叫我禿毛鼠，我就是禿毛鼠。」

因爲內心非常高興，藤吉郎把額頭頂在榻榻米上，向寧寧下跪認錯。

寧寧總算心滿意足。

北陸

信長喜歡馬和猴子。

這是當時織田家的臣子之間流傳的戲言。馬指的是四腳的馱獸，至於猴子，想也知道指的是兩條腿的筑前守羽柴藤吉郎。

信長喜歡馬這件事眾人皆知。織田家的部將、京都的公卿還有寺廟的僧人，也經常送馬給信長。

「喔，要送馬給我？」

每次聽到有人要送馬給他，信長總是格外開心，還會親自驗貨。不只是用眼睛看，他還會花一兩個小時調教新來的馬匹。不過，通常結果都是令他失望。

「那不是匹好馬。」

信長不客氣的說。其實，說信長愛馬並不恰當，應該說，他愛的是馬的性能。因爲他把馬視爲機動性高的移動工具，跑不快的馬，就算體態再完美他也不屑一顧，這點他非常堅持。對他而言，人也是工具。信長總是從實用性的角度決定要不要重用某人。性能不佳的家臣，休想得到他的鍾愛。

信長曾經命令畫師把他中意的二十匹馬畫在屏風上，他喜歡坐在那面屏風前面欣賞馬，甚至要出征之前，還會用手指著屏風裡的其中一匹馬說：

「給牠上馬鞍。」

不過，這二十匹駿馬中，最常被他選來當坐騎的只有五、六匹。這些獲選的馬，常常因爲長時間被信長操駕而疲勞致死。對人也一樣，信長習慣酷使受寵的五、六名愛將，總是命令他們披星戴月、四處征戰，絲毫不給喘息的機會。例如，他提拔的羽柴藤吉郎秀吉、瀧川一益、後來加入的明智光秀，還有織田家譜代家老出身的柴田勝家、丹羽長秀，就是人稱信長軍團的五虎將。其中最受重用的，就屬藤吉郎和柴田權六勝家。

天正年剛開始，信長的勢力一飛沖天。同年七月討伐室町幕府將軍義昭，同年九月消滅宿敵伊勢長島的一向宗信眾（本願寺一揆），數萬信徒慘遭殺害。天正三年（一五七五）五月，在長篠和武田勝賴決戰，勝賴敗逃。同年揮軍北陸，消滅越前的一向宗信徒。爲了不讓他們有機會重起爐灶，織田軍還用極其殘忍的手段將他們殘殺殆盡。

信長把新佔領的北陸領地（越後一帶仍爲上杉謙信的勢力，織田家的新版圖只有越前和部分加賀地區）的行政和防守任務，交由柴田勝家負責。

「北方的戰場就交給權六，儘管放手去做吧。」

織田家把這個職務稱爲北國管領。柴田勝家很快就可以拿下北國的兩三國，未來他應該會成爲統領北陸七國的總司令。這是信長和柴田之間一種默契上的約定。

信長同時也命令明智光秀攻佔丹波、但馬、丹後這些位於京都北部的封國。藤吉郎則是負責對付山陰山陽擁有十國的盟主毛利（主城在廣島）。要對付毛利，除了武攻，還得運用謀略。由於負責的區域非常廣大，所以也可以說，藤吉郎獲得了對付最大敵人的榮耀。

不過，對毛利的軍事行動並沒有立即展開。事實上，要把中國地區（山陰山陽）納入版圖，至少得花十年的時間，這是織田家上下的共識。

「眞是可憐的傢伙。」

柴田勝家很討厭藤吉郎，總是不避諱的說他的壞話：

「那隻臭猴子就只會說好聽話討主公的歡心。區區一個百貫的人才，如今卻背著千斤大石頭。等著瞧吧，傲慢的猴子一定會踢到鐵板，跌個粉身碎骨。」

勝家到處說藤吉郎的壞話。這個沉默寡言、剛毅風骨的五十歲的大男人，每次一提起藤吉郎，就像變了個人似的口出惡言。就連在走廊和藤吉郎擦身而過，也毫不客氣的把臉撇開。藤吉郎想跟他說些什麼他也都假裝沒聽見，甚至不客氣的說：

「我不想跟你說話。」

勝家的祖先世代是織田家的譜代，所以勝家難免帶有自負傲氣。打從一開始，勝家就看藤吉郎不順眼，認爲他是逢迎諂媚、裝模作樣的小人。如今，藤吉郎的身分地位足以和勝家平起平坐，這讓勝家完全難以忍受，以至於對藤吉郎的厭惡一股腦的全部發洩出來。藤吉郎本來也想和勝家好好相處，所以剛開始時總是忍氣吞聲，沒跟他撕破臉。但是柴田的氣焰越來越囂張，藤吉郎終於嚥不下這口氣。

（既然對方沒把我看在眼裡，我再卑躬屈膝也只是自取其辱。）

自此之後，藤吉郎在走廊遇到勝家，同樣也把頭撇開，連招呼都不打。

（眞是痛苦。）

被人瞧不起的屈辱，讓藤吉郎苦惱不已。他這個人天生個性大而化之、不拘小節，不愛怨恨和和記仇，現在卻被逼得不得不和勝家怒目相向，這讓他非常難受。儘管再難受，藤吉郎也沒笨到主動向勝家求和，他心裡明白，他和勝家之間的恩恩怨怨，可能會持續到其中一方死去爲止。

——說我是區區百貫人才，背著千斤的大石頭。

這樣的惡言終於傳進藤吉郎的耳裡，而告訴他這件事的人，就是和勝家同樣是織田家譜代出身的丹羽長秀。

「藤吉郎大人請勿介意，權六從年輕的時候起就是那種脾氣。」

長秀這麼說。勝家年輕時，不管在武藝或是戰功方面，總喜歡贏過別人，要是有人超越他，他就會嫉妒、憎恨，甚至不相往來。「勝家是條漢子，優點很多，可是缺點也不少。」長秀是勝家的老同僚，卻和藤吉郎走得很近。藤吉郎和長秀談過之後，知道自己和帶頭的老臣對立對雙方都沒好處。爲了和勝家修補關係，他經常去請教長秀，努力想博取長秀的好感。

「筑州守大人，我想問題的癥結應該是中國那件事吧。比起北陸的叛賊，毛利氏這個敵人要大太多了。權六沒這個機會，所以才對你懷恨在心。」

「這不是很奇怪嗎？」

藤吉郎說。北陸是織田家傾全軍之力平定的，信長還把朝倉氏的舊領地封給勝家，這樣難道還不夠優渥嗎？

「你說的很有道理，問題是權六這個人喜歡鑽牛角尖，講道理對他是行不通的。」

「這是什麼心態。」

藤吉郎覺得勝家這個實在老頑固到不可理喻。尤其是兩人撕破臉之後，雙方對罵起來就更難聽了。

「啊哈哈哈。」

丹羽長秀看到藤吉郎那張像是吃了黃連般的苦臉，忍不住笑了出來。不過，接下來的發展可讓人笑不出來，因爲藤吉郎和勝家的恩怨越演越烈。

自古以來，北陸道（北國）是由七國組成，也就是若狹（福井縣）、越前（同上）、加賀（石川縣）、能登（同上）、越中（富山縣）、越後（新潟縣）、佐渡（同上）。

織田家在這段期間佔領了若狹、越前還有加賀的一部分，做爲前線基地。加賀這個國家，是以本願寺勢力爲主的地侍組織，以合議方式共同管理，越後和佐渡兩國則屬於上杉領地。

織田家在北陸的主要根據地，是柴田勝家的新居城越前北之庄（福井市）。而進攻加賀的前線基地是大聖寺城，位於邊境，部分的腹地在加賀境內。

信長派去固守大聖寺城的守將叫戶次左近。左近個性豪爽，深受信長青睞，過去姓梁田，是尾張沓掛村的豪族，父親在桶狹間戰役中，因爲偵察到敵將今川義元的所在位置向信長進言進行奇襲。信長爲了獎勵功立下汗馬功勞的梁田家，在不久前將九州豐後名族的姓氏戶次賜給他們做爲新的姓氏。同一時期，明智光秀也改姓惟任、丹羽長秀改姓惟住，兩者也都是九州望族的姓氏。信長大概是打算將來要進攻九州時，要派這三人當前鋒吧。

只不過，現在的信長還無暇顧及九州，所以先把戶次左近派去駐守北陸的最前線基地大聖寺城。

「左近雖然不夠機敏，不過韌性十足，適合做籠城固守的守將。」

這就是信長挑上他的原因。孰料，剛進入八月，左近就派遣信使回岐阜討救兵。

——大聖寺被敵人重重包圍，若無派兵支援，數日之內恐會失守。

這裡說的敵人，是指加賀的一向一揆（本願寺信徒和地侍的聯合軍）。打從左近被派去駐守大聖寺時，那地區就是一揆的勢力所在，左近幾乎天天在跟他們打仗。

一揆的勢力成長得很快，轉眼就集結成大軍，逼近大聖寺。雖然左近補強了大聖寺北郊敷地山的堡壘的城牆，日夜看守，不過守城人數過少，實在難以抵擋不斷增加的敵軍。

「北國的事情是修理（勝家）負責，左近去拜託勝家前往支援了嗎？」

信長這麼問使者。這是理所當然的，因爲北陸的統轄者是柴田勝家，大聖寺城是他的管轄範圍。

「已經拜託過好幾次，就是不見援軍到來。」

「為什麼？」

從越前北之庄趕至加賀大聖寺只需一天，勝家想援救的話，應該很快就可以趕到才是。

可是勝家並沒有這麼做，理由是，他聽聞越後的上杉謙信有上洛的跡象。要是上杉眞的領隊上洛，北陸的織田軍根本無法抵擋。這點，信長也明白。

信長立刻召開軍議，召集眾將領前來岐阜開會。藤吉郎也率領數名快騎，從近江長濱城趕來。可是一進入殿堂，就在廊下大聲嚷嚷：

「離譜！謙信長了翅膀不成？」

藤吉郎認為，勝家不支援大聖寺城的理由根本是莫名其妙。謙信的軍隊又不會飛，怎麼可能從越後出發後，馬上就抵達勝家的越前，途中不是還得經過越中和加賀嗎？加賀大聖寺城對謙信來說也是最前線的戰場，由勝家支援左近再天經地義不過了。

「如果說兵力不足，倒還情有可原。」

在軍議召開之前，他抓住丹羽長秀，狠狠的痛罵勝家。

「情有可原？如果是這個原因，那麼照道理，修理大人（勝家）應該主動向主公請求支援，這是修理大人的職責所在不是嗎？」

大聖寺城危急，勝家卻連這點小事都肯不幫忙，眞不知是什麼居心。

（勝家這個小心眼的傢伙。）

藤吉郎明白，勝家的優點就是不會因為厲害關係而動搖，但就怕他對某些事心理不平衡。勝家生性喜歡競爭，從不掩飾好惡的情緒，主觀意識非常強烈。戶次左近也和勝家處不來，所以這一年來可說是吃盡苦頭，倒楣透頂。

而站在勝家的立場，可能會有這樣的偏見：

——可惡的左近，不是自以為了不起嗎？怎麼遇到一揆就哭爹叫娘起來了？我才不會輕易派援軍過去。

他一定是這麼想吧。要是現在派兵支援，到時候世人會把功名歸在戶次身上，而不是勝家自己。

「修理大人按兵不動的行徑，實在令人費解。」

信長在軍議上也表示了這樣的看法。爲什麼勝家不來申請支援呢？藤吉郎看出，信長內心和他有著同樣的疑問。

（這就對了。）

藤吉郎鬆了口氣。就和鑑賞馬匹一樣，對人性敏銳度極高的信長，一定也看透了勝家的微妙心理吧。

軍議最後，決定從岐阜派一位大將前去加賀支援。這時，坐在後面的一名男子立起膝蓋，往前移動。

「請主公派卑職去吧。」

他恭敬的向信長跪拜，提出這樣的請求。這這名男子就是人稱「玄蕃」的佐久間盛政。雖然年紀尚輕、相貌平平，在戰場上卻無比勇猛。

「好啊，你願意自告奮勇，非常好。」

藤吉郎大聲讚賞叫好。佐久間盛政是勝家的外甥，和勝家的關係非常密切。勝家沒有子嗣，所以對盛政萬般疼愛，視如己出，聽說還打算將來要收他爲養子。藤吉郎認爲，盛政的自告奮勇，在人事安排上是再適合不過了。因爲勝家本來就討厭戶次左近，現在有盛政出面，勝家定會派兵支援，平定一揆之亂將指日可待。

「你就去吧。」

信長很快的應允了。從藤吉郎的讚聲中，信長似乎也認爲這是最好的安排。

這點從信長接著說的話就可以得到印證：

「不只是要驅散一揆，還要從加賀進攻越中、能登，拿下這三國。將來，這些都會當做你叔甥兩人的功勳。」

這樣的條件，勝家應該會很滿意吧。

盛政是個武勇的好漢，他在當晚就做好準備，隔天一大早就往加賀出發。

盛政出發後不久，信長把藤吉郎找來。

「你是不是還有話要說？」

信長看出藤吉郎的心事，於是這麼問他。是。藤吉郎磕頭回答。

「那麼卑職就說了。玄蕃既已趕往加賀，那麼，請主公下令召回戶次左近吧。」

表面上的理由是，戶次左近在孤城作戰多時，早已疲憊不堪。事實上，藤吉郎的用意，是要讓勝家和盛政這對叔甥充分合作，發揮作戰的最高效率，盡早拿下加賀。

「爲什麼？」

信長不明白其中的原因。藤吉郎一五一十的稟報自己的想法，可是信長還是不懂。藤吉郎只好把話明說，他首先對勝家的個性做了一番分析。

「你現在是當著主公的面在批評他的友人嗎？」

信長勃然大怒。因爲他非常重視勝家的武藝和戰功，認爲他是非常實用的工具。藤吉郎看到信長發怒，立刻縮起脖子，一副誠惶誠恐的樣子。但是，他沒有就此做罷，繼續說下去：

「恕卑職斗膽直言。因爲主公出生在武門世家，所以才無法理解。」

藤吉郎額頭頂在地板上，用低沉而哀傷的音調說。信長是織田家的嫡子，從來不曾當過別人的手下。

「主公是千載難逢的天才，能夠洞察人情的微妙，卻不瞭解做下人的心情和想法。戶次左近繼續留在加賀，只會受到勝家的冷落。這麼一來，不但戶次的處境危險，勝家也會因爲戶次的存在，心生疙瘩而削弱了戰意，這樣的戰爭要如何收到豐碩的成果？卑職不是在評論勝家大人的是非，卑職說的是人之常情，這是只有像卑職這種低賤身分才能瞭解的悲哀。」

「你跟勝家的關係本來就不好。」

信長瞬間理解了藤吉郎話裡的意思，卻顧左右而言它，說藤吉郎是因爲和勝家有嫌隙，所以出言中傷。「你到處說勝家的壞話，這些我都知道。要是你以爲我的耳朵重聽就到處嚼舌根的話，當心我給你好看。」

「卑職不敢。」

就連藤吉郎這麼懂得操縱人心的高手，在和信長對談時，一樣會感到心驚肉跳，筋疲力竭。所以他不再多做辯解，而是不停的磕頭，誠惶誠恐的告退。

（主公是英明的人，就算我不做辯解，他也會理解我藤吉郎並不是出於私人恩怨才說這些話的。）

藤吉郎對信長的智慧有信心。而且，他也的確沒有把和勝家之間的恩怨放進這次的事件中。之前佐久間盛政毛遂自薦時，他也大力贊成。這對柴田勝家而言是值得高興的事，對織田家來說也是最妥當的安排不是嗎？

信長好像也瞭解藤吉郎的用心，他派遣快使，通知人在加賀的戶次左近，要他在佐久間盛政抵達加賀的第一時間立刻交接。

佐久間盛政來到北國街道後，第一件事就前往越前北之庄向叔父勝家請安。還把信長說的「只要拿下加賀、能登、越中，就當做是你們叔甥二人的功勳」這句話轉達給勝家。勝家聽到後內心大喜。

「主公英明，這樣就對了！我們終於可以大展身手了。」

消息傳到了藤吉郎的耳裡。雖然不知道是眞是假，但柴田勝家是個自以爲是的假仁假義，的確很有可能會這麼說。藤吉郎心想。

新的人事安排收到非常成功的效果。包圍大聖寺城的一揆很快就被消滅，不出幾個月，加賀也納入織田家的領地。柴田勝家派使者毛受勝介將這個捷報傳回岐阜，信長大悅。剛好此時藤吉郎人也在岐阜。

「你聽說加賀的捷報了嗎？果然被你說對了。」

信長笑了。這陣子很少看到信長笑得如此開懷，他很快對勝家和盛政大行封賞。

世事變化很快，讓人吃驚的事情還不只這樁。

❦

這一年，平定了伊勢。十一月，信長上洛參見，被封為正三位內大臣。隔年天正五年（一五七七）二月，信長親自率領大軍進入紀州，消滅雜賀黨，三月凱旋班師回安土城。

這段期間，北陸的柴田勝家十萬火急的發出情報給安土城，說上杉謙信已經離開越後，等融雪之後就要率領大軍出發前進越中，經飛驒、越前的山路，直指京都。勝家的任務是在北陸路阻擋上杉軍，所以他急著派人回安土城，請求大規模的援軍。

（勝家那傢伙怕了嗎？）

長濱的藤吉郎這麼想。他收到信長的召集令，連忙趕往安土城。

（主公現在一定嚇得臉色發青吧。）

藤吉郎在心裡想像信長的心情。織田家興起之後，信長最害怕的敵人，莫過於越後的上杉謙信和甲斐的武田信玄。所以，他對這兩人極盡討好、低頭稱臣、餽贈厚禮，用盡各種外交手段討他們歡心。幸好，上杉家和武田家兩軍在甲信越地方連年征戰，加上關東北條氏作梗，三方就這樣互相牽制，無暇顧及他國。這也是為什麼短短幾年之間，信長可以在不受威脅的情況下稱霸中日本。之後，武田信玄病死，他的兒子勝賴在長篠被織田軍擊潰，武田家幾乎滅亡，軍力自此一蹶不振。國際情勢起了巨大的變化。上杉謙信的心腹大患消失之後，壓力也少了一大半，所以他的確有可能會上洛，實現多年來的心願。

反織田聯盟的盟主，就是被信長驅逐的前將軍足利義昭。他聯合中國地區的毛利氏、大坂本願寺，一同向上杉家輸誠，表示他們也想加入討伐信長的陣容。謙信也爽快的允諾讓他們加入。

「等雪融化之後，上杉軍就會直指北陸，討伐信長。」

謙信對信長等敵國國主發出這樣的昭告。由於這個時期，謙信在世人心中是個威名遠播的戰爭奇才，所以昭告一出，反織田聯盟的諸豪狂喜不已。反觀支持織田這邊的小豪族一聽說謙信即將出馬，個個人心惶惶，騷動不安。其中還有有不少人自願替越後當內應。

謙信的昭告，讓北陸的風向頓時轉變。

信長也收到這樣的情報，安土城陷入一片不安的氣氛中，重臣開始議論紛紛，唯獨羽柴藤吉郎秀吉對謙信這個人的評價卻是七折八扣。

（那傢伙沒什麼大不了。）

包括北陸的柴田勝家在內，織田家的家臣個個急得像熱鍋上的螞蟻，藤吉郎看了很不以爲然。

他認爲，不需要過度渲染上杉的武藝和功勳，應該著眼於他所處的形勢。藤吉郎這樣的看法和其他的織田家臣大相逕庭，從這點就可以看出藤吉郎與眾不同之處。藤吉郎看出上杉謙信的一大危機，就是關東北條氏的存在。

儘管謙信已經控制關東地區，卻無法在關東囤駐大軍。所以，謙信的軍隊總是像一陣強風，從北方突然朝關東席捲而來，將北條氏趕跑之後，又帶兵回越後。可是上杉軍前腳剛走，北條軍又衝回了關東。謙信和小田原的北條氏就是這樣一來一往互相牽制。一旦上杉上京，北條氏極有可能會在這段期間進攻越後。以謙信的聰明才智，斷然不可能下令官兵遠征，而讓越後唱空城計。另外，藤吉郎從小田原那裡得到的情報是，北條氏和謙信是死對頭，兩方絕對不可能握手結盟。

（所以，謙信是不可能遠征的，最遠頂多只到加賀或越前。）

依藤吉郎的推測，上杉軍進攻的路程不可能超過這個範圍。再者，從織田家的角度來看，如今的織田家是坐擁三百萬石的大名，動員能力也比謙信多出一倍，根本不需要畏懼上杉軍。

「謙信只是在虛張聲勢。」

藤吉郎這麼向信長稟報。大概是前將軍足利義昭投靠謙信後，卻見上杉遲遲未出兵，於是急著催促他上洛。謙信爲了安撫，只好先發出昭告：

——我一定會出征。

謙信果眞想要稱霸天下，必須先將沿途的北陸七國和近江拿下，否則上京之路勢必受到阻擋，這也是謙信多年來始終沒有上京的原因之一。

「這就是不識庵（謙信）讓人摸不透的地方啊。」

也只能用摸不透來形容了。因爲，如果謙信眞有心要插旗京都，照理說應該會走這條路徑才對，可是他卻捨近求遠，從方向完全相反的關八州進軍，挑起戰爭的騷動。從上洛這點來看，他的戰略非但毫無道理，而且是白費力氣。

（問題是，謙信這麼聰明的人，沒必要打白費力氣的仗啊。）

所以說，謙信可能只是嘴上說要上洛，事實上對這檔事並沒有強烈的渴望。也許，他的目的只想把自己的國家變得富強。與其去攻打難纏的北陸諸國，倒不如先併吞關東的小豪族，這才是眞正的富強之道。雖然上杉軍從去年就開始進攻越中和能登，表面上說是爲上洛做準備，果眞如此，那他恐怕早就失去最佳時機。這點，謙信本人應該比誰都清楚。按照藤吉郎的分析，謙信此次出兵，應該只是單純想要併吞越中、能登和加賀。

「……？」

信長側著頭，面帶慍色的盯著藤吉郎。信長有不同的看法，他認爲謙信會打過來。

（難道連英明的主公也相信謙信眞的會打過來？）

藤吉郎這麼想。信長對謙信的評價超乎實際情況太多了。之所以會有這種現象，大概是信長從年輕時開始就視謙信和信玄爲最大的夢魘，千方百計想要討好這兩人。即使現在織田家已經羽翼豐滿，信長對謙信的恐懼感已經膨脹到不敢對拒。

「猴子，說夠了吧。謙信一定會打過來的。」

信長這麼說。

「如果他打過來，你會怎麼辦？」

「當然是跟他打了。」

「那是一定的。我是在問你，有什麼方法可以打贏他嗎？」

「是，如果在北陸開戰，我軍毫無勝算。」藤吉郎這麼回答。因爲越後兵訓練有素，戰力比尾張軍高出許多，加上主將謙信又是古今罕見的戰術指揮天才。所以，如果打區域正規戰，織田軍絕對打不贏上杉軍。

藤吉郎繼續說，北陸的戰場交由柴田勝家負責（不需要動用大量軍力），在戰略上以疲勞戰術爲主，也就是且戰且退，藉此消耗上杉軍的力量。等他們進入近江，就是決戰的時機。到時候，我軍應該傾全力和上杉軍交戰。

藤吉郎進一步做更詳細的說明——北陸的地形狹窄崎嶇，適合小部隊作戰，這點對上杉軍有利。所以，必須把他們引進近江平原這個戰場，如此一來，人數較多的我軍就佔了上風。同時，柴田勝家重整北陸的戰敗軍，從背後發動突襲。如此一來，就算謙信有三頭六臂，料事如神，恐怕也是無力回天。

「還有，」

藤吉郎繼續說，勝家的增兵要求一點幫助也沒有，他們只是誘餌，不是決戰的主力。要是把大軍分散，挪去支援勝家，到時候要在近江展開大決戰時兵力肯定不夠，我軍很有可能輸啊。

信長沉默不語。直到藤吉郎告退，還是一句話都沒有說。

不久，信長召開軍議。會議中下達的軍令，非但沒有採納藤吉郎的建議，反而要將大軍北送，以北陸爲主要的決戰沙場。而藤吉郎也被列在增援的名單之中，這讓他大爲吃驚。

「請主公三思！」

藤吉郎在內謁時，悲痛不已的說：

「這樣的決定，豈不是要筑前守在主公面前切腹自殺嗎？」

（莫名其妙。）

信長這麼想。軍令已發，說再多都沒有用。

「我叫你去你就得去！」

信長跺腳怒吼。藤吉郎知道多說無用，只好黯然退下，回到長濱城。

從安土來的援軍，除了藤吉郎的羽柴軍，還有丹羽長秀、瀧川一益、稻葉一鐵、氏家左京亮、齋藤新五郎、安藤伊賀守等等，皆爲織田家的主力部隊。

北陸戰場的總指揮官是柴田勝家，佐久間盛政、前田利家、佐佐成政等人爲輔佐。以數量來看，織田軍遠遠超過上杉軍。

（就算是這樣，也贏不了上杉軍啊。）

藤吉郎雖然心裡有數，還是帶著羽柴軍經過敦賀，往東越過木之芽峠，來到越前平原。

在這個被視爲主戰線的北陸戰場，藤吉郎並沒有指揮權，不管輸贏，都得服從總指揮柴田勝家的命令。

（竟然要老子聽命於他！）

藤吉郎心有不甘。不過最讓藤吉郎生氣的是柴田勝家專斷獨行的作風，他不斷嚷著說謙信即將揮兵西上，卻不打算用自己的兵力去阻擋，反而跑去請求信長，將主力軍隊千里迢迢調去北陸。要是輸了的話（八成輸定了），織田家的菁英戰將就要曝屍北陸的山野，信長的軍力也會折損大半。最糟的情況是，織田家會步上滅亡的命運。

「根本就是一場打不贏的戰爭。」

在進入越前平原前，藤吉郎對軍師竹中半兵衛重治這麼說。半兵衛彷彿也有同感，笑著點點頭說：

「這場仗要是打輸，織田家恐怕要走霉運了。」

當天晚上，藤吉郎和半兵衛就在營帳裡討論這件事。討論了半天，實在想不出如何讓織田軍逢凶化吉的方法，而且更加確定，除非把決戰地點拉到近江平原，否則織田軍必輸無疑。如果是以近江爲主要戰場，配合藤吉郎提出來的作戰方案，說不定還能將謙信的上洛大軍一舉殲滅。

「現在後悔也於事無補。可是，爲什麼您之前不拿這個方案說服主公呢？」半兵衛這麼問。

「你有所不知，即使是像主公那樣聰明絕頂的人，也會有害怕的敵人啊。一旦要和害怕的敵人正面交鋒，心魔就會蒙蔽了他的智慧。」藤吉郎搖頭哀嘆。

在他看來，信長的能力明明在謙信之上，幾乎是天才，唯獨對這件事，腦袋卻怎麼也轉不過來。

「不，不是主公的想法錯誤。這都要怪修理大人，他成天在那邊吵吵嚷嚷，主公也是人，被煩久了就會被牽著鼻子走。」

「事情已成定局，再有智慧的人也難以回天了。」

半兵衛看著藤吉郎說，意思是，即使是像藤吉郎這樣的有智慧的人，也無法改變事實了。就算戰死沙場或是織田家步向滅亡，他們都無力改變了不是嗎？

「的確是束手無策啊。」

藤吉郎苦笑道。其實，也不是全然沒有希望，藤吉郎倒是想出了一招妙方。問題是，那個妙方需要的不是智慧，而是要有置死地而後生的過人勇氣。藤吉郎還沒下定決心要不要用那一招，所以並沒有把這件事告訴半兵衛。

幾天之後。

柴田勝家——他不留在越前的北之庄居城，而是跑到外甥佐久間盛政位於加賀的居城大聖寺城，那裡也被當成前線的作戰指揮中心。

奉命前來支援的各軍將領，陸續趕到加賀的大聖寺城參加軍議。藤吉郎故意姍姍來遲，拖了一段時間才進城門。

按照禮儀，柴田勝家應該在城門口迎接前來支援的同僚和後輩。他也的確這麼做了。唯獨對遲到的藤吉郎，他並沒有到城門口迎接。

「這可怎麼得了，修理大人連到城門口迎接我都不願意呢。」

藤吉郎通過城門時，故意扯著嗓門大聲說，其實內心暗自叫好，正合我意。因爲這麼一來，他就有藉口說勝家壞話了。藤吉郎加快腳步，好讓勝家沒能來得及到玄關迎接。

「讓我來教訓教訓那傢伙吧。」

他這麼說，是要讓柴田家的家臣知道勝家是如何的失禮。

——什麼？筑州守來了嗎？

勝家在後面的房間聽到藤吉郎的聲音，有點懊悔沒有即時出去迎接。但是，他的鬍子後頭很快的又露出一抹冷笑。

「哼，傲慢無理的狂徒。要是我出去迎接的話，豈不是跟他同類了。」

勝家起身來到將領聚集開會的大廳，藤吉郎也在那裡。兩人一見面，火氣瞬間上升。

「修理大人，我遵照主公的命令前來北陸支援，可是我進城來，卻沒有受到應有的招待。請問修理大人，是否不歡迎我這個筑前守？」

「筑前守，你是來找我吵架的嗎？」

（說對了。）

藤吉郎想要這麼大叫。一旁的丹羽長秀、瀧川一益等人趕緊起身，安撫雙方的情緒。

軍議開始了。

謙信的軍隊已進入能登，越中幾乎全拿，加賀四郡被奪，先鋒和織田軍的距離僅有數里之遙。

「請諸位知無不言，共商對策。」

勝家說明敵情之後，對在座的將領這樣說。他刻意避開大廳的尊位，降下一階，以平輩的姿態和各將領共同商議。不過，也許是身爲織田家首席家老的自負作祟，總是在有意無意間擺出主君般的盛氣。

織田家的將領個個踴躍發表看法，也都贊成把加賀平原和海岸沿線設爲主戰場。對軍隊數量的預計是，敵軍四萬，我軍五萬。

「應該由前鋒帶兵越過小松之北、手取川，先在對面的平原佈陣。」

丹羽長秀這麼說，勝家也表示贊成。雖然在細節部分偶爾會有歧見，但是對於把主力放在小松、富媞、安宅、本折等沿岸道路上這個策略，大家的看法都一致。

軍議中，藤吉郎始終不發一語。這個平時對任何事情都喜歡出主意的男人，今天卻出奇的安靜，讓人感到十分納悶。勝家按不住性子這麼問他：

「筑州，不必客氣，想說什麼儘管說。」

藤吉郎抽出扇子。

「想說什麼都可以嗎？」

「當然，請暢所欲言。」

「那我就不客氣了。」

藤吉郎劈頭就說，他壓根就反對這次的作戰方式，說到激動處還一陣臉紅脖子粗、鼻孔也張得特別開。接著，他開始說明自己的戰術，還說只有他的戰略才能打贏上杉軍，別無他法。他還抱怨自己會陷入這種進退兩難的困境，都是修理大人的責任，還質疑他是否眞心替織田家著想。

「你根本沒想過吧。因爲你滿腦子只想要打贏自己的仗，爲自己建立功勳。在擬定戰略時，完全沒考慮到天下的情勢和織田家的立場。現在安土城跟一座空城沒什麼兩樣。雖然武田勝賴在長篠吃了敗仗，可是武田家並沒有消失，而且還和上杉結爲同盟。要是他們突然想攻打安土城怎麼辦？爲了這次的作戰，織田家承擔太大的風險，我說的還只是其中一個例子。」

「臭猴子！」

勝家怒爆青筋，不顧藤吉郎已是筑前守的身分，破口罵他是「臭猴子」。

勝家有口吃的毛病，儘管氣得七竅生煙，卻無法順利說出內心的憤怒，於是直接站起來，拔劍對著藤吉郎。

在場的將領趕緊抱住勝家，另一群人則要把藤吉郎拉出大廳。

「我不走！」藤吉郎不從。「修理大人是織田家的首席家老，是主公在北陸地區的代理官，想殺我儘管殺吧。這樣，修理大人就可以照自己的意思去打仗，我藤吉郎也不必爲這場必敗的戰爭受盡窩囊氣。」

手中拿劍的勝家突然變得口齒流利了，他怒氣沖沖的駁斥藤吉郎：

「你這傢伙眞的這麼爲主公著想的話，現在就請離開這裡，滾回你的近江！」

藤吉郎也站了起來，眾人見狀，趕緊圍起人牆阻擋。當大家以爲藤吉郎就要做出駭人之舉時，藤吉郎卻語出驚人：

「我就照你的意思，立刻回近江去！」

藤吉郎繼續說，既然織田家的首席家老叫我滾回去，我當然非走不可。

（不會眞的走掉吧。）

大家都不敢相信自己的耳朵。但是，眼前的矮個子男果眞邁開步子，走出大廳。將領們一陣錯愕，紛紛跑到玄關探看，但藤吉郎已不見蹤影。

「啊，那傢伙準會被主公殺掉。」

丹羽長秀這麼說。雖然此事與他無關，還是難免擔心。前田利家等人想勸阻，從地板上起身光著腳就跑出去。利家和藤吉郎是多年好友，雙方的妻子也是好友，然而，在織田家的軍制底下，利家是屬於勝家旗下的小大名，越前府中城（今日福井縣武生市）的城主。

利家慌慌張張的跑到外面想叫住藤吉郎，卻叫不出聲音，只好先抓住藤吉郎坐騎的轡繩，不讓他走。藤吉郎甩開利家的手，大喊：

「又左衛門（利家），今生永別了。」

好漢胸中有一口氣，憑著這口氣拚命，也憑著這口氣而死，我藤吉郎已將生死利害置於度外了。說完，踏著揚起的沙塵馳騁而去。

——果眞是豪爽的好漢！

將領中有人讚賞，也有人感嘆，說像他那樣的男子漢，怎會因爲一時意氣用事而斷送前途。不過也有人說，不知道藤吉郎心裡在打什麼主意。

藤吉郎回到軍營，領著自己的軍隊，當天就離開了加賀戰線。

「我們就要成爲浪人了。」

足輕之間這麼流傳著，大家都相信，他們的大將藤吉郎回到近江後，肯定會人頭落地。因爲信長這個人從年輕時起就嚴格要求紀律，不允許部下怠惰、抗命，哪怕只是犯了小過錯也絕不輕饒，苛刻的程度可以說幾近於病態。更何況，藤吉郎這次犯的不是小錯，他是違抗軍令，從戰場上擅自回國，這是織田家從來沒有發生過的重大違紀。若被判死罪還算乾脆，就怕信長不知道會用什麼手段凌遲，這才教人不安。

（不知道他心裡是怎麼想的。）

連竹中半兵衛也爲之擔心。越過邊境之後，半兵衛爲求愼重，又再問了一次藤吉郎。

「大不了一死。」

藤吉郎只回了這一句就沒再說了。看來，他眞的有了一死的覺悟。

來到越前敦賀，翻過栃之木峠，進入初秋的近江路時，半兵衛又再問一次。也不知道藤吉郎是裝模作樣還是自暴自棄，總之他看起來心情格外的好，還說了頗令人玩味的話語：

「智慧必須靠勇氣才能發光。我藤吉郎始終如一。」

儘管感觸良多，卻只能埋藏在心中。生死難關當前，不管說什麼都是虛無，很快就會消逝。這點，矮小卻豪邁的藤吉郎非常清楚。在這一刻，半兵衛重治深深體會到，藤吉郎這個男人眞是世上難得一見的好漢。

藤吉郎回到長濱城後，單身前往岐阜請罪。他請信長的近侍傳達自己的心意。

信長正在氣頭上，不肯接見，只說：

「我不想聽那隻猴子狡辯，我非殺了他不可。近日內我會做出裁決，叫他回長濱城閉關自省。」

信長直接把藤吉郎趕回長濱。從安土回到長濱，騎馬只要三到四個小時。從這裡就可以看出，藤吉郎的居城長濱的位置，其實等於是織田家的近衛軍。

藤吉郎回到了長濱城裡。

按照武家慣例，尚未定罪的家臣必須用竹籬笆將城門封住，禁止外出。藤吉郎乖乖照做，把城裡所有門扉窗戶統統封了起來，連城牆上發射弓箭和火槍的狹間（槍眼）也用木板堵住。

從那天起，藤吉郎的行爲就開始瘋狂了。

——主公發瘋了嗎？

家臣都感到惶惶不安。

因爲藤吉郎每天從安土找猿樂戲班進城來表演，還設宴招待一行人，日夜狂歡，酩酊大醉而狂舞。

「這下眞的完了。」

看到藤吉郎脫序的行徑，眾人無不提心吊膽。尤其是家老級的蜂須賀彥右衛門正勝和相當於同門的淺野長政，更是每天憂心忡忡。雖然藤吉郎尚未被定罪，但再怎麼說也是待罪之身，可是他卻每天歌舞狂歡，耽溺酒色。再這樣下去，恐怕切腹也不足以謝罪，說不定連領地都會被沒收。

「主公太不尋常了，難道眞的瘋了嗎？」

淺野長政抱著必死的決心，勸諫藤吉郎。織田家的家風是出了名的嚴厲，所以藤吉郎過去從來不曾在軍營內設宴娛樂。

「我也不覺得夜宴狂歡有那麼開心。老實說，我擺酒宴不是爲了玩樂，而是想驅散一下內心的鬱悶罷了。」

彥右衛門額頭頂著地板說：「可是，萬一被安土城的大主公知道的話，該如何是好？」

「安土的主公嗎？」

藤吉郎的表情悠閒得讓人意外。「放心，安土城的主公不會因爲這點小事就降罪。提到這個呀，」藤吉郎開始叨叨絮絮起來，一旁的戲子也在聆聽。

「打從我服侍主公的那一天起，就把自己的生死拋到一邊啦。我一心只想爲主公開疆拓土，連睡覺都不能像平常人一樣安穩。大腿因爲騎馬而磨破皮，身上的鎧甲還來不及脫下來，又得趕著去美濃遊說地方的土豪。在近江的沙場搏命殺戮、擊破越前、佔領京畿、討伐伊勢，一路走來披荊斬棘，歷盡千辛萬苦，這些都不是爲了我自己，而是爲了主公的霸業。如今，主公大發雷霆，要我閉關自省，在我看來，這是主公的恩賜啊。他體恤我這個筑前守的犬馬忠心，要我趁這個時候，把過去幾年累積的疲勞和鬱氣全部驅散。所以，我當然要盡情享樂啊。」

（太離譜了。）

蜂須賀彥右衛門和淺野長政都對藤吉郎的觀點感到不可思議，卻又不知道該怎麼勸他。

長政沒輒，轉而向秀吉的妻子寧寧求救。長政和寧寧是親戚，於是他派自己的妻子去長濱城的內館，求寧寧想辦法。

其實，寧寧早就感覺到藤吉郎不尋常的詭異作風。她派侍女去找藤吉郎到內館，不過藤吉郎喝得醉醺醺（更何況他是個不會喝酒的人），哪裡肯聽從妻子的召喚。

「哎呀哎呀，叫寧寧來吧！來這裡一起享樂、跳舞。」

寧寧無奈，只好也到大廳欣賞戲班表演。藤吉郎看到寧寧出現，拉起她的手要灌她酒。寧寧是海量。

「喝。」

藤吉郎眯起眼睛，瞧著寧寧。寧寧似乎也感覺到了什麼，於是拿起酒杯，一飲而盡。藤吉郎又連續倒了好幾杯酒，寧寧很快就被灌醉了。

「表演那個吧！」

藤吉郎像是期盼已久的要求著。他知道，寧寧少女時學過土風舞。我到了這把年紀，都還沒見過夫人跳舞呢，跳吧，盡情的跳舞啊，藤吉郎扯大嗓門鼓譟起來。寧寧經不起著藤吉郎的起鬨，也帶著酒意跳起舞來。

「好啊，我跳給你看。吹笛和打鼓伺候。」

寧寧豪邁的吆喝著。眾人正訝異不已時，她已經戴起仙女面具，衝上舞台，踉蹌的跳起舞來。因爲寧寧的舞姿實在俗不可耐，看得藤吉郎忍不住捧腹大笑說：「跳得好跳得妙啊，神明庇佑、神明庇佑啊！」

隔天，寧寧酒醒之後悔不已。原以爲藤吉郎叫她跳舞是另有用意，沒想到丈夫純粹只是發酒瘋、瞎起鬨。

「去拜託半兵衛吧。」

她這麼交代長政。軍師竹中半兵衛非常瞭解藤吉郎的個性，說不定勸得動他。長政不敢耽擱，立刻跑去半兵衛家裡拜訪。半兵衛在加賀時患了風寒，久久未癒，回國之後依然臥病在床。不過，當他知道長政來訪，特地起床會見。

「我也不知道怎麼回事。」

半兵衛老實的說。不過他有個猜測。假使我是筑前守大人，也可能會那麼做。

「你想想看，」

安土城的主公生性多猜忌，筑前守大人卻擅自帶兵撤離北陸，冒著大不敬的罪名回到自己的領地。雖然安土城主公命令他閉關反省，但筑前守大人畢竟是二十萬石的大名，領地之內除了新城，還有號稱銅牆鐵壁的小谷城。藤吉郎主公只要在此地籠城固守，和遠方的上杉氏、大坂本願寺相互呼應，想在長濱撐個一年半載是絕對不成問題的。

「籠城固守……？」

半兵衛的發言，讓淺野長政大爲震驚。但冷靜想想，的確很有道理。擔心被信長殺死的恐懼感，一旦升高到極限，藤吉郎難保不會狗急跳牆，舉兵造反。

「如果筑前守大人安安靜靜的在長濱城反省，安土城的主公反而會起疑心。以安土城主公的個性，一旦起了疑心，必定會不擇手段殺了藤吉郎主公。」

半兵衛瞭解藤吉郎的個性。他認爲，藤吉郎是爲了不讓信長起疑心，故意裝瘋賣傻，讓主公知道他終日把酒狂歡，根本無意造反。

藤吉郎心思縝密，顧慮周到。爲了讓他瘋狂享樂的消息傳進信長的耳裡，他特地請安土的猿樂師到長濱城表演。這些猿樂師幕後的大金主就是信長，他們和信長相處的時間比武將們還要久，距離也更近。所以，當然會把藤吉郎的事情向信長稟報。

「正是如此。」

半兵衛這麼說。長政搖搖頭，不知該說什麼。藤吉郎的膽識和半兵衛的機智，就像妖怪一樣曲折離奇，詭譎多變，已非凡人所能揣測了。

長政回到長濱城之後如實稟報寧寧。寧寧也覺得有道理，不過還是有些地方難以理解。就算說目的是爲了避免信長懷疑他會舉兵造反，可是需要這樣不顧及信長的顏面，夜夜笙歌嗎？萬一惹惱信長，豈不是反而惹來殺身之禍？

寧寧想了好幾天都想不出個所以然，於是跑來問藤吉郎。

「不用擔心。」

藤吉郎只簡單的回了一句，也沒多做解釋。信長不可能殺我的，他這個人喜歡實用的工具，而藤吉郎正是那個可以幫他實現稱霸天下的無可取代的工具。信長沒有笨到會因爲藤吉郎品行上的瑕疵，就殺了這麼好用的工具。這點，藤吉郎心裡非常清楚。而且，信長對藤吉郎的印象就是一個至情至性的眞漢子，一心只爲織田家的利益衝鋒，完全沒有私心的工具。所以，對藤吉郎墮落沉淪的行徑，信長只會憐憫，不會生氣……。

藤吉郎的預測一一命中。就像鋼琴演奏家一樣，藤吉郎把信長的內心的旋律準確無誤的彈奏出來。

「眞是個讓人拿他沒辦法的男人啊。」

這是信長眞正的想法。雖然當初沒有採納藤吉郎對抗上杉謙信的戰略，事後卻認爲藤吉郎的分析很有道理。他還認爲，藤吉郎擅自從北陸撤兵不是因爲固執己見，而是擔心安土防衛薄弱和信長的安危。如果不是基於一片忠心，藤吉郎何苦和柴田勝家翻臉，甘冒被斬首的危險，逕自跑回來呢。

（那隻猴子就是這麼愛出鋒頭。）

信長對藤吉郎的不滿，頂多就是覺得他很煩而已。可是他也不想稱讚猴子「說的很有道理」，因爲那樣猴子一定會得意忘形吧。

藤吉郎離開北陸之後，織田軍前鋒在加賀的手取川平原和上杉軍發生大規模的激烈戰鬥。這是上杉軍和織田軍第一次也是最後一次的會戰。

結果，織田軍——勝家——果然潰不成軍。謙信的指揮能力和越後軍的強悍，根本不是織田軍所能匹敵。部分織田軍打到一半時，發現風向不對，趕緊拔腿逃跑。謙信率兵乘勝追擊，殺了千餘名敵軍之後，繼續進逼手取川。織田軍涉水敗逃，途中溺死者不計其數。當時，加賀各地還流傳了這樣的諷刺歌謠：

上杉織田對決手取川
謙信飛躍，信長落跑

歌謠的內容就是在形容當時的戰況。上杉陣營和加賀的百姓都相信，信長曾經偷偷到加賀的戰線，當他看到情勢不對，又趕緊領著數名旗本，快馬逃回近江安土。這個說法一直流傳到後世，越後的史書《太祖一代軍記》也有類似的記載。只是，如果信長私下去過加賀的戰線，那麼，羽柴筑前守應該不敢擅自撤軍。

「信長不堪一擊。」

謙信從軍中寫信給留守國內的重臣，信中寫道：「稱霸天下的戰爭就是這麼回事嗎？我等可安心了。」

不過，謙信接下來的舉動卻令人費解。上杉軍的前鋒部隊打了漂亮的一戰後，卻沒再深入追擊爭取更大的戰果，也沒有把織田的勢力趕出加賀南部和越前，只追到手取川邊就停下來，之後就收兵調頭回越後了。

收到這個情報的藤吉郎心想：

「果然不出所料。」

跟藤吉郎之前預料的一樣，謙信因爲北條氏進攻關東而率兵回頭。可是，照道理，如果只是爲了驅離北條氏，謙信只需派部將前往即可，不需要親自出馬。但是，謙信卻決定從加賀抽腿，轉往關東。關於這點，依藤吉郎的觀察，應該是謙信認爲關東的肥沃田野遠比上洛這件事有魅力多了，才會領兵回頭。

（被我料中了。）

的確，對謙信這位北方英雄的瞭解，藤吉郎比信長要透徹得多。

藤吉郎還猜中了另一件事，就是北陸戰敗。謙信撤軍的第一手消息才傳回安土沒多久，京畿地區就出現騷動。過去臣服於信長的松永彈正少弼久秀舉兵叛變，在河內、大和國邊境的信貴山上籠城反抗。彈正（久秀的通稱）當初推測，只要謙信出兵，織田家必定開始衰敗，所以迫不及待的造反，加入反織田聯盟的陣營，趁織田軍出兵北陸之際，在京畿內作亂，企圖對安土發動進攻。這點，藤吉郎也料中了。

松永彈正過去曾經銜信長之命前去攻打大坂本願寺。戰後，信長將天王寺的副城（攻擊用要塞）封賞給他。這回，彈正為了在信貴山籠城而將副城的兵力掏空，導致這條戰線上的織田軍陷入立即的險境，若不盡快派大軍馳援，恐怕會遭到攻陷。

「叫猴子過來！」

信長在安土城內大喊。他解除猴子閉關反省的命令，要他立刻出發前往新戰線。

事實上，彈正造反的消息並沒有在第一時間傳到藤吉郎的耳裡。幸好竹中半兵衛機警，發現安土城的戲班子突然不再來長濱城表演，心知不妙，於是偷偷派人到安土城偵察，才知道彈正造反。他立刻把這個情報通知藤吉郎。

「必須盡快做好出征的準備。」

在信長下命令前，藤吉郎已經有預警心理。果不其然，當天，信長就派了使者豬子兵介，從安土經過沿湖道路進入長濱城，傳達這項緊急命令。

藤吉郎立刻整軍出發，在兩個小時之內趕到安土。在拜謁過信長之後，高舉金葫蘆的馬印，朝大坂出發。

播州

西方有奇才。

名叫黑田官兵衛孝高，也就是日後的如水。這位曠世奇才年三十出頭，在此之前從來沒見過藤吉郎，更別說信長了。

可是，官兵衛卻私下這麼想著：

（未來，應該是織田家的天下吧。）

官兵衛喜歡預言，也做過不少預言，卻從來沒有人把他的預言當一回事。

祖父是播州御著的土豪小寺家的家老。不過，官兵衛並不受主君小寺政職和同儕的重視。在這小城之中，大家都只當他是奇人、怪胎。

「這傢伙連槍都拿不穩。」

大夥兒私底下都這麼嘲笑他。也是，官兵衛並不是衝鋒殺敵的料，他擅長的是在帷幕之中當參謀、想決策，決勝於千里之外。可惜，小寺家這種鄉下土豪和大規模的戰爭無緣。

（真沒意思。）

官兵衛感嘆自己沒有出生在對的人家。這世界上，應該有我官兵衛可以一展抱負之地吧。人不得志，魂魄就會脫離人體變成鬼，在夜晚出來騷擾作怪，讓人睡不成眠。

儘管官兵衛不得志，卻待人親切，不隨便與人發生衝突。

官兵衛的祖先沒沒無聞，來歷已經不可考據。雖然官兵衛的兒子長政成了筑前福岡五十二萬三千石的黑田家藩祖之後，曾經將族譜追溯至近江的佐佐木源氏一族，但事實如何還難有定論。

據說，官兵衛的祖父是往來備前與播州姬路一帶賣眼藥水的商人，由於眼藥水療效奇佳，本人也擅長推銷的訣竅，所以生意興隆。當時，姬路北邊的山區裡供奉著驅除傳染病的廣峰神明，每到夏天傳染病開始散播之前，神社都會發這種眼藥水給當地的百姓，做爲神明的庇佑之物。黑田家因此大發利市，之後用賺來的錢開始養兵，從此由商家變成武家，算是相當罕見的例子。

官兵衛的才智，也許是遺傳自黑田家的祖父吧。

在那時候，海岸平原一帶是屬於當地的土豪小寺家所有，小寺家在御著村還有一座城。據說，官兵衛的祖父（重隆）以賣眼藥水賺到的錢養了一支軍隊，之後便帶著這支軍隊投靠小寺家傘下，成了小寺家的家老。

官兵衛是黑田家第三代，代代管理小寺家的支城姬路城。不過，此時的姬路城並不是德川時期那座壯麗的姬路城，而是一座茅草屋頂、用土牆築起來的小城館而已，城館四周有壕溝圍繞。

官兵衛到了三十歲這一年，興起了這樣的念頭：

（小寺家對我而言太小了。）

他認爲，應該趁這個風雲劇變的年代好好發揮自己的才能，這才是男兒之路。

在這個時期，西邊的毛利和東邊的織田都正日益壯大。

毛利的勢力範圍除了山陰、山陽，西邊還越過海峽，延伸到北九州。而且毛利擁有日本最大的水軍，掌握了瀨戶內海的控制權。織田這邊，除了控制京畿，版圖還包括京畿外圍、東海道中段開始到半邊的北陸，實力足足有四百萬石以上。而官兵衛所在的播州，正好就夾在這兩大勢力的中間。

群居在播州一帶的大小土豪，向來是這兩大勢力想要拉攏的對象，小寺家遲早也得選邊站。

——就選毛利吧。

官兵衛認爲，這樣的選擇比較適合自己。依照他的判斷，比起根據地遙遠的織田家，和播州一樣都是以海岸沿線爲主的毛利家族，實力似乎更爲強大。

此外，織田家樹敵頗多，除了毛利氏，大坂的本願寺、甲斐的武田氏、越後的上杉氏等強國都與信長爲敵，甚至密謀聯手想要包圍封殺織田信長。總之，不管從哪個角度看，信長的命運搖搖欲墜十分危險。

「應該選擇毛利才對吧。」

連小寺政職都傾向這個選擇。毛利家的戰術雖然沒像織田家那麼凌厲，但是結實堅固，對這些小土豪而言是值得依靠的對象。此外，毛利家還嚴格要求絕不背棄盟友，這點也是一劑定心丸。相較之下，信長的個性陰晴不定，讓人捉摸不定，昨天還是盟友，今天可能因爲利害衝突而反目爲敵，甚至慘遭殲滅。近江的淺井家就是血淋淋的例子。

可是，小寺政職遲遲下不了決定。在這段期間，毛利曾經多次派人來遊說，周邊的小土豪幾乎全加入毛利的陣營，像是明石的明石氏、高砂的梶原氏、志方的櫛橋氏、佐用的福原氏、上月的上月氏等，所以御著的小寺家也不得不表態。

最後，小寺家決定召開軍議。就在天正三年（一五七五）的夏天，官兵衛離開姬路城，渡過市川準備參加最後一次軍議的途中，心裡這麼想：

（萬一家主決定要投靠毛利氏，我就脫離主家，隻頭去投靠織田家。）

經過多方判斷，他認爲對小寺家而言，投靠織田家才是上策。站在他自己的立場也是一樣。

（像我這樣的男兒，比較適合織田家。）

他決定照自己的意思做，不再受主家的束縛。在元龜天正年間的這個世代，早已經不時興對主公盡忠盡力了，身爲武士，必須選擇能夠讓自己一展所長的舞台。

毛利氏的確堅實可靠而且紀律嚴明，但是家風缺乏彈性、死氣沉沉，一點都不吸引人。

（這是致命傷。）

官兵衛這麼想。在他看來，不管是人還是家風，都必須具備活潑、有朝氣的條件，否則根本吸引不了人才上門。

看看織田家就知道了。官兵衛暗自思量，雖然信長爲人權謀狡詐，難以捉摸，但是他展現的活力和霸氣古今罕見。天下的人才就是因爲仰慕信長閃閃發亮的光環，才會投靠織田家，而信長也的確讓身分卑微的人才有發揮的空間，只要有實力，就會被拔擢爲大將。所以在織田家，不管是主將還是武士，無不卯足全力效忠信長。

藤吉郎從前線回來之後，便留在琵琶湖畔的長濱城休養生息。湖畔這一帶的夏天很長，雖然已經入秋，山野風景卻完全看不出秋天的蕭瑟感。

「都入秋那麼久啦，天氣怎麼還是這麼熱。」

藤吉郎爬上追手門的樓門納涼，因爲大家都說，那裡是城裡最涼爽的地方。他袒露胸背，要侍僕給他搧涼，自己拿起毛豆當零嘴吃。這種無賴的行徑，眞不知道是天性如此還是後天教養太差，或是受到信長的感染。

城下的大街上，人群熙來攘往，店家熱絡的招呼客人，看在藤吉郎這個城主的眼裡，內心湧起無限的滿足感。

（我的子民都很勤勞工作呢。）

要是我會喝酒，現在就可以邊喝邊欣賞風光，那該是多麼享受的事啊。話說，當初藤吉郎爲了加速城下町的繁榮，開出了商人免稅的優惠。這原本是信長在岐阜的施政，藤吉郎看到效果不錯，於是也在長濱城如法炮製，果然奏效。不過，也因爲這個政策太過成功，鄉下的農民紛紛丟鋤頭，跑來城下討生活，任由田地荒蕪，藤吉郎爲了這件事傷透了腦筋。

「吃光啦，再多拿些來吧。」

他抬了抬空盤子，回頭對小姓石田佐吉這麼說。這些毛豆是佐吉的家鄉長濱東郊石田村的農民送來的。

「哎唷！」

藤吉郎突然瞇起眼睛，看著不遠的前方。就在城下的大街上，有位氣質非凡的武士正朝這邊走過來。

「此人絕非等閒之輩。」

藤吉郎這麼說。小姓們聽得一頭霧水，因爲那個人個頭不高，長相平凡，身穿褐色短袖搭配柿子色的背心，打扮相當儉樸，而且身邊只帶了一名隨從。

「那個人有什麼不同嗎？」

「看他的腰就知道啦。」

也是。那名小個子的腰間沒有配刀，而是用乾草將配刀裹住，交由一旁的僕人攜帶。然而萬一發生緊急情況，該怎麼辦呢？

（膽識過人。）

再不然，就是那個人根本不會用刀。總之，在這個兵荒馬亂的混沌時代，不隨身攜帶武器的走在大街上，的確不尋常。不只如此，瞧那走路的姿態，像是踏風前進般的輕鬆自在，似乎忘記自己身上沒有帶刀這回事。

「去把那個人找來。」

藤吉郎這麼說，他想收編那個人。這樣爽快的決定，是織田家才有的活力。就像茶師對茶具痴迷一樣，織田家也是求才若渴，所以，只要發現人才，就不會輕易放棄。

（注意到我了嗎？）

官兵衛心想。他站在道路中央，看著羽柴家的小姓朝他走過來。那名小姓年約十五、六歲，眼睛細長，看起來聰明伶俐，不過表情冷漠，即使看到年紀比自己大的官兵衛，臉上也沒露出半點笑容。

——在下是羽柴家的僕役，名叫石田佐吉，我家主公想要見公子您。

僕人報上自己的姓名、說了來意。

「哈哈。」

官兵衛不介意少年傲慢的態度，只是微笑的報上自己和主家的姓名。

「剛才，」少年繼續說：「我家主公從城樓上看到公子，對公子深感興趣，所以特地遣小的來爲公子帶路。」

「喔喔，從城樓上看到的嗎？」

官兵衛故意裝出吃驚的樣子，然後往城樓的方向點了個頭。其實，他早料到這些了，因爲在來長濱城之前，他已經打聽過藤吉郎的日常作息，知道藤吉郎喜歡到城樓上納涼和欣賞城下風光，因此故意不在腰間配刀的走在大街上，目的就是要引起藤吉郎的注意。

「這是在下的榮幸。在下早就想見羽柴大人了。」

官兵衛這麼說。

在織田家，負責中國方面事務的申次（最高行政首長）就是藤吉郎。

信長計畫將來要收服中國地方，所以命令藤吉郎好好調查中國各方面的事務，就連毛利家的外交僧侶安國寺惠瓊想拜會織田家，都得先請示藤吉郎。另外，和毛利家爲敵的山陰尼子家的遺臣山中鹿之介，也是透過藤吉郎的居中斡旋，才得到織田家的庇護。

播州在現代已經被歸爲近畿地方，不過當時還是屬於中國地區。因此，官兵衛去拜訪藤吉郎也是理所當然。

「啊，是嗎？那麼公子的家主小寺大人，也要投靠織田家了？」

佐吉雖然是個小僕人，卻喜歡過問超出自己身分的事。這個習慣，在他日後改名爲石田三成之後還是沒變。

「這得等我見到貴府的大人才能決定。」

官兵衛微笑著回答。事實上，小寺家的確有意投靠織田家。

之前在御著城召開的會議上，雖然包括小寺政職在內，大部分的家臣都贊成投靠毛利，唯獨官兵衛持相反意見，還用他的三寸不爛之舌說服其他人，硬是把會議的決定轉向投靠織田家。

（似乎有點勉強。）

儘管有些不安，不過一想到大家最後還是採納他的意見，內心也就踏實多了。只是，官兵衛還不夠老練，不瞭解眞正的人性。因爲在辯論上輸的人會認爲自己受了屈辱，所以內心並不會完全服從贏的人。

官兵衛先在城門內的小房間拍掉衣服上的灰塵，整裝好之後來到玄關，發現藤吉郎竟然親自出來迎接。

「唉呀，官兵衛大人？久仰大名。」

他拉起官兵衛的手，請他入內。也許就是藤吉郎親自出來迎接的這份用心，讓官兵衛一生都對他非常感激。

藤吉郎之前就對中國的知名人士做過仔細的身家背景調查，他對黑田官兵衛的瞭解，說不定比小寺家更深入，也更懂得賞識他的才華。

（這位大人竟然對我瞭解得如此透徹。）

官兵衛對藤吉郎擅於籠絡人心一事早有耳聞，今日有幸獲得青睞，內心大爲激動。過去，他在鄉下小城受到冷落，始終覺得抑鬱不得志，今天聽到藤吉郎對他推崇備至，不禁潸然淚下。官兵衛就是這麼感性的男子。

（這個人擁有爽朗的武士之心。）

藤吉郎這麼想，還決定把他推薦給信長。藤吉郎了解信長對部屬的欣賞角度，信長喜歡這種個性爽朗的家臣。

當天晚上，藤吉郎用湖北鮮魚、虎姬味噌、石田毛豆還有美酒招待官兵衛，兩人就像相知多年的老友一樣天南地北無所不聊。官兵衛也把播州的情勢和攻略，仔細的說給藤吉郎聽，「如果在下是織田家的家臣就會這麼做」之類的。

的確，如果照官兵衛的建議做，收服播州就像探囊取物。

（眞是難得的人才。）

藤吉郎驚爲天人。這個人的資質和自己是那麼的相近，擁有絕頂的機智、擅於用溫和的語言包容尖銳的機鋒，不喜歡與人爭執。和他聊天就像聽曲子一樣讓人心情愉快。也許，這才是眞正的軍師吧。

（竹中半兵衛也比不上他啊。）

官兵衛有爽朗氣質和想一展長才的積極態度，這點藤吉郎激賞不已。竹中半兵衛雖然神機妙算，個性卻像個隱居的君子，不輕易表現出眞正的自己。藤吉郎對半兵衛充滿敬畏，不會對他的才能感到嫉妒或是提防。官兵衛不同，他和自己一樣，隱藏在溫和態度之下的，是一股想要出人頭地、讓天下人刮目相看的衝勁。當然，藤吉郎的器量還不至於小到會嫉妒官兵衛這樣的人才。

（畢竟，我比他高明多啦。）

藤吉郎就是這麼豁達的人。只不過，他向來自詡「世上無人能與自己的資質匹敵」，如今那個資質與他不相上下的人就站在面前，這讓藤吉郎受到不小的震撼。

「我一定要讓你去見見岐阜的主公。」

藤吉郎這麼說。信長翌年把居城移到安土，不過這時候還住在岐阜。

隔天早上，藤吉郎來到更衣室準備洗臉更衣。在一旁服侍他的是石田佐吉。藤吉郎在屋簷下洗臉時這麼問：

「播州來的客人睡得還安穩嗎？」

是，客人睡了好覺。佐吉像個偵探，什麼都知道，而且還補充了一件事。這就是佐吉的缺點。

「公子在就寢之前，很恭敬的做了禱告。」

「是天主教徒嗎？」

藤吉郎甩掉臉上的水滴時突然想起，官兵衛隨身小刀的刀柄前端，的確刻有金色十字記號。

（所以他才那麼仰慕織田家嗎？）

會這樣想也是理所當然。信長喜愛南蠻人的文化，雖然他本身是個無神論者，也沒有信教，卻對南蠻來的傳教士非常友善，還提供保護。也因爲這樣，織田家的將領中有不少人都受洗，像是攝津高槻城主高山右近、攝津伊丹城主荒木村重等，都是非常有名的受洗者。

「聽說公子受洗名叫做西滿。」

佐吉這麼說。

「你連這些都打聽到了？」

「不，是小的跟人家聊天的時候無意中聽說的。」

（眞是愛管閒事的傢伙。）

藤吉郎這麼想，不過並沒有責罵他。回想起來，他以前不也是這麼愛管閒事而被信長責罵嗎？

（不過，接待的事可不能交給佐吉。）

萬一惹官兵衛不高興，可就傷腦筋了。藤吉郎是織田家負責中國地區的首長，他明白官兵衛是個了不起的人才，絕對不能得罪。

「去叫小一郎來。」

藤吉郎這麼說。小一郎是藤吉郎同母異父的弟弟羽柴小一郎秀長。藤吉郎雖然對繼父竹阿彌有所怨恨，卻感謝他留了這麼一個賢明的弟弟給他。小一郎秉性敦厚，招待賓客時向來禮數周到，絕不會失禮。

小一郎很快就來到長濱城。

「小一郎，有件事交給你去辦。」

藤吉郎跟小一郎說了官兵衛的事，要他負責招待。小一郎是聰明人，明白接待官兵衛的意義非同小可。

「聽好，不是禮數周到就好，要把官兵衛當成家人、血親一樣盛情款待。」

藤吉郎想把官兵衛拉到自己的陣營。織田家收編播州的工作能否順利進行，得看小寺家願不願意歸順，而關鍵就是官兵衛。拉攏不到播州，就難以攻打中國的毛利氏。所以，未來對毛利的作戰能否成功，關鍵就在那個矮個兒官兵衛。

當天早上，藤吉郎領著官兵衛從長濱出發，前往岐阜。

途中，藤吉郎和他聊到天主教。

「聽起來教義良善呢。」

官兵衛於是問，大人也覺得不錯嗎？一副想拉藤吉郎信教的樣子。

「我嗎？」

被這麼一問，藤吉郎楞了一下。信教這種事，他是從來不去想的。

——這世界上哪來的神佛、靈魂啊。人死之後就是一掊土，什麼都不留。

雖然，他不是信長那樣的戰鬥型無神論者，不過兩人都信奉合理主義這點是一樣的。仔細回想起來，打從小時候，藤吉郎就不曾向神明合掌祈求過什麼。

「我的神在其他的地方。」

「喔喔？是什麼樣的神呢？祂的教義是什麼？」

官兵衛笑著問。藤吉郎拍一拍馬，沒有回答。於是官兵衛又再問了一次。

「就是叫織田信長的人。」

藤吉郎半眞半假的回答。其實他也沒說錯，對藤吉郎來說，信長就像神一樣。是信長開啓了他的智慧，給了他好運，還有現在的身分地位。但是，一旦惹火他，就會遭到嚴懲，神明不也是這樣嗎？

藤吉郎帶著官兵衛來到岐阜城。

信長卻跑出去獵鷹狩獵了。

「主公去了哪兒？」

他這麼問。僕役回答說是去城後面的權現野。藤吉郎要官兵衛先回家裡等候，他自己則騎馬繞過岐阜山城南邊的山腳，往權現野奔去。

（非得見到主公不可。）

他一心這麼想。不但要讓主公見官兵衛，還要讓他知道這個人的戰略價值。所以，現在最需要的就是膽識。膽識。

（一定要讓主公知道。）

雖然現在藤吉郎是織田家中國地區的申次，並不表示將來討伐毛利氏時會被任命爲總司令官。

信長從沒做過這樣的承諾。

（說不定主公會挑選其他人。）

他有這樣的憂慮。織田家各大將領負責的區域分別是：柴田勝家管轄北陸、明治光秀是丹波、瀧川一益是伊勢。但是，這些戰場都沒有中國戰場來得困難，敵人的勢力也沒有毛利那麼龐大。要是藤吉郎能夠被任命爲攻打中國的總指揮官，那麼不論名實，藤吉郎都算是織田家的首席家臣了。對一名武將來說，這不就是最高榮譽嗎？

也許出於這個原因，信長才遲遲不決定人選吧。這個任務太過重大，信長擔心，要是藤吉郎眞的打敗毛利，到時有可能功高震主。聰明的信長非常瞭解帝王統御之術的原則，就是不能讓部下的權力膨脹到足以威脅自己的程度。信長在世時或許還可以壓制，一旦他死了，子孫又會如何呢？自古以來，勢力坐大的家臣以下犯上篡位爲王的例子比比皆是，爲了防止這樣的弊害，信長很可能派兒子擔任總指揮官，由藤吉郎擔任顧問。

（有可能會這樣吧。）

藤吉郎如此預測。織田家的嫡子信忠雖然才能平庸，但今年也已十九了。此外，還有次男信雄、三男信孝，也就是說織田家並不缺繼承人。他們其中之一很有可能被指派爲大將軍。

（這樣多沒意思。）

藤吉郎這麼想。

看著一個身分卑賤的矮個子，懷抱著強烈的權力慾望一路力爭上游的過程，不是精彩多了嗎？藤吉郎把自己的野心壓抑在肚子的最底層，不讓野心的腥味飄散出來。信長這個人鼻子靈敏得很，一旦被他嗅出味道，一定不會輕饒。所以長久以來，藤吉郎始終讓自己相信，自己沒有那樣的野望，這樣自然就不會有愧疚之心。這也是爲什麼，藤吉郎總是能保持爽朗愉快，而且深受信長喜愛的原因。

但是，藤吉郎想表達他賣力工作的樣子，就像賭徒喜歡賭博這件事，更甚於賭博帶來的利益。藤吉郎是做大事的人，他享受工作帶來的成就感。自從當了信長的小人開始一直是這個樣子。他把個人的膽識和名譽賭在成就上面，而不是利益方面。

（總之，先想想應該怎麼做吧。）

藤吉郎想當中國區域的總司令。織田家結束現階段的戰爭之後，接下來的目標就是毛利。所以，他必須開始佈局。

藤吉郎騎馬奔馳著。

馬蹄在草原的波浪中前進。這一帶沒什麼河流，到處都是荒野，許多野鳥都會飛來這裡吃果子。

藤吉郎發現信長的身影出現在前方不遠處，於是下了馬，把馬綁在冬青樹的樹幹上。冬青的果實還未成熟，樹梢停了好幾隻野鳥在嬉鬧。

藤吉郎把配刀放在草地上，撩起褲腳跑過去。雖然年紀老大不小，跑起來可不能氣喘吁吁，因爲信長看了會不高興，這個人的脾氣就是這麼古怪難伺候。藤吉郎這一跑就跑了三百多公尺。

「啊，是藤吉郎。」

信長站在大草原中間，心情似乎不是很好。八成是沒獵到麼什麼。

「那邊那棵冬青樹上有很多鳥。」

藤吉郎突然這麼說。似乎是想起小時候背著大葫蘆跟在信長後面跑的情景了。

「好，猴子，告訴我鳥在哪。」

信長騎著馬跑了起來。藤吉郎大喊一聲，是！立刻騰起腳飛奔，跑過信長的身邊，那模樣就像在草上飛。雖然年紀大了，跑起來吃力，但他還是拚命忍住。這畫面是個象徵，表示替織田家工作的大將，個個都得卯足全力奔跑，在沙場上搏命演出。藤吉郎當然也不例外，他在野草中沒命的跑著，突然，他停了下來，單膝跪地，右手往後指著一棵樹說：

——就是那棵樹。

信長點點頭不發一語，接著開始緩步挪移，從藤吉郎面前走過去，拳頭上停著一隻鷹。看著信長躡手躡腳、臉上帶著頑童般的表情，藤吉郎不禁莞爾。

去。

老鷹從信長的拳頭飛起，盤旋上空後，以讓人無法捕捉的高速飛掠而下，捕到了一隻鶇。

「成功啦！」

信長興奮的大喊。過了一會，他在地藏石像前的平台上坐下，擺出要藤吉郎有話就說的姿勢。藤吉郎從草叢中現身，在信長面前跪了下來。

「卑職有個心願，想懇求主公的恩准。」

「什麼心願？」

「主公願意聽嗎？」

「要說了我才知道。」

「卑職膝下無子。」

藤吉郎突然冒出一句不著邊際的話。其實就在前一刻，藤吉郎也沒想到自己會在這種情況下提出這樣的要求。

藤吉郎沒有子女的這件事信長也知道。不光藤吉郎的正室寧寧，藤吉郎睡過的女人，也沒聽過有哪個爲他生下一兒半女。

「你沒有種。」

信長抬起下巴，詭異的笑著說，似乎是在嘲弄長相怪異的藤吉郎生不出後代。

藤吉郎也低下頭跟著嗤嗤傻笑。笑，似乎是這對主僕之間的默契。

「所以，你想說什麼？」

「請主公聽聽卑職的心願，卑職絕對不是出於私心。如果不行，主公要怎麼罵卑職或是要卑職刎頸，卑職絕對不會有怨言，只求主公聽卑職一言。」

「說！」

信長怒吼。藤吉郎鼓起勇氣，大聲的說：

「請主公將於次丸少爺過繼給卑職當養子。卑職誠惶誠恐，罪該萬死……。」

藤吉郎的額頭貼著地面，惶恐的伏著身體。

「什麼？」

信長感到吃驚。因爲於次丸是織田家四公子，今年剛滿七歲，而這猴子竟然說想收他爲養子。

信長仰望天空，調氣吐納。猴子以前也常提出一些讓人意想不到的怪點子，不過都沒有像這次這樣讓人摸不著頭緒。猴子出身貧賤，這點，當年收留他的信長再清楚不過了。

（這種話，眞虧他說得出口……。）

儘管心裡這麼想，但同時又覺得很欣慰。信長這個人不信鬼神，對門第和血統也嗤之以鼻。他覺得藤吉郎儘管出身貧賤，但是他的血統並不令人厭惡。信長聽了他請求，反而覺得很開心。這就是藤吉郎心思細密的地方，織田家中，哪個臣子能有他這樣的膽識呢。

「臭猴子。」

信長大喊：

「不要得寸進尺。」

嘴上這麼怒吼，內心卻想著，這主意眞有意思。

這個被猴子、猴子叫的藤吉郎已非昔日的卑賤身分，而是天下難得一見的奇男子，是個名士，而且是織田家五虎將之一，把織田家的兒子過繼給他當養子，其實並無不妥。

（應該答應這個請求。）

信長這麼想。只要滿足猴子這個曠世奇才的要求，好好的獎賞他，他就會對織田家盡忠賣命。

這樣的交易眞是太划算了。不，豈止是划算，仔細想，這筆交易的最大獲利者不就是信長本人嗎？信長在思考事情時，習慣從「利益」的角度出發（猴子也是一樣）。以這件事來說吧，把於次丸過繼給猴子當養子的話，將來他的養父藤吉郎就算獲得再大的領地，到頭來還是全由信長的兒子繼承。也就是說，信長封賞出去的好處，最後還是會回歸到自家人身上。而對藤吉郎來說，封賞的領地只是觀賞用的，將來還是得如數奉還給織田家。

（虧他想得出這種笨主意。）

藤吉郎的無欲無貪，讓人莞爾。看來，他對織田家的一片赤誠丹心是毋庸置疑了。儘管信長心裡這麼想，但是他並沒有立即答應藤吉郎的請求。

「我會考慮。」

在他腳下含苞待放的野菊花海隨風搖曳著，其中只有一株長出天空色的花朵，信長摘下它。

「插在領子上吧。」

他把花遞給藤吉郎，這麼對他說。這就像是禪家之中，師父認可弟子修成正道的證明書一樣。對藤吉郎而言，這朵花代表信長已經默許了他的要求。

「嘻嘻。」

藤吉郎立刻磕頭謝恩。

「你想到哪裡去了。」

藤吉郎以爲信長又要罵他，嚇得一臉驚恐。不過信長沒罵他，而是仰天大笑。不一會，他扳起臉問——你是不是有重要的事要向我稟報。他知道藤吉郎不可能只為了收於次丸當養子，就快馬加鞭的從長濱趕來這裡。

「主公您猜對了——事情是這樣的。」

藤吉郎把官兵衛和播州的情勢，一五一十稟報信長。

「讓我見見他。」

信長也明白官兵衛來岐阜，意義非同小可。他不再繼續打獵，就這樣打道回府了。

儘管夕陽已經下山，但是信長不在乎天色變暗，在山麓宅邸的二樓接見了官兵衛。

「我是信長。」

他朝著官兵衛大吼，膽識不足的人，恐怕會被這巨大的音量嚇破膽吧。但是官兵衛卻文風不動的坐在那裡，沒有絲毫動搖。直到坐在他旁邊的藤吉郎給他暗示，官兵衛才抬起頭，向信長稟明播州的攻略之策。

這場會面談了大約一小時。

平常，信長總會要求對方講話簡明扼要，或是由他問了兩三個重點之後，就叫對方閉嘴，但是這回，他卻很有耐心的聽官兵衛解說。這眞是奇妙的畫面啊。官兵衛說話時，分寸拿捏得恰到好處，信長感興趣的部分他會多做些說明，而且盡可能說得簡潔有力。

信長聽了這位來自播州的貴客的談話，直覺這個人和織田家的風格頗為契合。對現在正處於四面楚歌的信長而言，就算官兵衛滿嘴花言巧語，也讓人聽了精神為之一振。

「果然是難得的賢才。」

信長對官兵衛盛讚不已，還說：

「官兵衛，你要好好輔佐藤吉郎。」

說完這句話，信長就結束了接見，打算回後館。但是沒多久又轉身走回來，拔起自己的配刀放在小木桌上，送官兵衛做爲賞賜。由此看得出來，他非常欣賞官兵衛。

之後，信長把藤吉郎找來，這麼告訴他：

「中國方面的事務，交給你全權處理。」

在這場機密會談中，信長把藤吉郎任命爲中國地區的總司令官。藤吉郎激動的向信長叩謝，是，屬下遵命！是請求收於次丸爲養子的提議奏效了嗎？或是官兵衛給信長留下極好的印象？這就不得而知了。

但是，信長並沒有立即派任藤吉郎。

因爲出兵中國地方是以後的事，毛利家目前還只是假想敵。而且現在毛利家的外交僧侶安國寺惠瓊，也頻繁的往來於兩家之間，雙方表面上還維持著和平關係。

過了一年，藤吉郎轉戰他方，無法專心於本務。

不過，拉攏播州這個前進中國入口的工作並未中斷。他派遣參謀竹中半兵衛潛入播州，暗中進行謀略。由於官兵衛正好也要回去播州，於是竹中半兵衛，領著載有五百名士兵的軍船，護送官兵衛回到姬路城。半兵衛也住進城內，以此爲基地，一面蒐集播州的各種情報，一面進行謀略工作。

天正四年（一五七六）五月，毛利氏宣布和信長斷交，但雙方並沒有立刻開戰，而是繼續在中間地帶的播州進行角力戰。

剿滅信長的計畫終於出爐。這個由統領十州的霸主毛利氏推出的計畫，規模之大，從沒有哪一場戰役能夠與之相提並論。

首先，毛利氏迎接遭到信長驅逐、自立門戶的亡命將軍足利義昭，將他安置在備後鞆城。如此一來，毛利氏就掌握了討伐信長的正當名義，也就是奪回京都。戰略方面分三路進行。第一路由毛利家戰力最強的水軍帶領，自瀨戶內海出發，突破織田的水軍直接殺入大坂灣，在那裡和石山本願寺軍會合。

第二條路經由日本海方面，從出雲出發，經過但馬、丹後，一路上收編地侍，往丹波前進，繞道至京都的備後，攻擊市區。第三條路是取山陽道，從安藝出發，經備後、備中、備前，拿下播州後，往攝津西宮，最後通過西國街道，從京都的正面（南面）進入市區。面對如怒濤般襲來的毛利軍，身爲中國區司令官的藤吉郎，必須靠自己的力量擋住敵軍的攻勢。這對織田家來說，是一場前所未有的大規模戰鬥。

毛利的進攻計畫照理說應該是機密，但是竹中半兵衛卻在播州路上打聽到這個秘密。天正四年夏天，他急忙趕回長濱，將這件事上稟藤吉郎。

「哎呀呀。」

藤吉郎在膝蓋上拍了一下。

「怎麼樣？你嚇破膽啦？」

他的眼神發亮，說話的口吻聽起來好像自己是毛利家的大將。

（眞是個怪人。）

雖然已經習慣主公的脾氣，不過看到藤吉郎的反應，半兵衛還是感到哭笑不得。這個凡事都喜歡搞大排場的男人，難道連和敵人作戰也喜歡千軍萬馬的氣勢嗎？

（這計畫行不通。）

藤吉郎冷靜想過之後，得到這樣的結論。他認爲，作戰靠的不是計畫，而是人。毛利家人才不足，現在，毛利宗家的主公是毛利元就的孫子輝元，元就的另外兩個兒子吉川元春和小早川隆景，則以左右護法的立場輔助宗家。吉川元春是負責日本海側進攻路線的司令官，小早川隆景是山陽道的司令官，兩人都稱得上是一流的名將。可是，進行這麼大規模的作戰，必須靠有更大膽識的將領來推動，而毛利家缺少這樣的膽識。不只是元春和隆景，放眼全日本，有誰具備這樣的膽識？就連不久前過世的武田信玄和越後的上杉謙信，格局也不夠大。

一想到這裡，藤吉郎皺巴巴的臉笑了。

（放眼古今，具備這種大格局的人，除了織田主公之外，就是我藤吉郎啦。至於元春、隆景之輩，充其量只能算是在大海裡載浮載沉的河舟罷了。）

想到這裡，藤吉郎不免霸氣十足。

「嘿嘿嘿嘿……」

一面笑著，喉嚨還發出咕嚕聲，笑聲充滿了奇妙。

（眞是難以捉摸。）

半兵衛不知道該怎麼應對這個對手的奇妙笑聲。

藤吉郎立刻騎馬狂奔，從長濱衝向安土城，先對信長主公行禮，然後說出毛利氏的計畫。信長從頭到尾都沒說話，一直到最後才說：

「說出你的看法。」

他想知道猴子是怎麼想的。於是藤吉郎平跪在地，開始說起他的理論。他說，毛利的計畫看似宏偉，但實際上只是在描繪一個難以實現的願景。吉川元春和小早川隆景之流的武將看似有器量，但就藤吉郎所見只是一般的武士，無法推動大規模的戰役。

「元春和隆景都只有那種程度嗎？」

「是的。」

「爲什麼你看得出來？」

「說到原因呢，」

藤吉郎跪著往前推進幾步，說明毛利氏三路並進，將可發揮出最大的威力。但是三路並進要協調速度，同時上京才能夠擊潰敵人。反之，要是三人各自爲政，就會遭到各個擊破，這是非常危險的。想要三路並進，掌握毛利氏主權的人就得時時調整部隊，偏偏毛利本家的主公毛利輝元欠缺領兵能力，意思是他只懂得畫大餅，沒有實踐的能力……。

「他根本就沒有戰略思考的能力，他的器量有多大，從這裡就能看出來了。」
「猴子，不可輕敵。」
信長如同利箭一般的警告，讓藤吉郎再次趴下。
「主公說的是。」
他接受了信長的責備。信長花了三天思考毛利的進攻方案，終於想出對策，並且下令部署。首先是海軍的整備，他命令最近從志摩半島歸順的九鬼水軍開始建造大船，以便在大坂灣迎戰毛利水軍。至於日本海那邊，命令掌管但馬、丹後、丹波的明智光秀拉攏當地的地侍。至於毛利的主力兵團的進攻路線山陽道，則是派藤吉郎主掌先發攻擊。
但是兩軍碰面時，雙方都在觀望，沒有哪一方先發起大規模攻勢。
這段時期只有小規模的戰鬥，毛利的前哨部隊爲了攻擊黑田官兵衛所在的姬路城，已經在英賀之浦登陸。
這個情報送到安土城和長濱城的翌日，毛利部隊已經被官兵衛擊退的報告也隨即傳來。
「不愧是官兵衛，眞厲害。」
藤吉郎相當訝異。根據回報，面對毛利的大軍，官兵衛略施詭計，召集三千名女人小孩等百姓，拿著軍旗假裝成疑兵，在海岸邊的丘陵地帶來回走動，故意讓敵方看見。
官兵衛本人則是帶著少許部下以及他盡力召集的士兵前往海濱，分別擊潰那些逐步上岸的敵軍。敵軍看到官兵衛的部隊後方還有武士旗幟，不知道那是疑兵部隊，以爲官兵衛的後方還有織田軍撐腰。
——難道織田軍早就在岸上等著了？
敵方被官兵衛所騙，決定放棄登陸，又登船離開了。但實際上，播州這裡連一名織田軍士兵都沒有。
這場小戰役就此結束。
問題是，雖然敵軍被擊退，難保不會重來，到那時，孤軍守衛小城的官兵衛和小寺氏就無法抵擋了。
——應該盡快讓織田家的兵馬進入播州。

於是官兵衛懇請姬路城能夠出兵協助。要是織田軍不肯來，播州的中立勢力都很可能會倒向毛利方。而姬路城只是個鄉下城砦，織田家不派支援來，這座小城將會孤立無助。

可惜，情勢並不如他的預料。

織田家的四面八方都是敵人，在這客觀情勢下，絕對不可能撥出一批大軍到播州來助戰。目前上杉謙信似乎有所活動，威脅到織田的背後。而擔任北陸防衛的柴田勝家首當其衝，趕緊向安土城求救。可是此舉如同緣木求魚——藤吉郎也看得出來，所以原本被派往中國地方的藤吉郎，暫且率領軍團逆轉方向，朝北陸前進想要支援。兩人之間卻引發嚴重口角，藤吉郎狠下心，又把軍團帶回近江。這個舉動惹得信長發怒，要藤吉郎待在長濱城閉關自我反省。幸好，閉關的日子並不長。那個剛加入織田陣營的松永久秀竟然起兵叛變，籠城固守在大和信貴山城裡，所以秀吉奉命帶兵塡補織田包圍石山本願寺的缺口之後，又爲了攻略信貴山城而東奔西走，好不容易完成所有任務，才返回長濱城。這時已經是天正五年（一五七七）的晚秋了。

「藤吉郎，給你五天休養。」

信長也同樣給光秀五天休養。他對這些有才幹的將領，給予的休養期間未免太過吝嗇。但話說回來，情勢確實緊迫，播州不能隨意拋棄，所以必須在五天之後出發前往播州。藤吉郎很想爲軍團的將士多爭取一些修養期，但是他自己卻沒時間休息。

返回長濱城的隔天，太陽剛升起，藤吉郎就快馬前往安土，謁見信長，聽信長分析進入播州之後該做哪些工作。

這天，信長很難得的一直說話、說個不停。

平常沉默寡言，有時一天說不到一句話的信長，碰到藤吉郎時卻會變得多話，因爲藤吉郎算是瞭解他內心的重臣，一直對著藤吉郎說話，彷彿會產生生理上的快感。藤吉郎也明白主公的這種個性，所以也跟主公聊個沒完，還會逐一詢問信長的命令該如何達成，信長聽了就會回他，你可以自己做主。

——一個一個問清楚，你很煩哪。

有時候信長也會不耐煩，卻不會生氣。應該說信長把藤吉郎當成了兄弟，跟他說話特別安心吧。

戰術戰略的討論結束後，信長會放寬心情，叫人拿出酒菜，藤吉郎有時還會指示廚房要準備什麼菜色，讓信長吃得非常開心。去年的長篠之役大勝甲斐武田家，導致武田家滅亡。而威脅著北方的上杉謙信，則是收斂起他對西日本的野心，專心朝東日本發展。大坂的本願寺也是，信長在今年二月討伐了本願寺的幕後支柱紀州雜賀黨，斷了本願寺的根。回想起去年被反織田勢力包圍，陷入嚴重危機的織田家，到了今年晚秋，終於能夠好好喘一口氣了。在去年姬路城的官兵衛加入之後，屈指算算，織田家直轄的屬國有尾張、美濃、部分的飛驒、近江、伊勢、志摩、山城、大和、河內、和泉、若狹、丹後、越前、部分的加賀、部分的紀伊、部分的播磨、部分的攝津……，總共十七國、五百三十八萬石。總兵力也達到十三萬五千人之多。

「說到於次丸，」

趁著心情好，信長提起這件事：

「我把他送給你，讓他當你的養子。」

喔喔喔！藤吉郎全身發出無聲的歡呼。他開心的立即謝恩，並且說，往後他不再擔心子嗣的問題，可以努力作戰，把自己的性命奉獻給主公。

還有——雖然年齡還小，但是希望明年就讓他元服，後年就把藤吉郎家委託給於次丸大人。至於藤吉郎自己，則會全心投入各項任務，讓主公滿意。

「眞是個有趣的傢伙。」

信長聽了有些想笑，假如藤吉郎的領地之後全都交給於次丸，藤吉郎還能到哪去？

「你那邊狀況怎樣？」

「什麼事？」

藤吉郎吸了一口氣，挺起胸膛。

——接下來的這段話，有人說是這個時候說的，也有人說是日後才講的。

「在下要是能夠攻下中國的話，請主公把野野村三十郎、福富平左衛門、矢部善七郎、森蘭丸這幾名近侍賞賜給我。」

這幾個人是信長的近侍，也是信長的幕僚，到了戰場上則是變成信長的聯絡官與參謀官，所以沒有機會在戰場上建立什麼攻城或退敵的戰功，能力優秀俸祿卻很少。但是，這個職務卻代表一種權力，要是惹他們幾個人討厭，向信長告狀，藤吉郎就礙手礙腳了。藤吉郎覺得他們並沒有真的受到重視，希望以後能夠多給他們一點俸祿。至於領地，那是由信長來決定的，藤吉郎沒權力賞賜。

「爲什麼提到這件事？」

「在下打算征伐富裕的九州。想要平定九州，我只需要一年的時間就能辦到。」

「只要一年？」

「是，只需要一年。然後再儲存一年份的米麥糧草，打造許多軍艦，我就能夠征討朝鮮了。」

「你這傢伙。」

信長不敢置信，但藤吉郎還是比手畫腳繼續說：

「到時候請把朝鮮賞賜給我。」

「你不想要日本的領地嗎？」

信長張嘴大笑，差點把屋頂給震飛了。想要拿下朝鮮當領地，這就像是畫大餅說我要月亮和星星當領地一樣，毫無現實感。難道這麼說的意思是「我不需要領地」？但是藤吉郎還在繼續講。

「你還沒說完啊。」

「是的。在下希望得到主公您的正式令狀，再發起攻勢。」

「你想要去哪裡？」

「在下想要擔任您的陣前大將，進攻大明國。等到我打下大明國，就會把領地奉獻給主公。這麼一來，日本、朝鮮、大明國，都納入了主公的手中。」

「你這個蠢蛋！」

信長一邊拍手一邊大笑。雖然嘴巴在大笑，內心卻沒有笑容。這個霸氣的傢伙——這是信長給藤吉郎的讚美——說不定真的會辦到呢。

「真想不到，你這麼會耍嘴皮子。」

信長雖然嘴上這麼說，實則內心越來越喜悅。這傢伙其實很了不起，不管交給他多重大的任務，不管給他多少封地，他都不會危害織田家。而且，藤吉郎幾近於不要酬勞，一心爲主公做事，只想著要讓織田家不斷擴張。

「藤吉郎！」

信長擺出嚴肅的表情叫他，藤吉郎馬上勉強自己擺出笑容。

「與其想那麼遠的事，你還是先去拿下播磨一國吧，這才是你現在的任務。」

「在下明白。」

藤吉郎突然收起笑容，趴得更低了。

「還有，」

信長看著這個可愛的男人，心想要找個什麼東西讓藤吉郎高興。

他想到了。

「這次領兵出陣，我賜予你朱傘一頂。」

所謂的朱傘，用途就是遮陽。比方說舉辦葬禮時，僧侶帶領喪家前往墓地，那時僧侶的侍從就會打起朱傘給師父遮陽。朱傘是用染料把紙染紅製作成的傘，傘柄長達八尺。當時的朝廷在舉辦即位大典時，位階很高的公卿也都有下屬幫忙打著朱傘，參與典禮。如今，藤吉郎也獲得一頂朱傘，這等於是表明他是織田家的首席大將。

「這、這是真的嗎？」

這樣的恩典讓藤吉郎非常意外，說話聲都沙啞了。

「沒錯。」

信長對他點點頭。

藤吉郎在安土城門外準備好馬匹和官兵，舉行閱兵典禮。幾天之後的天正五年十月二十三日，在信長的觀閱下，藤吉郎的本隊出發了。

藤吉郎的本隊其實只有七千五百人，他們的刀槍閃亮，軍旗飄揚。信長站在天守閣頂上的窗口往下眺望，說話聲帶著哽咽。

（尾張中村的猴子，終於爬到這個地位了。）

猴子是信長當年從泥灘裡撿來的，由他一手培育成今天的武將，令他心中非常感慨。

「快看！」

信長舉起扇子指向前方。大軍一路朝城外行進，位於中軍的藤吉郎穿戴著盔甲，騎著戰馬。不過信長叫大家看的不是藤吉郎，而是那一頂朱傘。藤吉郎的僕役跟在他身旁，高高舉起色彩鮮豔的朱傘。

「終於撐起來啦。」

信長只不過是看到了朱傘，爲什麼會那麼開心呢？他站在天守閣的窗口旁，一面拍著窗框，一面高聲大笑。

「猴子撐起來啦。」

信長又大喊了一次。

算一算，藤吉郎今年四十二歲了。雖說體力方面不如青年時代，但是遇到有趣的工作還是會全心投入，充滿了小男孩的活力。

——猴子眞是越來越像個男人了。

信長這樣誇獎他，因爲藤吉郎在工作上越來越有自信，而且技巧鍛鍊得益發成熟。

天正五年（一五七七）十月二十三日，藤吉郎頂著信長賞賜的朱傘，遮著秋陽前往播州，到了十二月，就順利平定了播州到但馬一帶，率軍返回安土城，僅僅兩個月就達成任務。在他還沒回來之前，信長已經收到他的戰勝快報信。

「完全是靠猴子的謀略。」

信長坐著一拍膝蓋，這樣稱讚藤吉郎。不過藤吉郎凱旋歸來時，信長已經離開安土城了。

信長出城前往三河，和同盟的家康會面，在他的領國三河吉良鄉的山野間進行獵鷹狩獵。此時的信長手中握有總計五百萬石的諸國領地，當然要刻意表現出他悠閒的一面。

「哦哦，主公不在啊。」

一回到安土城，藤吉郎就覺得有些喪氣。不過，留守在安土城的家臣之前已經收到信長的指示。信長在前往三河之前，已經預先提到：

「假如『那傢伙』從播州的戰陣中歸來的話，就送他這樣東西當做獎賞吧。」

然後親自跑去寶物的收藏室，拿出他要送的禮物，擺在大廳。

是個煮沸熱水用的茶釜。

信長密藏的這只茶釜叫做乙御前之釜。乙御前這個詞在關東是面具的意思，在關西則是稱做御多福，是戲劇中代表美女的面具。這只茶釜也確實符合印象，長得胖嘟嘟的。藤吉郎趕緊把主公的大禮收在膝蓋上端詳。

「唷，竟然送我乙御前。」

他這樣自言自語，然後突然站起身，用腋下夾著乙御前——其實這是很重的——然後揮動右手開始跳舞。他是個萬事萬物都喜愛的男人，換個說法，他是個承受了別人的好意就會開心到超乎想像的男孩。

「哎呀，羽柴大人發瘋啦。」

那些駐守安土城的家臣，看到藤吉郎的開心模樣，好像也被打動了。當然，這些事都傳到了正外出旅遊的信長耳中。這個用於操弄人心的舞蹈，當然是經過計畫的。

好不容易舞跳累了，他一屁股坐在地板上。

「生來四十年，從沒有如此開心過，我終於有成就啦。」

藤吉郎大聲嚷嚷。

就如藤吉郎所說的，能夠獲得茶釜其實另有含意。當時流行舉辦茶會，可是依照信長沿襲的織田家法，家臣是禁止召開茶會的。家臣可以參加茶會，但是有權能夠舉辦茶會的只有信長一人。

——只有功績超群的人例外。

這算是家法中的特例，可惜從沒有哪名家臣曾經獲頒這項榮耀。

（我竟然是第一個。）

收下茶釜這件寶物，藤吉郎等於是取得了特別的認可。往後，藤吉郎也能自行舉辦茶會來招待京都的公卿、各國諸侯、堺市的商人。換句話說，就是允許藤吉郎拓展他的社交圈。

（天底下還有比這更開心的事嗎？）

重點並不在於喜歡社交（雖然眞的很喜歡），重點在於這是信長賜予的地位。朱傘也是、茶釜也是，名實兩方面藤吉郎都成爲織田家第一級的武將了。可是有了這些名聲和賞賜，藤吉郎還是會想：

（還是主公更勝一籌。）

因爲信長沒有賜予更多領地。信長攻下了許多領地，全都歸他直轄統領。不過話說回來，能夠舉辦茶會，這是無形的榮耀，是不會消滅的。藤吉郎可以運用茶會來籠絡人心。

信長的賞賜還沒完呢。

再來就是馬匹。信長從他的二十頭愛駒之中挑出一匹奥州產、名叫安達的駿馬，配上金飾馬鞍送給藤吉郎。藤吉郎騎著這匹主公賞賜的馬，端著主公賞賜的茶釜，走出城門，到了城下，立即回到自己的宅邸。

在宅邸門口等他的是播州人黑田官兵衛，當藤吉郎的身影出現時——

「竟然有這麼漂亮的駿馬。」

他抬起下巴讚嘆。藤吉郎一下馬就說：

「官兵衛大人，爲難啊，我好爲難啊。」

然後把領賞的事說了一遍，還告訴他信長並不在現場，只有派家臣拿出賞賜給他。原本藤吉郎想大聲讚揚官兵衛在播州作戰的智勇，但是信長不在，無法稟報。

「不，我不在意。」

「你在說什麼啊，能夠平定播州，全都歸功於你啊。」

「不對，那全靠筑前守大人的氣勢和威風。」

「不是我！」

藤吉郎用力踩地大喊：

「不是我！我才不是那種會偷竊他人功勞的惡劣男人。」

正如藤吉郎說，能夠在那麼短的時間內平定播州，完完全全靠的是官兵衛的智謀和四處奔走。就算官兵衛有謙遜的美德，藤吉郎也不能把功勞據爲己有。

播州是一場硬仗。因爲領地之中有三十六戶豪族，各自建造城池割據播州。而曾經是播州人的官兵衛，則是在各個豪族之間穿梭，說服大家歸順織田大人。經過這樣的努力，才得以在短短兩個月之內讓播州轉而變成織田的領地。這段期間，唯一需要訴諸武力的只有上月城一處，其他豪族全都是靠外交手段取得的。

「儘管如此，」

信長卻不在城裡，藤吉郎忍不住流下眼淚，因爲這都是官兵衛的功勞啊。

「眞是抱歉。」

藤吉郎向官兵衛低頭道歉，除了道歉他也別無辦法了。官兵衛並非織田家的家臣，卻在前線爲織田家犧牲奉獻，又沒有得到一分一毫的領地和獎賞。

於是，他決定和官兵衛成爲結拜兄弟，他唯一能夠給官兵衛的，只有立下誓言寫下證明，兩人結爲義兄義弟，僅此而已。

「對了，官兵衛大人。」

藤吉郎開口說。這是在戶外的路上，遠處還能看到老百姓走動。

「我有件事要拜託你，這匹良駒請你收下。因爲值得獎勵的人是你不是我。」

「我擔待不起啊。」

官兵衛趕緊逃走，可是藤吉郎立刻追上，拍了官兵衛的肩膀，把韁繩硬塞進他的手裡。

「就依我這一次吧。」

藤吉郎這樣哭著說，官兵衛也不得不答應了。他回覆說：

「感激之情難以言表……。」

他也擦著眼淚，哭著答禮。儘管是名軍師，但同時也是個多愁善感的男子漢，收下了駿馬之後，心中不禁想到：

（爲了藤吉郎大人，不惜犧牲性命。）

另外他又想到：

（藤吉郎眞是個懂得用人的武將啊。）

能夠讓頭腦迅速冷卻，繼續思考，這也是軍師才具備的才能。於是，官兵衛牽馬回到士兵居住的宅邸，公布藤吉郎大人得到賞賜，然後把家中最有才幹的武士母里太兵衛叫來，說：

「這匹信長公的駿馬賞賜給你。」

因爲官兵衛不認爲功勳是自己一人拿下的，而轄下的武士中母里太兵衛奉獻最多，所以把獎賞轉送給他。

後來藤吉郎聽到這個消息，安心的點點頭。雖然藤吉郎是個善於言詞的人，但是對官兵衛的作爲他沒有再做評論。

之前——大約是在今年春天吧，藤吉郎曾經跟蜂須賀小六說：

「官兵衛這個人，有深不見底的器量。」

對藤吉郎而言，擁有才能和聰明並不是什麼了不起的事，社會上多的是天資聰穎的人跑去當詐欺犯。官兵衛之所以不同，在於他擁有誠實。藤吉郎本人就是個懂得謀略，同時誠實、肯爲主公信長拚命的人。官兵衛這個人也是相同的本質。

——非常相似。

兩人可說是一拍即合。

（官兵衛這樣的人，爲人誠實可靠，說一不二，可以放心的把任務交給他。但是反過來說，又讓人覺得摸不透性格。）

摸不透性格這方面，藤吉郎也一樣，或許原因就出在兩人太相似了吧。藤吉郎過去常常自傲的說，他這樣的人，就算在遠得要命的中國或天竺也找不到一樣的。哪裡料到，近在播州的荒煙蔓草中的鄉下大名，手下就有這樣的年輕家老，跟他一模一樣。這兩年來，藤吉郎和官兵衛交情越來越好，更加注意兩人的雷同之處。

（竟然有這麼巧的事。）

至於摸不透對方的性格，兩人也都無解。

後來，秀吉掌握了天下，他的功業有一半是靠著官兵衛幫忙的。但是這麼重大的功績，卻僅僅給他一個十二萬兩千石的小封國，這點更是怪異。說句題外話，有一次家臣詢問秀吉：「爲什麼功績這麼大的人，大人您只賜給他這麼小的領地呢？」秀吉聽了笑一笑：

——這是官兵衛的宿命啊。

他露出複雜的表情接著說：「假如賜給他百萬石封國，他就會把整個天下搶過去了。」

結論就是——

這時的黑田官兵衛幫助很大，一定要好好拉攏。

藤吉郎返回近江這段期間，播州的情勢驟然轉變。播州最大的豪族別所氏竟然反叛、投效毛利。

而且關起居城三木城城門固守。

「什麼！——」

收到這樣的線報，就連官兵衛都氣得血壓升高，趕緊向藤吉郎報告。根據線報，不光是別所氏，其他還有三十多家豪族都投效毛利了。顯然是有非常高明的軍師在幕後悄悄的策反豪族。

「沒關係，大不了再來一次。」

藤吉郎拿堆柴薪重新生火來舉例，笑著安撫官兵衛，內心卻感到非常狼狽，他們之前的努力，現在都化爲烏有了。

「總之，我先回播州去。」

「就這麼辦，如果無法說服，就用戰爭這最後一招。」

藤吉郎這麼說。他想，以三木城爲首的眾多播州城砦，恐怕都免不了要用武力壓制。

「我出發了。」

官兵衛當天就整理好行李，從近江出發，前往播州。

（究竟是誰在玩詭計？）

官兵衛怪自己太大意。毛利那一邊應該也有個高明的軍師，甚至勝過官兵衛，在官兵衛離開播州時，突然扭轉當地的局勢。

事實上，官兵衛或許猜不到對手的軍師是誰，但藤吉郎已經確定了。

——必定是安國寺惠瓊。

安國寺惠瓊是住在毛利領地的安藝國的僧侶，在京都人面很廣，他奉師父惠心的命令，來到毛利家擔任外交僧侶，縱橫捭闔。藤吉郎以前就見過這位智慧過人的禪僧。

在和毛利氏斷交以前，織田家的申次——毛利方面專責官員——也就是藤吉郎，當然得和惠瓊會面，地點就選在京都。

（我想收服這位惠瓊。）

與信長相似、非常愛才的藤吉郎，一眼就看出他的才智。而惠瓊也被藤吉郎嚇了一跳，在寫給本國的書信中提到：

信長一代的霸權，還能持續三年至五年。依照估算，明年左右就會被任命為公家。然而爬得越高，跌得越重，恐會遭遇不測。唯有藤吉郎此人有能力稱霸。

這份簡潔的報告書寫於五年前的天正元年（一五七三），也就是說，他在十年前就預言了本能寺之變，還提到藤吉郎將奪取天下。這樣的遠見，已經不是人類所能擁有。

這位惠瓊——後來在豐臣秀吉的封賞下成爲僧侶大名——照藤吉郎的推算，他幫毛利推動外交，在播州各地走動，做的事跟之前官兵衛一樣，把過半的豪族拉攏到毛利氏那一邊。

惠瓊還徹頭徹尾的評論過信長的性格：

——他的個性刻薄又無情。

而且還舉出實例說明，說他看出信長看人只看利用價值，凡是對自己沒有幫助的，只有流放或被殺的結局。只要心生懷疑，幾十年都不會忘記恩怨，一旦找到機會就殺掉。這些都有實證的範例。

——相較之下，中國地方的毛利氏則是遵照義理行事。

惠瓊會舉例說明毛利氏是如何的禮遇他人，從過去到現在從未改變。最早讚美中國地方遵照義理的人是惠瓊的師父惠心，他在京都這樣宣傳，但是用來說服播州豪族卻不是那麼有效，畢竟那些豪族關心的是自家的死活，才不想管別人是什麼心境，一旦說錯話，就如同拿刀威脅。當初官兵衛說服這些豪族，是拿織田家與毛利氏兩方的強弱做比較，也就是說服武將用的謀略。這方面，就不如安國寺惠瓊這位僧侶那麼懂得安撫人心了。

官兵衛返回播州之後，最讓他感到不安的，是主公家御著城城主小寺氏。

（該不會演變成那樣吧。）

他心裡抱著不安。畢竟主公小寺政職是個平庸的人物，欠缺定見，耳根子軟，說幾句讒言他就會變心。如今看到播州最大的豪族別所氏在三木城舉起叛旗，難保小寺政職不會立刻跟進。

官兵衛回到自己的姬路城，觀望御著城本城的狀況，發現主公小寺政職已經改換旗幟。

（一定要說服他才行。）

當他這麼想時，藤吉郎已經率領大軍從安土城來到播州，包圍住三木城。官兵衛在軍營中向藤吉郎詳細報告播州目前的局勢。

「到了現在這狀況，只好靠力量，展現織田家的軍力來收服他們。」

藤吉郎一面準備作戰，一面懇請官兵衛繼續說服較小的豪族。目前的階段，只能用軍力來威脅這些小豪族歸順。

然而，毛利氏也懂得這個道理，他們動員全軍打算在播州進行決戰。吉川元春走山陰道，小早川隆景走山陽道，各自率領軍團來到戰區。敵方出動的諜報都送到了藤吉郎手上。

（眞的開戰的話，光憑我帶的兵力是打不贏的。）

於是他趕忙回報安土城。信長馬上發出軍令，由明智光秀率軍進攻播州的鄰國丹波的波多野氏，切斷播州三木城的聯絡補給路線。同時，荒木攝津守村重則是前往播州，擔任藤吉郎的副將，提供戰力支援。

可是，官兵人數合計也只有兩萬，根本比不上毛利軍的五萬大軍。天正六年（一五七八）春天，藤吉郎在上月城的城外與毛利大軍隊戰，兩方都沒有得勝，藤吉郎算是勉強擋住了敵軍。

（這樣下去不妙啊。）

藤吉郎心想。明明是來耀武揚威的，卻差一點戰敗。要是眞的戰敗，播州的人心就全被毛利氏給收服了。所以藤吉郎決定避免決戰，維持勝敗未定的狀態，並且向信長求援。

戰事規模越來越大，安土城的信長也非常重視。他抽調丹波的明智光秀軍團前往播州，又派遣瀧川一益軍團急行軍到播州，甚至派出織田家的直轄軍，由嫡子信忠擔任總大將，統領家臣與官兵出動，當大部隊抵達上月城外的戰場時，已經是六月份。這麼一來，兩方的軍力算是能夠抗衡了。

但藤吉郎還是很憂慮。

因爲織田家的大軍是拼湊而成的。荒木、明智、瀧川這些將領都和藤吉郎是相同位階，並不把藤吉郎視爲戰場指揮官。大家在議論戰術時也是互不相讓，彼此對立，根本難以發揮統一戰力，各個大將都刻意和藤吉郎作對，等著看他出醜。你這臭猴子，我們要斷了你的飛黃騰達之路。

（沒辦法了。）

藤吉郎看出這一點，決定從戰陣中消失。他馬上把自己的軍團指揮權交給弟弟小一郎秀長，要官兵衛輔佐他。自己則是脫下大將的鎧甲，換上低階軍官的粗糙甲冑，趁著黑夜率領數名騎兵離開前線，沿著大路返回京都，秘密謁見信長，說明想要戰勝毛利軍，一定得靠信長親自出馬。

「要我出馬？」

信長瞭解了戰場狀況之後，思考了一會兒。他目前在京都的宮廷內進行政治操作，又擔任攻擊大坂本願寺的總指揮，同時還在大坂灣埋頭建立水軍，要他前往播州戰場眞的是分身乏術。

「沒辦法。」

信長的回覆讓藤吉郎好失望。他只好說，時機一到他就會出征，但是又說：

「可是，不必等我。」

接著又下了更重要的指示。就是避免決戰，撤離上月城外，將兵力集結在姬路城外的書寫山上，等候情勢轉變。聽到這話，藤吉郎極力反對。因爲藤吉郎手下的那群義勇軍，例如山中鹿之介等武士，過去曾是尼子家的家臣，他們找到了流亡的舊主公勝久，再度擁立他進駐上月城。要是織田軍撤回，毛利軍就會包圍攻佔上月城，尼子家主公和家臣也都會全數戰死。

「別管他們。」

信長卻再重複一次他的命令。因爲眞要在播州決戰，織田軍必敗無疑——信長這個戰略是正確的，但是，織田家從此會在各個大名之間喪失誠信。

（喪失誠信的話，要怎麼奪取天下。）

這是藤吉郎的看法。在其他大名看來，織田家總是獨善其身，重視自身的功利，一再的製造這樣的窘況，鬧得天下皆知，將難以預料來會發生什麼嚴重狀況。再也沒人願意信任信長，說不定還會有家臣叛變。

（這樣下去……）

藤吉郎心想，之前官兵衛費盡苦心靠著懷柔外交手段，一舉拿下了播州的主權，但是現在那些中立豪族得知上月城的結局，恐怕全都會對織田家喪失信任，轉而投奔毛利。這等於是在引爆戰火。

（一定要勸諫主公。）

藤吉郎盡可能不觸怒信長，解釋不能放棄上月城的原因，但是信長完全聽不進去。

「照我說的去做！」

信長喊了三次，終於受不了猴子一再跟他辯論

——你也太大膽了吧！藤吉郎趕忙變回以前的猴子模樣，跪在地上叩頭道歉。

（——沒希望了。）

藤吉郎現在發現，信長的天才其實是有界限的。這位天才太重視戰略的功利，把功利看得比天下的信任更高，弄到最後甚至輕視信任。對藤吉郎來說，放棄上月城就等於放棄天下，但是信長只看到城池的位置有多少戰略意義。

「主公。」

藤吉郎再次抬起頭，還想要說服信長，但是聽到信長說：

「你太憐憫那些浪人武士了。」

原來如此，過去曾經把毛利打得潰不成軍的山陰尼子家臣團，現在看在信長眼中不過是一群浪人武士罷了。但是他們卻獲得各國領主的同情。

（放棄他們，就等於喪失天下。）

藤吉郎眞想大聲叫道。但是信長對這點的感受可說是完全欠缺，藤吉郎天生就富有這種同情心。這只能說是兩人本質的差異。

藤吉郎只好離開京都。

之後到了六月下旬，播州的織田軍和毛利軍打了一場中等規模的決戰，然後逐漸撤退，到姬路城旁邊的書寫山集合。至此，上月城變成一座孤城，尼子勝久切腹自殺，山中鹿之介被捕，在押送往毛利本國時，在備中松山的小河邊遭到殺害。

——可憐啊。

在播州進行野戰的敵我雙方都感到悲哀，藤吉郎則是沉默不語。

但是在他胸中卻想著：

（難保不會發生什麼大事。）

他並沒有跟其他人提起，而是埋頭於軍團的調度和戰線移動。他必須攻下三木城，卻不使用強攻法，而是用包圍法斷絕食糧，讓守城的敵兵漸漸喪失戰意，這樣就能在敵我雙方沒有人命損失的情況下，等候敵方開城門投降。這和信長那種一味衝鋒猛攻城砦的方法大不相同。

就在包圍三木城的期間，發生了震驚天下的意外事件。

剛收到快報的信長也難以置信。被信長視爲寵臣的荒木村重竟然叛變，投效毛利了。

「這個消息是不是弄錯啦？」

信長最初的反應就是這句話。這也難怪，荒木村重是這幾年來新加入織田家的臣子，信長非常看重他，迅速把他拔擢到高位，跟柴田、羽柴、丹羽、明智、佐久間、瀧川這六位大將並列爲同等級的軍團司令。

荒木村重原本據說是個浪人，在攝津的豪族池田氏底下服務，還當上了家老，甚至功高震主，是最典型的一無所有向上爬的範例。之後池田氏變成織田家的敵人，村重一刀砍了領主，跑來投效信長，成爲家臣的一份子。信長雖然擁有大軍，但是同時面對多條戰線，欠缺領軍人才，所以村重被迅速提拔領軍，平定了攝津，不光是攻下攝津一國，還拿下周邊的伊丹、尼崎、花隈等數座城。

——為什麼會背叛我？

信長怎麼也想不通。他賜給村重多少利益啊，只要是人，都會被利字打動、對利字感激、為了利字而拚命。村重究竟是有什麼不滿，要起兵叛變？

其實，之前發生過一樁小事件。

對信長來說是小事件，對村重而言卻是嚇破膽的大事件。原來村重奉信長之命圍困大坂的石山本願寺，但是他手下的攝津兵有人卻盜賣米糧給敵軍，這事傳到了信長耳中。

——表面上說是村重的手下做的，但誰曉得是不是村重自己做的？

信長這樣懷疑。為了聽聽村重的解釋，信長下令村重一個人返回安土城，讓他嚇得渾身發抖。

（會不會被殺掉啊？）

村重心想。他的家老也不敢回安土城，下屬都知道信長大人是什麼樣的脾氣，他們的主公很可能無法活著回來。當時留著村重，是因為他是信長平定攝津必要的工具。如今攝津已經大致平定，只剩本願寺一座孤城等待剷平，這時的村重，對信長來說已經失去價值，只是個擋路的傢伙。

——信長就是那樣的人。

村重也是這樣看待信長，和世間人們的看法一致。毛利氏更是著力在這一點來說服他。比方說信長曾經利用前將軍足利義昭，直到有一天利用價值沒了，就把義昭趕出京都，曾經在義昭手下擔任臣子的村重全都看在眼裡，如今流亡的義昭已經被毛利家收留，還多次派遣密使去找村重。

——你要想清楚啊，信長這個人如狼似虎，把你的未來託付給他，就像是派野狼去牧羊一般，一定不會有好下場的。

這些勸他歸順毛利的舉動，村重都毫不猶豫的拒絕了。但是這次不同，信長顯然是不再需要他了，所以叛變是給自己留一條活路。

荒木村重不僅自己歸順毛利，也勸昔日的友人明智光秀投效伊丹城，就連正在三木城外作戰的藤吉郎，也被村重招降。

「小兄弟持續作戰已經相當疲累，勸您還是早點叛變，趁主公降罪之前保住自己的性命。」

村重這樣拚命勸說藤吉郎。

藤吉郎聽了很難過。村重和光秀兩人過去是同僚，所以把勸說視爲忠告也算有理。但是村重的部隊目前是在藤吉郎的背後，藤吉郎人在播州，村重就在東邊的攝津，對藤吉郎的部隊施加壓力。西邊則是毛利軍夾擊。藤吉郎一片忠心，只說：「爲了信長主公，我不惜犧牲性命。」

他邊說邊流淚，喉嚨早已沙啞。村重實實在在的感受到藤吉郎的誠心，藤吉郎說不惜犧牲性命顯然不是騙人的。因爲這裡是村重的城砦，藤吉郎明天就會變成他的敵人，即使如此，藤吉郎今天還是鼓起勇氣單人進城來。村重只要一個不高興，隨時可以刺殺坐墊上的藤吉郎，他的家老也覺得這樣是最輕鬆就能殺死敵方大將的方法，但是村重制止家老這麼做。村重只是鐵了心，不管藤吉郎如何流淚哀求也聽不進去。

村重終於這麼說了。

「其實我有點後悔。」

「可是筑前大人，我的心意已決，您再怎麼勸說也沒用。現在這個局面，我已經沒有退路了。」

就算想反悔，終究不免一死。信長一旦發現自己的手下大將隱藏著叛變之心，一定會立即斬殺。所以，村重現在只能照之前的計畫，直直向前走了。

「即使會因此死去？」

「我早有一死的覺悟。」

村重說道。這是在織田家當家臣的不幸，這就是下場。

藤吉郎本來還想繼續說服，但是發覺再怎麼勸也沒用了。他無力的站起身子，村重也站了起來，並且扶住藤吉郎的肩膀保護著，以防家臣出手。兩人慢慢的走到城門口外頭，兩人互相話別。

「沒想到您是這麼有仁心的人。」

藤吉郎說。因爲不只有家臣，而是他們剛才會談時，村重有很多次機會可以一刀殺死藤吉郎，但是並沒有出手，最後還把他平安的送出城門。眞的沒有比你更有仁德的人了。村重則回說：

「筑前大人才是，您才會得到天下萬民的信賴。」

這是很難說出口的話，村重只有小聲的告訴藤吉郎，可是對藤吉郎卻意義重大。

（有沒有人聽到啊，我竟然被誇獎了。）

轉頭看看周圍，那些隨從好像都裝作沒聽到似的。接著坐騎被牽了出來，藤吉郎翻身上馬，馬鞭一抽，消失在黑夜之中。

這個事件引起很大的迴響，就連官兵衛也無法倖免。此時的官兵衛率軍在三木城外紮營，接受藤吉郎的指揮作戰。可是藤吉郎回來之後不久，輪到官兵衛這邊出事了。官兵衛的主公小寺氏一聽說荒木村重叛變，就想跟著倒戈毛利。

「眞是大大出人意料。」

官兵衛聽到藤吉郎帶回來的消息，趕緊回到自己的居城姬路城。他還說，一定要在野火燎原之前把火給滅掉。

「辦得到嗎？」

對藤吉郎而言，這股叛變風潮一定要擋住。小寺氏是播州第二大豪族，要是小寺氏叛變，在播州打仗的藤吉郎在每個戰線上都會面臨生死危機。

「在下也不確定。」

「現在也只能拜託義弟了。」

「小弟明白，這次任務就算會喪命，也得一試。」

官兵衛只回了這段話，從語氣中可以聽出他的決心，藤吉郎看著他的眉宇，總算有點安心了。

（這個男人應該能夠達成任務。）

官兵衛離去之後，藤吉郎的手下開始嘀咕，事態演變成這樣，很多人不看好官兵衛的未來。

——他既然是個軍師，就很難預料他會怎麼出手。說不定他會被小寺氏收買，趁機叛變。

就常理考量，官兵衛並不是織田家的家臣，他沒有必要賭上性命為藤吉郎工作，所以應該趁官兵衛還沒回姬路城之前就殺了他。這些軍心不穩的言論都傳到了藤吉郎的耳裡。

「再有人敢批評官兵衛，說三道四，我絕不饒恕，立刻斬首。」

他下達了非常嚴厲的軍令。

藤吉郎還對手下說：

「我先跟大家說清楚，官兵衛這個人是直腸子的好人，從不掩藏心裡想的事情，重視誠信。這樣解釋，你們還看不出來嗎？」

可是手下聽不懂。他們所知的官兵衛，是個長於謀略、看不出正邪的人。官兵衛一定是想要利用周邊的勢力達成自己的野心，什麼誠信，那是因為官兵衛膽小，才在人前假裝出來的吧。

「總之不要隨便散播謠言。」

藤吉郎下令。那位最高等級的軍師是個誠實的好人，否則我哪裡敢使用他提供的策略呢。而理解這微妙關係的，只有自己和官兵衛。

總而言之——

（官兵衛如此誠信，我要用更多的誠信對待他。）

於是在官兵衛離開戰線的那一夜，藤吉郎馬上回到營帳，提筆寫信：

官兵衛和我之間的不尋常交情，不是世人所能理解。如今他遭受眾人的言語重傷，世人還將對我的怨恨轉往官兵衛身上，這些謠言絕非事實，應當明辨是非。對我而言，官兵衛就像小一郎，都是我的弟弟。所以謠言我絕不聽信，眾人也不該四處謠傳。要談任何事，請找我筑前，由我來處理。

爲什麼要寫這封信？老實說，藤吉郎還是有點信不過官兵衛。不，應該說他相信官兵衛卻不信任人類。平常跟人們往來密切的藤吉郎再瞭解不過了，他因爲擔心才寫這封信給官兵衛。假使官兵衛收到這封信，還願意站在我這一邊的話，那就不可能叛變了。

在姬路城收到這封信的官兵衛，當然十分感激。一個男人能夠受到如此的信賴，是無比的幸運，恐怕千萬人中僅有一人會這樣敞開心胸。

「御著城的主公呢？」

官兵衛向姬路的守軍詢問小寺政職的動向，得知主公叛變已成事實。

官兵衛心裡早有準備。他喃喃自語，決定親自上御著城說服主公。

「大人你會被殺的。」

周圍的官兵說道，這不是危言聳聽。雖然官兵衛是小寺政職的家老，卻又同時是織田家的間諜。小寺政職逮到這麼好的機會，怎麼可能不痛下殺手呢？

「反正我這條命豁出去了。」

官兵衛這麼說，他刻意不帶隨從，單騎衝出城門，往東方奔馳。跨過市川的河水之後，見到糸引岡上楓紅處處，官兵衛順手折了一根樹枝插在領子上，就像是軍師要上場演戲一般。

抵達了御著城，拜見過政職。言談間，政職的態度始終不明朗，官兵衛一直問一直問，他才說：「我是受到荒木攝津守村重的利誘，才答應倒向毛利那一方。」但是官兵衛怎麼勸諫都沒用，政職拗不過，乾脆說：

「我沒有意見啦，全看攝津守他的走向。」

意思就是說，假如荒木攝津守村重決定返回織田陣營，政職也會跟著回去。

「主公是說眞的嗎？」

「絕無虛言。」

政職這麼說。於是官兵衛下了決心，之後要趕去攝津的伊丹城說服村重。這就是他的計畫。他先請主公寫一封信賦予他談判的權力，然後拿著這封委任信給村重看。政職回到後頭的房間，和近臣商量了很久才回來。這時的政職另有策略，他想藉由荒木村重之手殺死官兵衛——所以剛才已經另外寫了一封信，派遣飛腳向伊丹交給村重。

（這傢伙還眞蠢。）

政職一邊想，一邊把他寫的委任信交給官兵衛。官兵衛用雙手將主公的信函高高舉起，然後收入懷中。

官兵衛出發了。

他沿著山陽道走，中途在西國街道轉彎，出發兩天之後的傍晚，抵達了有許多森林與湖泊的攝津伊丹鄉。這一帶屬於武庫川流域的平原，城砦位在一個叫有岡的小山丘上。因爲早已下定決心要叛變，所以城砦的防禦非常森嚴。

在下播州小寺家。

官兵衛只是報上名字，就順利的通過關口，被人引進城內，終於見到了荒木村重。

（原來是這傢伙。）

村重看著這個跪拜在面前的人，覺得有些可悲，這就是那個飛腳提到的官兵衛。

「有話快說。」

反正遲早要下手，乾脆讓他說個清楚吧。

可是，官兵衛卻說出令人意外的事。他說他是基督徒，受洗名叫做西蒙，曾經在京都的南蠻寺見過攝津守村重。

「原來你也是基督徒啊。」

村重嚇了一跳。村重很久以前在幕僚高山右近的介紹下受洗成爲基督徒，在近畿一帶算是很虔誠的知名信徒。

（這下子不能殺他了。）

他這麼想。可是又不能放了他、讓他回播州去，毀掉小寺政職的信譽。如今唯一的方法，就是把他監禁起來。

「原來如此，你說的有理。」

村重聽完官兵衛的話，點了點頭，說他要考慮一晚，請官兵衛暫住城內，至少可以給你一床棉被。他叫僕役引領官兵衛去休息，但是走到半途，他們就把官兵衛綁起來，扔進城裡的牢房。

此後，官兵衛音訊全無。小寺家認爲，村重遲遲沒有回報，應該是照約定殺死了官兵衛。

但是信長可不這麼想。

信長對征討荒木村重這件事相當審慎。首先他要吸收荒木村重的幕下大名，包括茨木城主中川清秀和高槻城主高山右近。尤其是對付高山時，他找到高山的宗教導師奧爾岡提諾做中間人，成功說服了高山右近斷絕他和村重的盟約。在折衝的過程中，信長聽說姬路城的官兵衛人在伊丹城內，想當然一定是當上了村重的軍師。

「這傢伙想靠著三寸不爛之舌走遍天下啊。」

信長非常憤怒，他認爲這類靠嘴巴攫取利益的說客太可惡了。現在官兵衛竟然成了小寺政職與荒木村重的反信長戰線的軍師，眞是令人震怒。

信長親自擔任討伐荒木的總指揮，在該年十一月九日進駐山城山崎城。他立刻派出信差去找藤吉郎，靠著快馬接力，一天就抵達了。

「把官兵衛留下的人質給殺了。」

信長下達了這樣的命令。官兵衛留下的人質，是他的兒子松壽丸（日後的黑田長政），信長把這名人質放在藤吉郎身邊，一起住在近江長濱城。

「…………」

藤吉郎在信差面前沉默了好久。官兵衛的失蹤，連藤吉郎也弄不清楚他人在哪裡，但是他心裡明白，那個男人絕不可能叛變。

然而，他不能對信差說這些話，畢竟目前還沒有任何證據可以證明官兵衛的行蹤。信長震怒之餘，說不定藤吉郎也會遭到連坐，尤其是這個時間點。

「請回報主公，我會奉命行事。」

他回答信差。等信差返回山崎之後，他把竹中半兵衛找來。半兵衛重治和官兵衛兩人都是藤吉郎的重要參謀，但是半兵衛罹患了結核病的宿疾，所以藤吉郎要他返回長濱城好好療養身體。一收到藤吉郎的命令，半兵衛說：

「這件事請交給在下。」

半兵衛非常瞭解藤吉郎的心理，也知道官兵衛不可能中途叛逃。

（先把松壽丸給藏起來。）

藤吉郎看出半兵衛想用這一招。可是，要是事件曝光怎麼辦？半兵衛已經決定要扛起罪責。

——反正我的壽命也不長了。

半兵衛用眼神告訴藤吉郎，到時候他會扛起全部的罪責。就算我死了，官兵衛還是可以替您出主意，所以說把松壽丸的事交給我來辦，這樣能夠讓官兵衛永遠忠誠。

「總而言之，」

藤吉郎經過一陣沉默，若無其事的說：

「請半兵衛大人立即返回長濱城，由您做主。」

半兵衛返回長濱城，向信長回報他已經殺了松壽丸。然後把松壽丸秘密帶往他祖傳的領地美濃不破郡菩提山藏起來。

之後，荒木村重固守伊丹、尼崎兩城頑抗，長達一年之久。但信長的攻勢猛烈，先打下居城，然後水困本城，切斷糧道，包圍得密不透風。經過一年的圍城，到了翌年十一月，終於耗盡敵軍力量。

這段期間，官兵衛一直被鎖在牢房裡。關著他的牢房只有早上會短暫的從窗口瞥見陽光，因此牢房裡佈滿水氣、密不透風，地面就像沼澤一般，連螞蟻都無法行走，只有黴菌和蚊蟲能夠勉強生存。被關的官兵衛皮膚上寄生著一大堆疥癬蟲、跳蚤、虱子，整顆頭都染上疥癬，頭髮掉得稀稀落落，臉皮潰爛，已經不成人形了。再者，牢房的尺寸很小，天花板低矮，人犯無法躺下休息，只能坐著被蟲咬，久而久之因爲欠缺運動，雙腿的肌肉都萎縮了。加上皮膚病作祟，右膝蓋腐爛，無法伸直。很多囚犯就這樣死在牢裡，再也無法重見天日。以官兵衛那凡人的肉身，照理說關個半年就會斃命，他從小到大都沒有練過武術，能夠活著全靠他天生的求生意志。

在這樣的環境下，他忍耐了一年，日日夜夜都感受到自己逼近精神崩潰。官兵衛是名基督徒，有人說是信仰讓他堅強，但官兵衛並不是那麼虔誠的信徒，因爲後來政治情勢變化，他會看狀況來變更信仰。在那個時代，很多人信奉基督教只是跟隨潮流，光是這一點點的信仰，實不足以讓人熬過監牢的煎熬。

但是，官兵衛熬過了一年。

（只要熬下去就有機會。）

他用正面思考看待自己的命運。官兵衛不選擇逃獄，而是選擇熬下去——他是個懂得許多技巧的聰明人——但是爲了保存體力，他盡可能不露出本性，改而和獄卒打好關係，並且期待著陽光通過小窗口，藉此撫慰心靈。所以，他在牢裡想一些課題，讓自己的腦筋持續運轉，這才是官兵衛的生存之道。

牢房所在的伊丹城之所以會被攻陷，主要原因是籠城固守九個月之後，城主荒木村重丟下官兵，單騎逃往尼崎城，導致伊丹城的官兵士氣低落，那些管理步兵的足輕大將級武士，紛紛答應替織田家做內應。城內的秩序越來越混亂，官兵衛的家臣栗山善助（後來的備後）假裝成行商，和伊丹城下的銀屋商人聯手，在城砦即將攻破前趁亂潛入城內，從牢房裡救出了官兵衛。

這時的官兵衛已經無法站立，所以由善助背著逃出城門，然後又拆了民宅的門板當做擔架，搬運到信長的大營。信長看到官兵衛悽慘的模樣，忍不住流下眼淚：

「快點送他去有馬，有馬的溫泉有療效。」

信長看著他們帶走官兵衛，對當初下令殺死松壽丸的事非常後悔——我以後再也沒有臉見官兵衛了。

在長濱城的竹中半兵衛也聽到了官兵衛生還的消息，趕緊離開攝津城。這時半兵衛已經病入膏肓，無法騎馬了。

但是他還是乘著肩輿到信長的大營，跪在地上，稟報信長他並沒有實行主公的命令，要求信長降罪。

「松壽丸還活著嗎？」

信長驚訝的大喊，不再追究罪刑。

竹中半兵衛拖著病體，接著前往有馬，告訴官兵衛松壽丸平安無事之後，再轉往播州，跟藤吉郎說信長並沒有降罪，還很高興。但是這樣來來回回的長途跋涉，導致半兵衛病情惡化，最後終於死在播州的軍營中。

（下卷待續）

國家圖書館出版品預行編目（CIP）資料

太閤記：天下人豐臣秀吉／司馬遼太郎作；許嘉祥譯．-- 二版．-- 臺北市：遠流出版事業股份有限公司，2022.08
冊；　公分．　--（日本館・潮；J0286-J0287）
ISBN 978-957-32-9589-1（上冊：平裝）．--
ISBN 978-957-32-9590-7（下冊：平裝）．--
ISBN 978-957-32-9591-4（全套：平裝）

861.57　　111007613

SHINSHI TAIKÔKI Vol. 1
By Ryotaro SHIBA
Copyright © 1968 by Yoko UEMURA
First published in Japan in 1968 by SHINCHOSHA Publishing Co., Ltd.
Traditional Chinese translation rights arranged with Shiba Ryotaro Kinen Zaidan through Japan Foreign-Rights Centre / Bardon-Chinese Media Agency.
Traditional Chinese translation copyright © 2016 by Yuan-Liou Publishing Co., Ltd.
All rights reserved.

日本館・潮　J0286
太閤記：天下人豐臣秀吉（上）

作　　者——司馬遼太郎
譯　　者——許嘉祥
副總編輯——林淑慎
主　　編——曾慧雪
特約編輯——陳錦輝

發行人——王榮文
出版發行——遠流出版事業股份有限公司
臺北市中山北路一段11號13樓
郵撥／0189456-1
電話／(02)2571-0297　傳眞／(02)2571-0197
著作權顧問——蕭雄淋律師
2016年8月1日　初版一刷
2022年8月1日　二版一刷
售價新臺幣350元（缺頁或破損的書，請寄回更換）
有著作權・侵害必究　Printed in Taiwan
ISBN 978-957-32-9589-1
遠流博識網 http://www.ylib.com　E-mail: ylib@ylib.com